鲁迅散文

鲁迅／著

山西出版传媒集团　山西人民出版社

图书在版编目（CIP）数据

鲁迅散文 / 鲁迅 著. -- 太原 : 山西人民出版社,
2025.7-- ISBN 978-7-203-14002-3

Ⅰ. I210.4

中国国家版本馆CIP数据核字第2025VW8890号

鲁迅散文

著　　者：鲁　迅
责任编辑：郝文霞
复　　审：吕绘元
终　　审：梁晋华
装帧设计：宋双成

出 版 者：山西出版传媒集团·山西人民出版社
地　　址：太原市建设南路 21 号
邮　　编：030012
发行营销：0351-4922220　4955996　4956039　4922127（传真）
天猫官网：https://sxrmcbs.tmall.com　电话：0351-4922159
E-mail ：sxskcb@163.com 发行部
sxskcb@126.com 总编室
网　　址：www.sxskcb.com

经 销 者：山西出版传媒集团·山西人民出版社
承 印 厂：三河市天润建兴印务有限公司

开　　本：710mm × 1000mm　1/16
印　　张：18
字　　数：230 千字
版　　次：2025 年 7 月 第 1 版
印　　次：2025 年 7 月 第 1 次印刷
书　　号：ISBN 978-7-203-14002-3
定　　价：39.80 元

目录
CONTENTS

第三章　秋　夜

第四章　小杂感

第五章　并非闲话

第六章　中国人失掉自信力了吗

第七章　序　题

第一章　好的故事

好的故事

灯火渐渐地缩小了，在预告石油的已经不多；石油又不是老牌，早熏得灯罩很昏暗。鞭炮的繁响在四近，烟草的烟雾在身边：是昏沉的夜。

我闭了眼睛，向后一仰，靠在椅背上；捏着《初学记》的手搁在膝髁上。

我在蒙眬中，看见一个好的故事。

这故事很美丽，幽雅，有趣。许多美的人和美的事，错综起来像一天云锦，而且万颗奔星似的飞动着，同时又展开去，以至于无穷。

我仿佛记得曾坐小船经过山阴道，两岸边的乌桕，新禾，野花，鸡，狗，丛树和枯树，茅屋，塔，伽蓝，农夫和村妇，村女，晒着的衣裳，和尚，蓑笠，天，云，竹……都倒映在澄碧的小河中，随着每一打桨，各各[①]夹带了闪烁的日光，并水里的萍藻游鱼，一同荡漾。诸影诸物，无不解散，而且摇动，扩大，互相融和；刚一融和，却又退缩，复近于原形。边缘都参差如夏云头，镶着日光，发出水银色焰。凡是我所经过的河，都是如此。

现在我所见的故事也如此。水中的青天的底子，一切事物统在上面交错，织成一篇，永是生动，永是展开，我看不见这一篇的结束。

河边枯柳树下的几株瘦削的一丈红，该是村女种的罢[②]。大红花和斑红花，都在水里面浮动，忽而碎散，拉长了，缕缕的胭脂水，然而没有

---

①各各：各自。

②罢：同“吧”。

晕。茅屋，狗，塔，村女，云……也都浮动着。大红花一朵朵全被拉长了，这时是泼刺[1]奔迸的红锦带。带织入狗中，狗织入白云中，白云织入村女中……在一瞬间，他们又将退缩了。但斑红花影也已碎散，伸长，就要织进塔，村女，狗，茅屋，云里去。

现在我所见的故事清楚起来了，美丽，幽雅，有趣，而且分明。青天上面，有无数美的人和美的事，我一一看见，一一知道。

我就要凝视他们……

我正要凝视他们时，骤然一惊，睁开眼，云锦也已皱蹙，凌乱，仿佛有谁掷一块大石于河水中，水波陡然起立，将整篇的影子撕成片片了。我无意识地赶忙捏住几乎坠地的《初学记》，眼前还剩着几点虹霓色的碎影。

我真爱这一篇好的故事，趁碎影还在，我要追回他，完成他，留下他。我抛了书，欠身伸手去取笔——何尝有一丝碎影，只见昏暗的灯光，我不在小船里了。

但我总记得见过这一篇好的故事，在昏沉的夜……

① 泼刺：疑为“泼辣”。

五猖会

孩子们所盼望的，过年过节之外，大概要数迎神赛会的时候了。但我家的所在很偏僻，待到赛会的行列经过时，一定已在下午，仪仗之类，也减而又减，所剩的极其寥寥。往往伸着颈子等候多时，却只见十几个人抬着一个金脸或蓝脸红脸的神像匆匆地跑过去。于是，完了。

我常存着这样的一个希望：这一次所见的赛会，比前一次繁盛些。可是结果总是一个“差不多”；也总是只留下一个纪念品，就是当神像还未抬过之前，化（花）一文钱买下的，用一点烂泥，一点颜色纸，一支竹签和两三支鸡毛所做的，吹起来会发出一种刺耳的声音的哨子，叫作“吹嘟嘟”的，吡吡地吹它两三天。

现在看看《陶庵梦忆》，觉得那时的赛会，真是豪奢极了，虽然明人的文章，怕难免有些夸大。因为祷雨而迎龙王，现在也还有的，但办法却已经很简单，不过是十多人盘旋着一条龙，以及村童们扮些海鬼。那时却还要扮故事，而且实在奇拔得可观。他记扮《水浒传》中人物云：“……于是分头四出，寻黑矮汉，寻梢长大汉，寻头陀，寻胖大和尚，寻茁壮妇人，寻姣长妇人，寻青面，寻歪头，寻赤须，寻美髯，寻黑大汉，寻赤脸长须。大索城中；无，则之郭，之村，之山僻，之邻府州县。用重价聘之，得三十六人，梁山泊好汉，个个呵活，臻臻至至，人马称娖[①]而行……”这样的白描的活古人，谁能不动一看的雅兴呢？可惜这种

① 称娖：行列齐整貌。娖（chuò），整齐。

盛举，早已和明社一同消灭了。

赛会虽然不像现在上海的旗袍，北京的谈国事，为当局所禁止，然而妇孺们是不许看的，读书人即所谓士子，也大抵不肯赶去看。只有游手好闲的闲人，这才跑到庙前或衙门前去看热闹；我关于赛会的知识，多半是从他们的叙述上得来的，并非考据家所贵重的“眼学”。然而记得有一回，也亲见过较盛的赛会。开首是一个孩子骑马先来，称为“塘报”；过了许久，“高照”到了，长竹竿揭起一条很长的旗，一个汗流浃背的胖大汉用两手托着；他高兴的时候，就肯将竿头放在头顶或牙齿上，甚而至于鼻尖。其次是所谓“高跷”、“抬阁”、“马头”了；还有扮犯人的，红衣枷锁，内中也有孩子。我那时觉得这些都是有光荣的事业，与闻其事的即全是大有运气的人——大概羡慕他们的出风头罢。我想，我为什么不生一场重病，使我的母亲也好到庙里去许下一个“扮犯人”的心愿的呢？……然而我到现在终于没有和赛会发生关系过。

要到东关看五猖会去了。这是我儿时所罕逢的一件盛事。因为那会是全县中最盛的会，东关又是离我家很远的地方，出城还有六十多里水路，在哪里有两座特别的庙。一是梅姑庙，就是《聊斋志异》所记，室女守节，死后成神，却篡取别人的丈夫的；现在神座上确塑着一对少年男女，眉开眼笑，殊与“礼教”有妨。其一便是五猖庙了，名目就奇特。据有考据癖的人说：这就是五通神。然而也并无确据。神像是五个男人，也不见有什么猖獗之状；后面列坐着五位太太，却并不“分坐”，远不及北京戏园里界限之谨严。其实呢，这也是殊与“礼教”有妨的——但他们既然是五猖，便也无法可想，而且自然也就“又作别论”了。

因为东关离城远，大清早大家就起来。昨夜预定好的三道明瓦窗的大船，已经泊在河埠头，船椅，饭菜，茶炊，点心盒子，都在陆续搬下去了。我笑着跳着，催他们要搬得快。忽然，工人的脸色很谨肃了，我知道有些蹊跷，四面一看，父亲就站在我背后。

“去拿你的书来。”他慢慢地说。

这所谓“书”，是指我开蒙时候所读的《鉴略》，因为我再没有第二本了。我们哪里上学的岁数是多拣单数的,所以这使我记住我其时是七岁。

我忐忑着，拿了书来了。他使我同坐在堂中央的桌子前，教我一句一句地读下去。我担着心，一句一句地读下去。

两句一行，大约读了二三十行罢，他说：

“给我读熟。背不出，就不准去看会。”

他说完，便站起来，走进房里去了。

我似乎从头上浇了一盆冷水。但是，有什么法子呢？自然是读着，读着，强记着——而且要背出来。

> 粤自盘古，生于太荒，
> 首出御世，肇开混茫。

就是这样的书，我现在只记得前四句，别的都忘却了；那时所强记的二三十行，自然也一齐忘却在里面了。记得那时听人说，读《鉴略》比读《千字文》、《百家姓》有用得多，因为可以知道从古到今的大概。知道从古到今的大概，那当然是很好的，然而我一字也不懂。“粤自盘古”就是“粤自盘古”，读下去，记住它，“粤自盘古”呵！“生于太荒”呵！……

应用的物件已经搬完，家中由忙乱转成静肃了。朝阳照着西墙，天气很清朗。母亲，工人，长妈妈即阿长，都无法营救，只默默地静候着我读熟，而且背出来。在百静中，我似乎头里要伸出许多铁钳，将什么“生于太荒”之流夹住；也听到自己急急诵读的声音发着抖，仿佛深秋的蟋蟀，在夜中鸣叫似的。

他们都等候着；太阳也升得更高了。

我忽然似乎已经很有把握，便即站了起来，拿书走进父亲的书房，一气背将下去，梦似的就背完了。

“不错。去罢。”父亲点着头，说。

大家同时活动起来，脸上都露出笑容，向河埠走去。工人将我高高地抱起，仿佛在祝贺我的成功一般，快步走在最前头。

我却并没有他们那么高兴。开船以后，水路中的风景，盒子里的点心，以及到了东关的五猖会的热闹，对于我似乎都没有什么大意思。

直到现在，别的完全忘却，不留一点痕迹了，只有背诵《鉴略》这一段，却还分明如昨日事。

我至今一想起，还诧异我的父亲何以要在那时候叫我来背书。

我的种痘

上海恐怕也真是中国的“最文明”的地方，在电线柱子和墙壁上，夏天常有劝人勿吃天然冰的警告，春天就是告诫父母，快给儿女去种牛痘的说帖，上面还画着一个穿红衫的小孩子。我每看见这一幅图，就诧异我自己，先前怎么会没有染到天然痘，呜呼哀哉，于是好像这性命是从路上拾来似的，没有什么稀罕，即使姓名载在该杀的“黑册子”上，也不十分惊心动魄了。但自然，几分是在所不免的。

现在，在上海的孩子，听说是生后六个月便种痘就最安全，倘走过施种牛痘局的门前，所见的中产或无产的母亲们抱着在等候的，大抵是一岁上下的孩子。这事情，现在虽是不属于知识阶级的人们也都知道，是明明白白了的。我的种痘却很迟了，因为后来记得清清楚楚，可见至少已有两三岁。虽说住的是偏僻之处，和别地方交通很少，比现在可以减少输入传染病的机会，然而天花却年年流行的，因此而死的常听到。我居然逃过了这一关，真是洪福齐天，就是每年开一次庆祝会也不算过分。否则，死了倒也罢了，万一不死而脸上留一点麻，则现在除年老之外，又添上一条大罪案，更要受青年而光脸的文艺批评家的奚落了。幸而并不，真是叨光得很。

那时候，给孩子们种痘的方法有三样。一样，是淡然忘之，请痘神随时随意种上去，听它到处发出来，随后也请个医生，拜拜菩萨，死掉的虽然多，但活的也有，活的虽然大抵留着瘢痕，但没有的也未必一定找不出。一样是中国古法的种痘，将痘痂研成细末，给孩子由鼻孔里吸进去，发出来的地方虽然也没有一定的处所，但粒数很少，没有危险了。人说，这方法是明末发明的，我不知道可的确。

第三样就是所谓“牛痘”了，因为这方法来自西洋，所以先前叫“洋痘”。最初的时候，当然，华人是不相信的，很费过一番宣传解释的气力。这一类宝贵的文献，至今还剩在《验方新编》中，那苦口婆心虽然大足以感人，而说理却实在非常古怪的。例如，说种痘免疫之理道：

> “痘为小儿一大病，当天行时，尚使远避，今无故取婴孩而与之以病，可乎？”曰：“非也。譬之捕盗，乘其羽翼未成，就而擒之，甚易矣；譬之去莠，及其滋蔓未延，芟而除之，甚易矣……”

但尤其非常古怪的是说明“洋痘”之所以传入中国的原因：

> 予考医书中所载，婴儿生数日，刺出臂上污血，终身可免出痘一条，后六道刀法皆失传，今日点痘，或其遗法也。夫以万全之法，失传已久，而今复行者，大约前此劫数未满，而今日洋烟入中国，害人不可胜计，把那劫数抵过了，故此法亦从洋来，得以保全婴儿之年寿耳。若不坚信而遵行之，是违天而自外于生生之理矣！……

而我所种的就正是这抵消洋烟之害的牛痘。去今已五十年，我的父亲也不是新学家，但竟毅然决然地给我种起“洋痘”来，恐怕还是受了这种学说的影响。因为我后来检查藏书，属于“子部医家类”者，说出来真是惭愧得很——实在只有《达生篇》和这宝贝的《验方新编》而已。

那时种牛痘的人固然少，但要种牛痘却也难，必须待到有一个时候，城里临时设立起施种牛痘局来，才有种痘的机会。我的牛痘，是请医生到家里来种的，大约是特别隆重的意思；时候可完全不知道了，推测起来，总该是春天罢。这一天，就举行了种痘的仪式，堂屋中央摆了一张方桌子，系上红桌帷，还点了香和蜡烛，我的父亲抱了我，坐在桌旁边。上首呢，还是侧面，现在一点也不记得了。这种仪式的出典，也至今查不出。

这时我就看见了医官。穿的是什么服饰，一些记忆的影子也没有，记得的只是他的脸：胖而圆，红红的，还带着一副墨晶的大眼镜。尤其特别的是他的话我一点都不懂。凡讲这种难懂的话的，我们这里除了官老爷之外，只有开当铺和卖茶叶的安徽人，做竹匠的东阳人，和变戏法的江北佬。官所讲者曰“官话”，此外皆谓之“拗声”。他的模样，是近于官的，大家都叫他“医官”，可见那是“官话”了。官话之震动了我的耳膜，这是第一次。

照种痘程序来说，他一到，该是动刀，点浆了，但我实在糊涂，也一点都没有记忆。直到二十年后，自看臂膊上的疮痕，才知道种了六粒，四粒是出的。但我确记得那时并没有痛，也没有哭，那医官还笑着摸摸我的头顶，说道：

“乖呀，乖呀！”

什么叫“乖呀乖呀”，我也不懂得，后来父亲翻译给我说，这是他在称赞我的意思。然而好像并不怎么高兴似的，我所高兴的是父亲送了我两样可爱的玩具。现在我想，我大约两三岁的时候，就是一个实利主义者的了，这坏性质到老不改，至今还是只要卖掉稿子或收到版税，总比听批评家的“官话”要高兴得多。

一样玩具是朱熹所谓“持其柄而摇之，则两耳还自击”的鼗鼓，在我虽然也算难得的事物，但仿佛曾经玩过，不觉得稀罕了。最可爱的是另外的一样，叫作“万花筒”，是一个小小的长圆筒，外糊花纸，两端嵌着玻璃，从孔子较小的一端向明一望，那可真是猗欤休哉，里面竟有许多五颜六色，稀奇古怪的花朵，而这些花朵的模样，都是非常整齐巧妙，为实际的花朵丛中所看不见的。况且奇迹还没有完，如果看得厌了，只要将手一摇，哪里面就又变了另外的花样，随摇随变，不会雷同，语所谓“层出不穷”者，大概就是“此之谓也”罢。

然而我也如别的一切小孩——但天才不在此例——一样，要探检这奇境了。我于是背着大人，在僻远之地，剥去外面的花纸，使它露出难看的纸版来；又挖掉两端的玻璃，就有一些五色的通草丝和小片落下；最后是撕破圆筒，发现了用三片镜玻璃条合成的空心的三角。花也没有，什么也没有，想使它复原，也没有成功，这就完结了。我真不知道惋惜了多少年，直到做过了五十岁的生日，还想找一个来玩玩，然而好像究竟没有孩子时候的勇猛了，终于没有特地出去买。否则，从竖着各种旗帜的“文学家”看来，又成为一条罪状，是无疑的。

现在的办法，譬如半岁或一岁种过痘，要稳当，是四五岁时候必须再种一次的。但我是前世纪的人，没有办得这么周密，到第二，第三次的种痘，已是二十多岁，在日本的东京了，第二次红了一红，第三次毫无影响。

最末的种痘，是十年前，在北京混混的时候。那时也在世界语专门学校里教几点钟书，总该是天花流行了罢，正值我在讲书的时间内，校医前来种痘了。我是一向煽动人们种痘的，而这学校的学生们，也真是令人吃惊。都已二十岁左右了，问起来，既未出过天花，也没有种过牛痘的多得很。况且去年还有一个实例,是颇为漂亮的某女士缺课两月之后，再到学校里来，竟变换了一副面目，肿而且麻，几乎不能认识了；还变得非常多疑而善怒，和她说话之际，简直连微笑也犯忌，因为她会疑心你在暗笑她，所以我总是十分小心，庄严，谨慎。自然，这情形使某种人批评起来，也许又会说是我在用冷静的方法，进攻女学生的。但不然，老实说罢，即使原是我的爱人，这时也实在使我有些“进退维谷”，因为柏拉图式的恋爱论，我是能看，能言，而不能行的。

不过一个好好的人，明明有妥当的方法，却偏要使细菌到自己的身体里来繁殖一通，我实在以为未免太近于固执；倒也不是想大家生得漂亮，给我可以冷静的进攻。总之，我在讲堂上就又竭力煽动了，然而困难得很，因为大家说种痘是痛的。再四磋商的结果，终于公举我首先种痘，作为青年的模范，于是我就成了群众所推戴的领袖，率领了青年军，浩浩荡荡，奔向校医室里来。

虽是春天，北京却还未暖和的，脱去衣服，点上四粒痘浆，又赶紧穿上衣服，也很费一点时光。但等我一面扣衣，一面转脸去看时，我的青年军已经溜得一个也没有了。

自然，牛痘在我身上，也还是一粒也没有出。

但也不能就决定我对于牛痘已经决无感应，因为这校医和他的痘浆，实在令我有些怀疑。他虽是无政府主义者，博爱主义者，然而托他医病，却是不能十分稳当的。也是这一年，我在校里教书的时候，自己觉得发热了，请他诊察之后，他亲爱地说道：

“你是肋膜炎，快回去躺下，我给你送药来。”

我知道这病是一时难好的，于生计大有碍，便十分忧愁，连忙回去躺下了，等着药，到夜没有来，第二天又焦灼地等了一整天，仍无消息。夜里十时，他到我寓里来了，恭敬地行礼：

“对不起，对不起，我昨天把药忘记了，现在特地来赔罪的。”

“那不要紧。此刻吃罢。”

“啊呀呀！药，我可没有带了来……”

他走后，我独自躺着想，这样的医治法，肋膜炎是决不会好的。第二天的上午，我就坚决地跑到一个外国医院去，请医生详细诊察了一回，他终于断定我并非什么肋膜炎，不过是感冒。我这才放了心，回寓后不再躺下，因此也疑心到他的痘浆，可真是有效的痘浆，然而我和牛痘，可是那一回要算最后的关系了。

直到一九三二年一月中，我才又遇到了种痘的机会。那时我们从闸北火线上逃到英租界的一所旧洋房里，虽然楼梯和走廊上都挤满了人，因四近还是胡琴声和打牌声，真如由地狱上了天堂一样。过了几天，两位大人来查考了，他问明了我们的人数，写在一本簿子上，就昂然而去。

我想，他是在造难民数目表，去报告上司的，现在大概早已告成，归在一个什么机关的档案里了罢。后来还来了一位公务人员，却是洋大人，他用了很流畅的普通语，劝我们从乡下逃来的人们，应该赶快种牛痘。

这样不花钱的种痘，原不妨伸出手去，占点便宜的，但我还睡在地板上，天气又冷，懒得起来，就加上几句说明，给了他拒绝。他略略一想，也就作罢了，还低了头看着地板，称赞我道：

“我相信你的话，我看你是有知识的。”

我也很高兴，因为我看我的名誉，在古今中外的医官的嘴上是都很好的。

但靠着做“难民”的机会，我也有了巡阅马路的工夫，在不意中，竟又看见万花筒了，听说还是某大公司的制造品。我的孩子是生后六个月就种痘的，像一个蚕蛹，用不着玩具的贿赂；现在大了一点，已有收受贡品的资格了，我就立刻买了去送他。然而很奇怪，我总觉得这一个远不及我的那一个，因为不但望进去总是昏昏沉沉，连花朵也毫不鲜明，而且总不见一个好模样。

我有时也会忽然想到儿童时代所吃的东西，好像非常有味，处境不同，后来永远吃不到了。但因为或一机会，居然能够吃到了的也有。然而奇怪的是味道并不如我所记忆的好，重逢之后，倒好像惊破了美丽的好梦，还不如永远地相思一般。我这时候就常常想，东西的味道是未必退步的，可是我老了，组织无不衰退，味蕾当然也不能例外，味觉的变钝，倒是我的失望的原因。

对于这万花筒的失望，我也就用了同样的解释。

幸而我的孩子也如我的脾气一样——但我希望他大起来会改变——他要探检这奇境了。首先撕去外面的花纸，露出来的倒还是十九世纪一样的难看的纸板，待到挖去一端的玻璃，落下来的却已经不是通草条，而是五色玻璃的碎片。围成三角形的三块玻璃也改了样，后面并非摆（挂）锡，只不过涂着黑漆了。

这时我才明白我的自责是错误的。黑玻璃虽然也能反光，却远不及镜玻璃之强；通草是轻的，易于支架起来，构成巨大的花朵，现在改用玻璃片，就无论怎样加以动摇，也只能堆在角落里，像一撮沙砾了。这样的万花筒，又怎能悦目呢？

整整的五十年，从地球年龄来计算，真是微乎其微，然而从人类历史上说，却已经是半世纪，柔石丁玲他们，就活不到这么久。我幸而居然经历过了，我从这经历，知道了种痘的普及，似乎比十九世纪有些进步，然而万花筒的做法，却分明的大大的退步了。

阿长与《山海经》

长妈妈，已经说过，是一个一向带领着我的女工，说得阔气一点，就是我的保姆。我的母亲和许多别的人都这样称呼她，似乎略带些客气的意思。只有祖母叫她阿长。我平时叫她"阿妈"，连"长"字也不带；但到憎恶她的时候——例如知道了谋死我那隐鼠的却是她的时候，就叫她阿长。

我们哪里没有姓长的；她生得黄胖而矮，"长"也不是形容词。又不是她的名字，记得她自己说过，她的名字是叫作什么姑娘的。什么姑娘，我现在已经忘却了，总之不是长姑娘；也终于不知道她姓什么。记得她也曾告诉过我这个名称的来历：先前的先前，我家有一个女工，身材生得很高大，这就是真阿长。后来她回去了，我那什么姑娘才来补她的缺，然而大家因为叫惯了，没有再改口，于是她从此也就成为长妈妈了。

虽然背地里说人长短不是好事情，但倘使要我说句真心话，我可只得说：我实在不大佩服她。最讨厌的是常喜欢切切察察[①]，向人们低声絮说些什么事，还竖起第二个手指，在空中上下摇动，或者点着对手或自己的鼻尖。我的家里一有些小风波，不知怎的我总疑心和这"切切察察"有些关系。又不许我走动，拔一株草，翻一块石头，就说我顽皮，要告诉我的母亲去了。一到夏天，睡觉时她又伸开两脚两手，在床中间摆成一个"大"字，挤得我没有余地翻身，久睡在一角的席子上，又已经烤

① 切切察察：嘁嘁喳喳。形容细碎的说话声音。

得那么热。推她呢，不动；叫她呢，也不闻。

“长妈妈生得那么胖，一定很怕热罢？晚上的睡相，怕不见得很好罢？……”

母亲听到我多回诉苦之后，曾经这样地问过她。我也知道这意思是要她多给我一些空席。她不开口。但到夜里，我热得醒来的时候，却仍然看见满床摆着一个“大”字，一条臂膊还搁在我的颈子上。我想，这实在是无法可想了。

但是她懂得许多规矩；这些规矩，也大概是我所不耐烦的。一年中最高兴的时节，自然要数除夕了。辞岁之后，从长辈得到压岁钱，红纸包着，放在枕边，只要过一宵，便可以随意使用。睡在枕上，看着红包，想到明天买来的小鼓，刀枪，泥人，糖菩萨……然而她进来，又将一个福橘放在床头了。

“哥儿，你牢牢记住！”她极其郑重地说。“明天是正月初一，清早一睁开眼睛，第一句话就得对我说：‘阿妈，恭喜恭喜！’记得么？你要记着，这是一年的运气的事情。不许说别的话！说过之后，还得吃一点福橘。”她又拿起那橘子来在我的眼前摇了两摇，“那么，一年到头，顺顺溜溜……”

梦里也记得元旦的，第二天醒得特别早，一醒，就要坐起来。她却立刻伸出臂膊，一把将我按住。我惊异地看她时，只见她惶急地看着我。

她又有所要求似的，摇着我的肩。我忽而记得了——

“阿妈，恭喜……”

“恭喜恭喜！大家恭喜！真聪明！恭喜恭喜！”她于是十分喜欢似的，笑将起来，同时将一点冰冷的东西，塞在我的嘴里。我大吃一惊之后，也就忽而记得，这就是所谓福橘，元旦辟头[①]的磨难，总算已经受完，可以下床玩耍去了。

她教给我的道理还很多，例如说人死了，不该说死掉，必须说“老

① 辟头：指正冲着头，引申为开头。

掉了”；死了人，生了孩子的屋子里，不应该走进去；饭粒落在地上，必须捡起来，最好是吃下去；晒裤子用的竹竿底下，是万不可钻过去的……此外，现在大抵忘却了，只有元旦（春节）的古怪仪式记得最清楚。总之，都是些烦琐之至，至今想起来还觉得非常麻烦的事情。

然而我有一时也对她发生过空前的敬意。她常常对我讲“长毛”。她之所谓“长毛”者，不但洪秀全军，似乎连后来一切土匪强盗都在内，但除却革命党，因为那时还没有。她说得长毛非常可怕，他们的话就听不懂。她说先前长毛进城的时候，我家全都逃到海边去了，只留一个门房和年老的煮饭老妈子看家。后来长毛果然进门来了，那老妈子便叫他们“大王”——据说对长毛就应该这样叫——诉说自己的饥饿。长毛笑道：“那么，这东西就给你吃了罢！”将一个圆圆的东西掷了过来，还带着一条小辫子，正是那门房的头。煮饭老妈子从此就骇破了胆，后来一提起，还是立刻面如土色，自己轻轻地拍着胸脯道：“阿[①]呀，骇死我了，骇死我了……”

我那时似乎倒并不怕，因为我觉得这些事和我毫不相干的，我不是一个门房。但她大概也即觉到了，说道：“像你似的小孩子，长毛也要掳的，掳去做小长毛。还有好看的姑娘，也要掳。”

“那么，你是不要紧的。”我以为她一定最安全了，既不做门房，又不是小孩子，也生得不好看，况且颈子上还有许多灸疮疤。

“哪里的话？！”她严肃地说。“我们就没有用么？我们也要被掳去。城外有兵来攻的时候，长毛就叫我们脱下裤子，一排一排地站在城墙上，外面的大炮就放不出来；再要放，就炸了！”

这实在是出于我意想之外的，不能不惊异。我一向只以为她满肚子是麻烦的礼节罢了，却不料她还有这样伟大的神力。从此对于她就有了特别的敬意，似乎实在深不可测；夜间的伸开手脚，占领全床，那当然是情有可原的了，倒应该我退让。

① 阿：同“啊”。

这种敬意，虽然也逐渐淡薄起来，但完全消失，大概是在知道她谋害了我的隐鼠之后。那时就极严重地诘问，而且当面叫她阿长。我想我又不真做小长毛，不去攻城，也不放炮，更不怕炮炸，我惧惮她什么呢!

但当我哀悼隐鼠，给它复仇的时候，一面又在渴慕着绘图的《山海经》了。这渴慕是从一个远房的叔祖惹起来的。他是一个胖胖的、和蔼的老人，爱种一点花木，如珠兰、茉莉之类，还有极其少见的，据说从北边带回去的马缨花。他的太太却正相反，什么也莫名其妙，曾将晒衣服的竹竿搁在珠兰的枝条上，枝折了，还要愤愤地咒骂道："死尸！"这老人是个寂寞者，因为无人可谈，就很爱和孩子们往来，有时简直称我们为"小友"。在我们聚族而居的宅子里，只有他书多，而且特别。制艺和试帖诗，自然也是有的；但我却只在他的书斋里，看见过陆玑的《毛诗草木鸟兽虫鱼疏》，还有许多名目很生的书籍。我那时最爱看的是《花镜》，上面有许多图。他说给我听，曾经有过一部绘图的《山海经》，画着人面的兽，九头的蛇，三脚的鸟，生着翅膀的人，没有头而以两乳当作眼睛的怪物……可惜现在不知道放在那（哪）里了。

我很愿意看看这样的图画，但不好意思力逼他去寻找，他是很疏懒的。问别人呢，谁也不肯真实地回答我。压岁钱还有几百文，买罢，又没有好机会。有书买的大街离我家远得很，我一年中只能在正月间去玩一趟，那时候，两家书店都紧紧地关着门。

玩的时候倒是没有什么的，但一坐下，我就记得绘图的《山海经》。

大概是太过于念念不忘了，连阿长也来问《山海经》是怎么一回事。这是我向来没有和她说过的，我知道她并非学者，说了也无益，但既然来问，也就都对她说了。

过了十多天，或者一个月罢，我还很记得，是她告假回家以后的四五天，她穿着新的蓝布衫回来了，一见面，就将一包书递给我，高兴地说道：

"哥儿，有画儿的'三哼经'，我给你买来了！"

我似乎遇着了一个霹雳，全体都震悚起来；赶紧去接过来，打开纸包，是四本小小的书，略略一翻，人面的兽，九头的蛇……果然都在内。

这又使我发生新的敬意了，别人不肯做，或不能做的事，她却能够做成功。她确有伟大的神力。谋害隐鼠的怨恨，从此完全消灭了。

这四本书，乃是我最初得到，最为心爱的宝书。

书的模样，到现在还在眼前。可是从还在眼前的模样来说，却是一部刻印都十分粗拙的本子。纸张很黄；图像也很坏，甚至于几乎全用直线凑合，连动物的眼睛也都是长方形的。但那是我最为心爱的宝书，看起来，确是人面的兽；九头的蛇；一脚的牛；袋子似的帝江；没有头而“以乳为目，以脐为口”，还要“执干戚而舞”的刑天。

此后我就更其搜集绘图的书，于是有了石印的《尔雅音图》和《毛诗品物图考》，又有了《点石斋丛画》和《诗画舫》。《山海经》也另买了一部石印的，每卷都有图赞，绿色的画，字是红的，比那木刻的精致得多了。这一部直到前年还在，是缩印的郝懿行疏。木刻的却已经记不清是什么时候失掉了。

我的保姆，长妈妈即阿长，辞了这人世，大概也有了三十年了罢。我终于不知道她的姓名，她的经历；仅知道有一个过继的儿子，她大约是青年守寡的孤孀。

仁厚黑暗的地母呵，愿在你怀里永安她的魂灵！

从百草园到三味书屋

我家的后面有一个很大的园，相传叫作百草园。现在是早已并屋子一起卖给朱文公的子孙了，连那最末次的相见也已经隔了七八年，其中似乎确凿只有一些野草；但那时却是我的乐园。

不必说碧绿的菜畦，光滑的石井栏，高大的皂荚树，紫红的桑椹[①]；也不必说鸣蝉在树叶里长吟，肥胖的黄蜂伏在菜花上，轻捷的叫天子（云雀）忽然从草间直窜向云霄里去了。单是周围的短短的泥墙根一带，就有无限趣味。油蛉在这里低唱，蟋蟀们在这里弹琴。翻开断砖来，有时会遇见蜈蚣；还有斑蝥，倘若用手指按住它的脊梁，便会“啪”的一声，从后窍喷出一阵烟雾。何首乌藤和木莲藤缠络着，木莲有莲房一般的果实，何首乌有臃肿的根。有人说，何首乌根是有像人形的，吃了便可以成仙，我于是常常拔它起来，牵连不断地拔起来，也曾因此弄坏了泥墙，却从来没有见过有一块根像人样。如果不怕刺，还可以摘到覆盆子，像小珊瑚珠攒成的小球，又酸又甜，色味都比桑椹要好得远。

长的草里是不去的，因为相传这园里有一条很大的赤练蛇。

长妈妈曾经讲给我一个故事听：先前，有一个读书人住在古庙里用功，晚间，在院子里纳凉的时候，突然听到有人在叫他。答应着，四面看时，却见一个美女的脸露在墙头上，向他一笑，隐去了。他很高兴；但竟给那走来夜谈的老和尚识破了机关。说他脸上有些妖气，一定遇见“美女蛇”

① 椹：同“葚”（shèn）。

了；这是人首蛇身的怪物，能唤人名，倘一答应，夜间便要来吃这人的肉的。他自然吓得要死，而那老和尚却道无妨，给他一个小盒子，说只要放在枕边，便可高枕而卧。他虽然照样办，却总是睡不着——当然睡不着的。到半夜，果然来了，沙沙沙！门外像是风雨声。他正抖作一团时，却听得豁的一声，一道金光从枕边飞出，外面便什么声音也没有了，那金光也就飞回来，敛在盒子里。后来呢？后来，老和尚说，这是飞蜈蚣，它能吸蛇的脑髓，美女蛇就被它治死了。

结末的教训是：所以倘有陌生的声音叫你的名字，你万不可答应他。

这故事很使我觉得做人之险，夏夜乘凉，往往有些担心，不敢去看墙上，而且极想得到一盒老和尚那样的飞蜈蚣。走到百草园的草丛旁边时，也常常这样想。但直到现在，总还是没有得到，但也没有遇见过赤练蛇和美女蛇。叫我名字的陌生声音自然是常有的，然而都不是美女蛇。

冬天的百草园比较的无味；雪一下，可就两样了。拍雪人（将自己的全形印在雪上）和塑雪罗汉需要人们鉴赏，这是荒园，人迹罕至，所以不相宜，只好来捕鸟。薄薄的雪，是不行的；总须积雪盖了地面一两天，鸟雀们久已无处觅食的时候才好。扫开一块雪，露出地面，用一根短棒支起一面大的竹筛来，下面撒些秕谷，棒上系一条长绳，人远远地牵着，看鸟雀下来啄食，走到竹筛底下的时候，将绳子一拉，便罩住了。但所得的是麻雀居多，也有白颊的“张飞鸟”，性子很躁，养不过夜的。

这是闰土的父亲所传授的方法，我却不大能用。明明见它们进去了，拉了绳，跑去一看，却什么都没有，费了半天力，捉住的不过三四只。闰土的父亲是小半天便能捕获几十只，装在叉袋里叫着撞着的。我曾经问他得失的缘由，他只静静地笑道：你太性急，来不及等它走到中间去。

我不知道为什么家里的人要将我送进书塾里去了，而且还是全城中称为最严厉的书塾。也许是因为拔何首乌毁了泥墙罢，也许是因为将砖头抛到间壁的梁家去了罢，也许是因为站在石井栏上跳了下来罢……都无从知道。总而言之：我将不能常到百草园了。Ade[1]，我的蟋蟀们！Ade，我的覆盆子们和木莲们！……

出门向东，不上半里，走过一道石桥，便是我的先生[2]的家了。从一扇黑油的竹门进去，第三间是书房。中间挂着一块匾道：三味书屋；匾下面是一幅画，画着一只很肥大的梅花鹿伏在古树下。没有孔子牌位，我们便对着那匾和鹿行礼。第一次算是拜孔子，第二次算是拜先生。

第二次行礼时，先生便和蔼地在一旁答礼。他是一个高而瘦的老人，须发都花白了，还戴着大眼镜。我对他很恭敬，因为我早听到，他是本城中极方正，质朴，博学的人。

不知从那（哪）里听来的，东方朔也很渊博，他认识一种虫，名曰“怪哉”，冤气所化，用酒一浇，就消释了。我很想详细地知道这故事，但阿长是不知道的，因为她毕竟不渊博。现在得到机会了，可以问先生。

“先生，‘怪哉’这虫，是怎么一回事？……”我上了生书，将要退下来的时候，赶忙问。

“不知道！”他似乎很不高兴，脸上还有怒色了。

我才知道做学生是不应该问这些事的，只要读书，因为他是渊博的宿儒，绝不至于不知道，所谓不知道者，乃是不愿意说。年纪比我大的人，往往如此，我遇见过好几回了。

我就只读书，正午习字，晚上对课。先生最初这几天对我很严厉，后来却好起来了，不过给我读的书渐渐加多，对课也渐渐地加上字去，从三言到五言，终于到七言。

三味书屋后面也有一个园，虽然小，但在哪里也可以爬上花坛去折腊梅花，在地上或桂花树上寻蝉蜕。最好的工作是捉了苍蝇喂蚂蚁，静悄悄地没有声音。然而同窗们到园里的太多，太久，可就不行了，先生

---

①Ade：德语，意为再见。

② 指寿镜吾。

在书房里便大叫起来：

“人都到那（哪）里去了？！”

人们便一个一个陆续走回去；一同回去，也不行的。他有一条戒尺，但是不常用，也有罚跪的规则，但也不常用，普通总不过瞪几眼，大声道：

“读书！”

于是大家放开喉咙读一阵书，真是人声鼎沸。有念“仁远乎哉我欲仁斯仁至矣”的，有念“笑人齿缺曰狗窦大开”的，有念“上九潜龙勿用”的，有念“厥土下上上错厥贡苞茅橘柚”的……先生自己也念书。后来，我们的声音便低下去，静下去了，只有他还大声朗读着：

铁如意，指挥倜傥，一座皆惊呢……金叵罗，颠倒淋漓噫，千杯未醉嗬……

我疑心这是极好的文章，因为读到这里，他总是微笑起来，而且将头仰起，摇着，向后面拗过去，拗过去。

先生读书入神的时候，于我们是很相宜的。有几个便用纸糊的盔甲套在指甲上做戏。我是画画儿，用一种叫作“荆川纸”的，蒙在小说的绣像上一个个描下来，像习字时候的影写一样。读的书多起来，画的画也多起来；书没有读成，画的成绩却不少了，最成片段的是《荡寇志》和《西游记》的绣像，都有一大本。后来，因为要钱用，卖给一个有钱的同窗了。他的父亲是开锡箔店的；听说现在自己已经做了店主，而且快要升到绅士的地位了。这东西早已没有了罢。

父亲的病

大约十多年前罢，S城中曾经盛传过一个名医的故事：

他出诊原来是一元四角，特拔十元，深夜加倍，出城又加倍。有一夜，一家城外人家的闺女生急病，来请他了，因为他其时已经阔得不耐烦，便非一百元不去。他们只得都依他。待去时，却只是草草地一看，说道："不要紧的"，开一张方，拿了一百元就走。那病家似乎很有钱，第二天又来请了。他一到门，只见主人笑面承迎，道："昨晚服了先生的药，好得多了，所以再请你来复诊一回。"仍旧引到房里，老妈子便将病人的手拉出帐外来。他一按，冷冰冰的，也没有脉，于是点点头道："唔，这病我明白了。"从从容容走到桌前，取了药方纸，提笔写道：

"凭票付鹰洋壹百元整。"下面是署名，画押。

"先生，这病看来很不轻了，用药怕还得重一点罢。"主人在背后说。

"可以。"他说。于是另开了一张方：

"凭票付鹰洋贰百元整。"下面仍是署名，画押。

这样，主人就收了药方，很客气地送他出来了。

我曾经和这名医周旋过两整年，因为他隔日一回，来诊我的父亲的病。那时虽然已经很有名，但还不至于阔得这样不耐烦；可是诊金却已经是一元四角。现在的都市上，诊金一次十元并不算奇，可是那时是一元四角已是巨款，很不容易张罗的了；又何况是隔日一次。他大概的确有些特别，据舆论说，用药就与众不同。我不知道药品，所觉得的，就是"药引”的难得，新方一换，就得忙一大场。先买药，再寻药引。生姜两片，竹叶十片去尖，他是不用的了。起码是芦根，须到河边去掘；一到经霜三年的甘蔗，便至少也得搜寻两三天。可是说也奇怪，大约后来总没有购求不到的。

据舆论说，神妙就在这地方。先前有一个病人，百药无效；待到遇见了什么叶天士先生，只在旧方上加了一味药引：梧桐叶。只一服，便霍然而愈了。“医者，意也。”其时是秋天，而梧桐先知秋气。其先百药不投，今以秋气动之，以气感气，所以……我虽然并不了然，但也十分佩服，知道凡有灵药，一定是很不容易得到的，求仙的人，甚至于还要拼了性命，跑进深山里去采呢。

这样有两年，渐渐地熟识，几乎是朋友了。父亲的水肿是逐日厉害，将要不能起床；我对于经霜三年的甘蔗之流也逐渐失了信仰，采办药引似乎再没有先前一般踊跃了。正在这时候，他有一天来诊，问过病状，便极其诚恳地说：

“我所有的学问，都用尽了。这里还有一位陈莲河先生，本领比我高。我荐他来看一看，我可以写一封信。可是，病是不要紧的，不过经他的手，可以格外好得快……”

这一天似乎大家都有些不欢，仍然由我恭敬地送他上轿。进来时，看见父亲的脸色很异样，和大家谈论，大意是说自己的病大概没有希望的了；他因为看了两年，毫无效验，脸又太熟了，未免有些难以为情，所以等到危急时候，便荐一个生手自代，和自己完全脱了干系。但另外有什么法子呢？本城的名医，除他之外，实在也只有一个陈莲河了。明天就请陈莲河。

陈莲河的诊金也是一元四角。但前回的名医的脸是圆而胖的，他却长而胖了：这一点颇不同。还有用药也不同，前回的名医是一个人还可以办的，这一回却是一个人有些办不妥帖了，因为他一张药方上，总兼有一种特别的丸散和一种奇特的药引。

芦根和经霜三年的甘蔗，他就从来没有用过。最平常的是“蟋蟀一对”，旁注小字道：“要原配，即本在一窠中者。”似乎昆虫也要贞节，续弦或再醮，连做药资格也丧失了。但这差事在我并不为难，走进百草园，十对也容易得，将它们用线一缚，活活地掷入沸汤中完事。然而还有“平地木十株”呢，这可谁也不知道是什么东西了。问药店，问乡下人，问卖草药的，问老年人，问读书人，问木匠，都只是摇摇头，临末才记起了那远房的叔祖，爱种一点花木的老人，跑去一问，他果然知道，是生在山中树下的一种小树，能结红子如小珊瑚珠的，普通都称为“老弗大”。

“踏破铁鞋无觅处，得来全不费工夫。”药引寻到了，然而还有一种特别的丸药：败鼓皮丸。这“败鼓皮丸”就是用打破的旧鼓皮做成；水肿一名鼓胀，一用打破的鼓皮自然就可以克服它。清朝的刚毅因为憎恨“洋鬼子”，预备打他们，练了些兵称作“虎神营”，取虎能食羊，神能伏鬼的意思，也就是这道理。可惜这一种神药，全城中只有一家出售的，离我家就有五里，但这却不像平地木那样，必须暗中摸索了，陈莲河先生开方之后，就恳切详细地给我们说明。

“我有一种丹，”有一回陈莲河先生说：“点在舌上，我想一定可以见效。因为舌乃心之灵苗……价钱也并不贵，只要两块钱一盒……”

我父亲沉思了一会儿，摇摇头。

“我这样用药还会不大见效，”有一回陈莲河先生又说：“我想，可以请人看一看，可有什么冤愆……医能医病，不能医命，对不对？自然，这也许是前世的事……”

我的父亲沉思了一会儿，摇摇头。

凡国手，都能够起死回生的，我们走过医生的门前，常可以看见这样的匾额。现在是让步一点了，连医生自己也说道：“西医长于外科，中医长于内科。”但是S城那时不但没有西医，并且谁也还没有想到天下有所谓西医，因此无论什么，都只能由轩辕岐伯的嫡派门徒包办。轩辕时候是巫医不分的，所以直到现在，他的门徒就还见鬼，而且觉得“舌乃心之灵苗”。这就是中国人的“命”，连名医也无从医治的。

不肯用灵丹点在舌头上，又想不出“冤愆”来，自然，单吃了一百多天的“败鼓皮丸”有什么用呢？依然打不破水肿，父亲终于躺在床上喘气了。还请一回陈莲河先生，这回是特拔，大洋十元。他仍旧泰然地开了一张方，但已停止败鼓皮丸不用，药引也不很神妙了，所以只消半天，药就煎好，灌下去，却从口角上回了出来。

从此我便不再和陈莲河先生周旋，只在街上有时看见他坐在三名轿夫的快轿里飞一般抬过；听说他现在还康健，一面行医，一面还做中医什么学报，正在和只长于外科的西医奋斗哩。

中西的思想确乎有一点不同。听说中国的孝子们，一到将要“罪孽深重祸延父母”的时候，就买几斤人参，煎汤灌下去，希望父母多喘几天气，即使半天也好。我的一位教医学的先生却教给我医生的职务道：可医的应该给他医治，不可医的应该给他死得没有痛苦。——但这先生自然是西医。

父亲的喘气颇长久，连我也听得很吃力，然而谁也不能帮助他。我有时竟至于电光一闪似的想道：“还是快一点喘完了罢……”立刻觉得这思想就不该，就是犯了罪；但同时又觉得这思想实在是正当的，我很爱我的父亲。便是现在，也还是这样想。

早晨，住在一门里的衍太太进来了。她是一个精通礼节的妇人，说我们不应该空等着。于是给他换衣服；又将纸锭和一种什么《高王经》烧成灰，用纸包了给他捏在拳头里……

“叫呀，你父亲要断气了。快叫呀！”衍太太说。

“父亲！父亲！”我就叫起来。

“大声！他听不见。还不快叫？！”

“父亲！！！父亲！！！”

他已经平静下去的脸，忽然紧张了，将眼微微一睁，仿佛有一些苦痛。

“叫呀！快叫呀！”她催促说。

“父亲！！！”

“什么呢？……不要嚷……不……”他低低地说，又较急地喘着气，好一会儿，这才复了原状，平静下去了。

“父亲！！！”我还叫他，一直到他咽了气。

我现在还听到那时的自己的这声音，每听到时，就觉得这却是我对于父亲的最大的错处。

风　筝

北京的冬季，地上还有积雪，灰黑色的秃树枝丫叉于晴朗的天空中，而远处有一二风筝浮动，在我是一种惊异和悲哀。

故乡的风筝时节，是春二月，倘听到沙沙的风轮声，仰头便能看见一个淡黑色的蟹风筝或嫩蓝色的蜈蚣风筝。还有寂寞的瓦片风筝，没有风轮，又放得很低，伶仃地显出憔悴可怜模样。但此时地上的杨柳已经发芽，早的山桃也多吐蕾，和孩子们的天上的点缀照应，打成一片春日的温和。我现在在哪里呢？四面都还是严冬的肃杀，而久经诀别的故乡的久经逝去的春天，却就在这天空中荡漾了。

但我是向来不爱放风筝的，不但不爱，并且嫌恶它，因为我以为这是没出息孩子所做的玩意儿。和我相反的是我的小兄弟，他那时大概十岁内外罢，多病，瘦得不堪，然而最喜欢风筝，自己买不起，我又不许放，他只得张着小嘴，呆看着空中出神，有时至于小半日。远处的蟹风筝突然落下来了，他惊呼；两个瓦片风筝的缠绕解开了，他高兴得跳跃。他的这些，在我看来都是笑柄，可鄙的。

有一天，我忽然想起，似乎多日不很看见他了，但记得曾见他在后园拾枯竹。我恍然大悟似的，便跑向少有人去的一间堆积杂物的小屋去，推开门，果然就在尘封的什物堆中发现了他。他向着大方凳，坐在小凳上；便很惊惶地站了起来，失了色瑟缩着。大方凳旁靠着一个蝴蝶风筝的竹骨，还没有糊上纸，凳上是一对做眼睛用的小风轮，正用红纸条装饰着，将要完工了。我在破获秘密的满足中，又很愤怒他的瞒了我的眼睛，这样苦心孤诣地来偷做没出息孩子的玩意儿。我即刻伸手折断了蝴蝶的一支翅骨，又将风轮掷在地下，踏扁了。论长幼，论力气，他是都敌不过我的，我当然得到完全的胜利，于是傲然走出，留他绝望地站在小屋里。后来他怎样，我不知道，也没有留心。

然而我的惩罚终于轮到了，在我们离别得很久之后，我已经是中年。我不幸偶尔看了一本外国的讲论儿童的书，才知道游戏是儿童最正当的行为，玩具是儿童的天使。于是二十年来毫不忆及的幼小时候对于精神的虐杀的这一幕，忽地在眼前展开，而我的心也仿佛同时变了铅块，很重很重地堕下去了。

但心又不竟堕下去而至于断绝，它只是很重很重地堕着，堕着。

我也知道补过的方法的：送他风筝，赞成他放，劝他放，我和他一同放。我们嚷着，跑着，笑着。——然而他其时已经和我一样，早已有了胡子了。

我也知道还有一个补过的方法的：去讨他的宽恕，等他说："我可是毫不怪你呵。"那么，我的心一定就轻松了，这确是一个可行的方法。有一回，我们会面的时候，是脸上都已添刻了许多"生"的辛苦的条纹，而我的心很沉重。我们渐渐谈起儿时的旧事来，我便叙述到这一节，自说少年时代的糊涂。"我可是毫不怪你呵。"我想，他要说了，我即刻便受了宽恕，我的心从此也宽松了罢。

"有过这样的事么？"他惊异地笑着说，就像旁听着别人的故事一样。他什么也不记得了。

全然忘却，毫无怨恨，又有什么宽恕之可言呢？无怨的恕，说谎罢了。

我还能希求什么呢？我的心只得沉重着。

现在，故乡的春天又在这异地的空中了，既给我久经逝去的儿时的回忆，而一并也带着无可把握的悲哀。我倒不如躲到肃杀的严冬中去罢——但是，四面又明明是严冬，正给我非常的寒威和冷气。

范爱农[1]

在东京的客店里，我们大抵一起来就看报。学生所看的多是《朝日新闻》和《读卖新闻》，专爱打听社会上琐事的就看《二六新闻》。一天早晨，辟头就看见一条从中国来的电报，大概是：

"安徽巡抚恩铭被 Jo Shiki Rin 刺杀，刺客就擒。"

大家一怔之后，便容光焕发地互相告语，并且研究这刺客是谁，汉字是怎样三个字。但只要是绍兴人，又不专看教科书的，却早已明白了。这是徐锡麟，他留学回国之后，在做安徽候补道，办着巡警事务，正合于刺杀巡抚的地位。

大家接着就预测他将被极刑，家族将被连累。不久，秋瑾姑娘在绍兴被杀的消息也传来了，徐锡麟是被挖了心，给恩铭的亲兵炒食净尽。人心很愤怒。有几个人便秘密地开一个会，筹集川资；这时用得着日本浪人了，撕乌贼鱼下酒，慷慨一通之后，他便登程去接徐伯荪的家属去。

照例还有一个同乡会，吊烈士，骂满洲；此后便有人主张打电报到北京，痛斥满政府的无人道。会众即刻分成两派：一派要发电，一派不要发。我是主张发电的，但当我说出之后，即有一种钝滞的声音跟着起来：

"杀的杀掉了，死的死掉了，还发什么屁电报呢。"

这是一个高大身材，长头发，眼球白多黑少的人，看人总像在藐视。他蹲在席子上，我发言大抵就反对；我早觉得奇怪，注意着他的了，到

① 范爱农：名肇基，浙江绍兴人。生于一八八三年，一九一二年与友人游湖时溺水而亡。

这时才打听别人：说这话的是谁呢，有那么冷？认识的人告诉我说：他叫范爱农，是徐伯荪的学生。

我非常愤怒了，觉得他简直不是人，自己的先生被杀了，连打一个电报还害怕，于是便坚执地主张要发电，同他争起来。结果是主张发电的居多数，他屈服了。其次要推出人来拟电稿。

“何必推举呢？自然是主张发电的人啰……”他说。

我觉得他的话又在针对我，无理倒也并非无理的。但我便主张这一篇悲壮的文章必须深知烈士生平的人做，因为他比别人关系更密切，心里更悲愤，做出来就一定更动人。于是又争起来。结果是他不做，我也不做，不知谁承认做去了；其次是大家走散，只留下一个拟稿的和一两个干事，等候做好之后去拍发。

从此我总觉得这范爱农离奇，而且很可恶。天下可恶的人，当初以为是满人，这时才知道还在其次；第一倒是范爱农。中国不革命则已，要革命，首先就必须将范爱农除去。

然而这意见后来似乎逐渐淡薄，到底忘却了，我们从此也没有再见面。直到革命的前一年，我在故乡做教员，大概是春末时候罢，忽然在熟人的客座上看见了一个人，互相熟视了不过两三秒钟，我们便同时说：

“哦哦，你是范爱农！”

“哦哦，你是鲁迅！”

不知怎的我们便都笑了起来，是互相的嘲笑和悲哀。他眼睛还是那样，然而奇怪，只这几年，头上却有了白发了，但也许本来就有，我先前没有留心到。他穿着很旧的布马褂，破布鞋，显得很寒素。谈起自己的经历来，他说他后来没有了学费，不能再留学，便回来了。回到故乡之后，又受着轻蔑，排斥，迫害，几乎无地可容。现在是躲在乡下，教着几个小学生糊口。但因为有时觉得很气闷，所以也乘了航船进城来。

他又告诉我现在爱喝酒，于是我们便喝酒。从此他每一进城，必定来访我，非常相熟了。我们醉后常谈些愚不可及的疯话，连母亲偶然听到了也发笑。一天我忽而记起在东京开同乡会时的旧事，便问他：

“那一天你专门反对我，而且故意似的，究竟是什么缘故呢？”

“你还不知道？我一向就讨厌你的——不但我，我们。”

“你那时之前，早知道我是谁么？”

“怎么不知道。我们到横滨，来接的不就是子英和你么？你看不起我们，摇摇头，你自己还记得么？”

我略略一想，记得的，虽然是七八年前的事。那时是子英来约我的，说到横滨去接新来留学的同乡。汽船一到，看见一大堆，大概一共有十多人，一上岸便将行李放到税关上去候查检，关吏在衣箱中翻来翻去，忽然翻出一双绣花的弓鞋来，便放下公事，拿着仔细地看。我很不满，心里想，这些鸟男人，怎么带这东西来呢。自己不注意，那时也许就摇了摇头。检验完毕，在客店小坐之后，即须上火车。不料这一群读书人又在客车上让起座位来了，甲要乙坐在这位上，乙要丙去坐，揖让未终，火车已开，车身一摇，即刻跌倒了三四个。我那时也很不满，暗地里想：连火车上的座位，他们也要分出尊卑来……自己不注意，也许又摇了摇头。然而那群雍容揖让的人物中就有范爱农，却直到这一天才想到。岂但他呢，说起来也惭愧，这一群里，还有后来在安徽战死的陈伯平烈士，被害的马宗汉烈士；被囚在黑狱里，到革命后才见天日而身上永带着匪刑的伤痕的也还有一两人。而我都茫无所知，摇着头将他们一并运上东京了。徐伯荪虽然和他们同船来，却不在这车上，因为他在神户就和他的夫人坐车走了陆路了。

我想我那时摇头大约有两回，他们看见的不知道是哪一回。让座时喧闹，检查时幽静，一定是在税关上的那一回了，试问爱农，果然是的。

“我真不懂你们带这东西做什么？是谁的？”

“还不是我们师母的？”他瞪着他多白的眼。

“到东京就要假装大脚，又何必带这东西呢？”

“谁知道呢？你问她去。”

到冬初,我们的景况更拮据了,然而还喝酒,讲笑话。忽然是武昌起义,接着是绍兴光复。第二天爱农就上城来,戴着农夫常用的毡帽,那笑容是从来没有见过的。

“老迅,我们今天不喝酒了。我要去看看光复的绍兴。我们同去。”

我们便到街上去走了一通,满眼是白旗。然而貌虽如此,内骨子是依旧的,因为还是几个旧乡绅所组织的军政府,什么铁路股东是行政司长,钱店掌柜是军械司长……这军政府也到底不长久,几个少年一嚷,王金发带兵从杭州进来了,但即使不嚷或者也会来。他进来以后,也就被许多闲汉和新进的革命党所包围,大做王都督。在衙门里的人物,穿布衣来的,不上十天也大概换上皮袍子了,天气还并不冷。

我被摆在师范学校校长的饭碗旁边,王都督给了我校款二百元。爱农做监学,还是那件布袍子,但不大喝酒了,也很少有工夫谈闲天。他办事,兼教书,实在勤快得可以。

“情形还是不行,王金发他们。”一个去年听过我的讲义的少年来访问我,慷慨地说:“我们要办一种报来监督他们。不过发起人要借用先生的名字。还有一个是子英先生,一个是德清先生。为社会,我们知道你决不推却的。”

我答应他了。两天后便看见出报的传单,发起人诚然是三个。五天后便见报,开首便骂军政府和哪里面的人员;此后是骂都督,都督的亲戚,同乡,姨太太……

这样地骂了十多天,就有一种消息传到我的家里来,说都督因为你们诈取了他的钱,还骂他,要派人用手枪来打死你们了。

别人倒还不打紧,第一个着急的是我的母亲,叮嘱我不要再出去。但我还是照常走,并且说明,王金发是不来打死我们的,他虽然绿林大学出身,而杀人却不很轻易。况且我拿的是校款,这一点他还能明白的,不过说说罢了。

果然没有来杀。写信去要经费,又取了二百元。但仿佛有些怒意,同时传令道：再来要，没有了！

不过爱农得到了一种新消息，却使我很为难。原来所谓“诈取”者，并非指学校经费而言，是指另有送给报馆的一笔款。报纸上骂了几天之后，王金发便叫人送去了五百元。于是乎我们的少年们便开起会议来，第一个问题是：收不收？决议曰：收。第二个问题是：收了之后骂不骂？决议曰：骂。理由是：收钱之后，他是股东；股东不好，自然要骂。

我即刻到报馆去问这事的真假。都是真的。略说了几句不该收他钱的话，一个名为会计的便不高兴了，质问我道：

“报馆为什么不收股本？”

“这不是股本……”

“不是股本是什么？”

我就不再说下去了，这一点世故是早已知道的，倘我再说出连累我们的话来，他就会面斥我太爱惜不值钱的生命，不肯为社会牺牲，或者明天在报上就可以看见我怎样怕死发抖的记载。

然而事情很凑巧，季茀写信来催我往南京了。爱农也很赞成，但颇凄凉，说：

“这里又是那样，住不得。你快去罢……”

我懂得他无声的话，决计往南京。先到都督府去辞职，自然照准，派来了一个拖鼻涕的接收员，我交出账目和余款一角又两铜元，不是校长了。后任是孔教会会长傅力臣。

报馆案是我到南京后两三个星期了结的，被一群兵们捣毁。子英在乡下，没有事；德清适值在城里，大腿上被刺了一尖刀。他大怒了。自然，这是很有些痛的，怪他不得。他大怒之后，脱下衣服，照了一张照片，以显示一寸来宽的刀伤，并且做一篇文章叙述情形，向各处分送，宣传军政府的横暴。我想，这种照片现在是大约未必还有人收藏着了，尺寸太小，刀伤缩小到几乎等于无，如果不加说明，看见的人一定以为是带些疯气的风流人物的裸体照片，倘遇见孙传芳大帅，还怕要被禁止的。

我从南京移到北京的时候，爱农的学监也被孔教会会长的校长设法去掉了。他又成了革命前的爱农。我想为他在北京寻一点小事做，这是他非常希望的，然而没有机会。他后来便到一个熟人的家里去寄食，也时时给我信，景况愈困穷，言辞也愈凄苦。终于又非走出这熟人的家不可，便在各处飘浮。不久，忽然从同乡哪里得到一个消息，说他已经掉在水里，淹死了。

我疑心他是自杀。因为他是浮水的好手，不容易淹死的。

夜间独坐在会馆里，十分悲凉，又疑心这消息并不确，但无端又觉得这是极其可靠的，虽然并无证据。一点法子都没有，只做了四首诗，后来曾在一种日报上发表，现在是将要忘记完了。只记得一首里的六句，起首四句是："把酒论天下，先生小酒人。大圜犹酩酊，微醉合沉沦。"中间忘掉两句，末了是"旧朋云散尽，余亦等轻尘"。

后来我回故乡去，才知道一些较为详细的事。爱农先是什么事也没得做，因为大家讨厌他。他很困难，但还喝酒，是朋友请他的。他已经很少和人们来往，常见的只剩下几个后来认识的较为年青的人了，然而他们似乎也不愿意多听他的牢骚，以为不如讲笑话有趣。

"也许明天就收到一个电报，拆开来一看，是鲁迅来叫我的。"他时常这样说。

一天，几个新的朋友约他坐船去看戏，回来已过夜半，又是大风雨，他醉着，却偏要到船舷上去小解。大家劝阻他，也不听，说是不会掉下去的。但他掉下去了，虽然能浮水，却从此不起来。

第二天打捞尸体，是在菱荡里找到的，直立着。

我至今不明白他究竟是失足还是自杀。

他死后一无所有，遗下一个幼女和他的夫人。有几个人想集一点钱作他女孩将来的学费的基金，因为一经提议，即有族人来争这笔款的保管权——其实还没有这笔款——大家觉得无聊，便无形消散了。

现在不知他惟一的女儿景况如何？倘在上学，中学已该毕业了罢。

藤野先生[①]

东京也无非是这样。上野的樱花烂熳[②]的时节,望去确也像绯红的轻云，但花下也缺不了成群结队的“清国留学生”的速成班，头顶上盘着大辫子,顶得学生制帽的顶上高高耸起,形成一座富士山。也有解散辫子,盘得平的，除下帽来，油光可鉴，宛如小姑娘的发髻一般，还要将脖子扭几扭。实在标致极了。

中国留学生会馆的门房里有几本书卖，有时还值得去一转；倘在上午，里面的几间洋房里倒也还可以坐坐的。但到傍晚，有一间的地板便常不免要咚咚咚地响得震天，兼以满房烟尘斗乱；问问精通时事的人,答道:“那是在学跳舞。”

到别的地方去看看，如何呢?

我就往仙台的医学专门学校去。从东京出发，不久便到一处驿站,写道:日暮里。不知怎的,我到现在还记得这名目。其次却只记得水户了,这是明的遗民朱舜水先生客死的地方。仙台是一个市镇，并不大；冬天冷得厉害;还没有中国的学生。

大概是物以希[③]为贵罢。北京的白菜运往浙江,便用红头绳系住菜根,倒挂在水果店头,尊为“胶菜”;福建野生着的芦荟,一到北京就请进温室,

---

① 藤野先生：原名藤野严九郎（1874–1945），日本福井县人，是鲁迅在日本仙台医学专门学校学习时的老师。

② 烂熳：同“烂漫”。颜色鲜明而美丽。

③ 希：同“稀”。

且美其名曰“龙舌兰”。我到仙台也颇受了这样的优待，不但学校不收学费，几个职员还为我的食宿操心。我先是住在监狱旁边一个客店里的，初冬已经颇冷，蚊子却还多，后来用被盖了全身，用衣服包了头脸，只留两个鼻孔出气。在这呼吸不息的地方,蚊子竟无从插嘴,居然睡安稳了。饭食也不坏。但一位先生却以为这客店也包办囚人的饭食，我住在哪里不相宜，几次三番，几次三番地说。我虽然觉得客店兼办囚人的饭食和我不相干，然而好意难却，也只得别寻相宜的住处了。于是搬到别一家，离监狱也很远，可惜每天总要喝难以下咽的芋梗汤。

从此就看见许多陌生的先生，听到许多新鲜的讲义。解剖学是两个教授分任的。最初是骨学。其时进来的是一个黑瘦的先生，八字须，戴着眼镜，挟着一叠大大小小的书。一将书放在讲台上，便用了缓慢而很有顿挫的声调，向学生介绍自己道：

“我就是叫作藤野严九郎的……”

后面有几个人笑起来了。他接着便讲述解剖学在日本发达的历史，那些大大小小的书，便是从最初到现今关于这一门学问的著作。起初有几本是线装的；还有翻刻中国译本的，他们的翻译和研究新的医学，并不比中国早。

那坐在后面发笑的是上学年不及格的留级学生，在校已经一年，掌故颇为熟悉的了。他们便给新生讲演每个教授的历史。这藤野先生，据说是穿衣服太模胡[①]了，有时竟会忘记戴领结；冬天是一件旧外套，寒颤颤的，有一回上火车去，致使管车的疑心他是扒手，叫车里的客人大家小心些。

他们的话大概是真的，我就亲见他有一次上讲堂没有戴领结。

过了一星期，大约是星期六，他使助手来叫我了。到得研究室，见他坐在人骨和许多单独的头骨中间——他其时正在研究着头骨，后来有一篇论文在本校的杂志上发表出来。

① 模胡：同“模糊”。

“我的讲义，你能抄下来么？”他问。

“可以抄一点。”

“拿来我看！”

我交出所抄的讲义去，他收下了，第二三天便还我，并且说，此后每一星期要送给他看一回。我拿下来打开看时，很吃了一惊，同时也感到一种不安和感激。原来我的讲义已经从头到末，都用红笔添改过了，不但增加了许多脱漏的地方，连文法的错误，也都一一订正。这样一直继续到教完了他所担任的功课：骨学，血管学，神经学。

可惜我那时太不用功，有时也很任性。还记得有一回藤野先生将我叫到他的研究室里去，翻出我那讲义上的一个图来，是下臂的血管，指着，向我和蔼地说道：

“你看，你将这条血管移了一点位置了。——自然，这样一移，的确比较地好看些，然而解剖图不是美术，实物是那么样的，我们没法改换它。现在我给你改好了，以后你要全照着黑板上那样的画。”

但是我还不服气，口头答应着，心里却想道：

“图还是我画得不错；至于实在的情形，我心里自然记得的。”

学年试验完毕之后，我便到东京玩了一夏天，秋初再回学校，成绩早已发表了，同学一百余人之中，我在中间，不过是没有落第。这回藤野先生所担任的功课，是解剖实习和局部解剖学。

解剖实习了大概一星期，他又叫我去了，很高兴地，仍用了极有抑扬的声调对我说道：

“我因为听说中国人是很敬重鬼的，所以很担心，怕你不肯解剖尸体。现在总算放心了，没有这回事。”

但他也偶有使我很为难的时候。他听说中国的女人是裹脚的，但不知道详细，所以要问我怎么裹法，足骨变成怎样地畸形，还叹息道：“总要看一看才知道。究竟是怎么一回事呢？”

有一天，本级的学生会干事到我寓（所）里来了，要借我的讲义看。

我检出来交给他们，却只翻检了一通，并没有带走。但他们一走，邮差就送到一封很厚的信，拆开看时，第一句是：

"你改悔罢！"

这是《新约》上的句子罢，但经托尔斯泰新近引用过的。其时正值日俄战争，托老先生便写了一封给俄国和日本的皇帝的信，开首便是这一句。日本报纸上很斥责他的不逊，爱国青年也愤然，然而暗地里却早受了他的影响了。其次的话，大略是说上年解剖学试验的题目，是藤野先生在讲义上做了记号，我预先知道的，所以能有这样的成绩。末尾是匿名。

我这才回忆到前几天的一件事。因为要开同级会，干事便在黑板上写广告，末一句是"请全数到会勿漏为要"，而且在"漏"字旁边加了一个圈。我当时虽然觉到圈得可笑，但是毫不介意，这回才悟出那字也在讥刺我了，犹言我得了教员漏泄出来的题目。

我便将这事告知了藤野先生；有几个和我熟识的同学也很不平，一同去诘责干事托辞检查的无礼，并且要求他们将检查的结果，发表出来。终于这流言消灭了，干事却又竭力运动，要收回那一封匿名信去。结末是我便将这托尔斯泰式的信退还了他们。

中国是弱国，所以中国人当然是低能儿，分数在六十分以上，便不是自己的能力了：也无怪他们疑惑。但我接着便有参观枪毙中国人的命运了。第二年添教霉菌学，细菌的形状是全用电影来显示的，一段落已完而还没有到下课的时候，便影[①]几片时事的片子，自然都是日本战胜俄国的情形。但偏有中国人夹在里边：给俄国人做侦探，被日本军捕获，要枪毙了，围着看的也是一群中国人；在讲堂里的还有一个我。

"万岁！"他们都拍掌欢呼起来。

这种欢呼，是每看一片都有的，但在我，这一声却特别听得刺耳。此后回到中国来，我看见那些闲看枪毙犯人的人们，他们也何尝不酒醉

① 影：放映。

似的喝彩——呜呼，无法可想！但在那时那地，我的意见却变化了。

到第二学年的终结，我便去寻藤野先生，告诉他我将不学医学，并且离开这仙台。他的脸色仿佛有些悲哀，似乎想说话，但竟没有说。

“我想去学生物学，先生教给我的学问，也还有用的。”其实我并没有决意要学生物学，因为看得他有些凄然，便说了一个慰安他的谎话。

“为医学而教的解剖学之类，怕于生物学也没有什么大帮助。”他叹息说。

将走的前几天，他叫我到他家里去，交给我一张照相，后面写着两个字道：“惜别。”还说希望将我的也送他。但我这时适值没有照相了；他便叮嘱我将来照了寄给他，并且时时通信告诉他此后的状况。

我离开仙台之后，就多年没有照过相，又因为状况也无聊，说起来无非使他失望，便连信也怕敢写了。经过的年月一多，话更无从说起，所以虽然有时想写信，却又难以下笔，这样的一直到现在，竟没有寄过一封信和一张照片。从他哪一面看起来，是一去之后，杳无消息了。

但不知怎的，我总还时时记起他，在我所认为我师的之中，他是最使我感激，给我鼓励的一个。有时我常常想：他的对于我的热心的希望，不倦的教诲，小而言之，是为中国，就是希望中国有新的医学；大而言之，是为学术，就是希望新的医学传到中国去。他的性格，在我的眼里和心里是伟大的，虽然他的姓名并不为许多人所知道。

他所改正的讲义，我曾经订成三厚本，收藏着的，将作为永久的纪念。不幸七年前迁居的时候，中途毁坏了一口书箱，失去半箱书，恰巧这讲义也遗失在内了。责成运送局去找寻，寂无回信。只有他的照相至今还挂在我北京寓居的东墙上，书桌对面。每当夜间疲倦，正想偷懒时，仰面在灯光中瞥见他黑瘦的面貌，似乎正要说出抑扬顿挫的话来，便使我忽又良心发现，而且增加勇气了，于是点上一支烟，再继续写些为“正人君子”之流所深恶痛疾的文字。

忆韦素园君[1]

我也还有记忆的，但是，零落得很。我自己觉得我的记忆好像被刀刮过了的鱼鳞，有些还留在身体上，有些是掉在水里了，将水一搅，有几片还会翻腾，闪烁，然而中间混着血丝，连我自己也怕得因此污了赏鉴家的眼目。

现在有几个朋友要纪念韦素园君，我也须说几句话。是的，我是有这义务的。我只好连身外的水也搅一下，看看泛起怎样地东西来。

怕是十多年之前了罢，我在北京大学做讲师，有一天，在教师预备室里遇见了一个头发和胡子统统长得要命的青年，这就是李霁野。我的认识素园，大约就是霁野绍介的罢，然而我忘记了那时的情景。现在留在记忆里，是他已经坐在客店的一间小房子里计画[2]出版了。

这一间小房子，就是未名社[3]。

那时我正在编印两种小丛书，一种是《乌合丛书》，专收创作，一种是《未名丛刊》，专收翻译，都由北新书局出版。出版者和读者的不喜欢翻译书，那时和现在也并不两样，所以《未名丛刊》是特别冷落的。恰巧，素园他们愿意绍介外国文学到中国来，便和李小峰商量，要将《未名丛刊》移出，由几个同人自办。小峰一口答应了，于是这一种丛书便

① 韦素园：生于一九〇二年，卒于一九三二年。安徽霍丘人。作家。

② 计画：计虑，谋划。

③ 未名社：文学团体，一九二五年秋成立于北京，主要成员有鲁迅、韦素园、曹靖华、李霁野、台静农等。

和北新书局脱离。稿子是我们自己的，另筹了一笔印费就算开始。因这丛书的名目，连社名也就叫了“未名”——但并非“没有名目”的意思，是“还没有名目”的意思，恰如孩子的“还未成丁”似的。

未名社的同人，实在并没有什么雄心和大志，但是，愿意切切实实地，点点滴滴地做下去的意志，却是大家一致的。而其中的骨干就是素园。

于是他坐在一间破小屋子，就是未名社里办事了，不过小半好像也因为他生着病，不能上学校去读书，因此便天然地轮着他守寨。

我最初的记忆是在这破寨里看见了素园，一个瘦小，精明，正经的青年，窗前的几排破旧的外国书，在证明他穷着也还是钉住着文学。然而，我同时又有了一种坏印象，觉得和他是很难交往的，因为他笑影少。“笑影少”原是未名社同人的一种特色，不过素园显得最分明，一下子就能够令人感得。但到后来，我知道我的判断是错误了，和他也并不难于交往。他的不很笑，大约是因为年龄的不同，对我的一种特别态度罢，可惜我不能化为青年，使大家忘掉彼我，得到确证了。这真相，我想，霁野他们是知道的。

但待到我明白了我的误解之后，却同时又发现了一个他的致命伤：他太认真；虽然似乎沉静，然而他激烈。认真会是人的致命伤的么？至少，在那时以至现在，可以是的。一认真，便容易趋于激烈，发扬则送掉自己的命；沉静着，又啮碎了自己的心。

这里有一点小例子。——我们是只有小例子的。

那时候，因为段祺瑞总理和他的帮闲们的迫压，我已经逃到厦门，但北京的狐虎之威还正是无穷无尽。段派的女子师范大学校长林素园，带兵接收学校去了，演过全副武行之后，还指留着的几个教员为“共产党”。这个名词，一向就给有些人以“办事”上的便利，而且这方法，也是一种老谱，本来并不稀罕的。但素园却好像激烈起来了，从此以后，他给我的信上，有好一晌竟憎恶“素园”两字而不用，改称为“漱园”。同时社内也发生了冲突，高长虹从上海寄信来，说素园压下了向培良的稿子，叫我讲一句话。我一声也不响。于是在《狂飙》上骂起来了，先骂素园，后是我。素园在北京压下了培良的稿子，却由上海的高长虹来抱不平，要在厦门的我去下判断，我颇觉得是出色的滑稽，而且一个团体，虽是小小的文学团体罢，每当光景艰难时，内部是一定有人起来捣乱的，这也并不稀罕。然而素园却很认真，他不但写信给我，叙述着详情，还作文登在杂志上剖白。在“天才”们的法庭上，别人剖白得清楚的么？——我不禁长长地叹了一口气，想到他只是一个文人，又生着病，却这么拼命地对付着内忧外患，又怎么能够持久呢。自然，这仅仅是小忧患，但在认真而激烈的个人，却也相当地大的。

不久，未名社就被封，几个人还被捕。也许素园已经咯血，进了病院了罢，他不在内。但后来，被捕的释放，未名社也启封了，忽封忽启，忽捕忽放，我至今还不明白这是怎么的一个玩意儿。

我到广州，是第二年——一九二七年的秋初，仍旧陆续地接到他几封信，是在西山病院里，伏在枕头上写就的，因为医生不允许他起坐。他措辞更明显，思想也更清楚，更广大了，但也更使我担心他的病。有一天，我忽然接到一本书，是布面装订的素园翻译的《外套》。我一看明白，就打了一个寒噤：这明明是他送给我的一个纪念品，莫非他已经自觉了生命的期限了么？

我不忍再翻阅这一本书，然而我没有法。

我因此记起，素园的一个好朋友也咯过血，一天竟对着素园咯起来，他慌张失措，用了爱和忧急的声音命令道：“你不许再吐了！”我那时却记起了伊孛生（易卜生）的《勃兰特》。他不是命令过去的人，从新起来，却并无这神力，只将自己埋在崩雪下面的么？……

我在空中看见了勃兰特和素园，但是我没有话。

一九二九年五月末，我最以为侥幸的是自己到西山病院去，和素园谈了天。他为了日光浴，皮肤被晒得很黑了，精神却并不委顿[1]。我们和

① 委顿：疲乏；精神不振。

几个朋友都很高兴。但我在高兴中，又时时夹着悲哀：忽而想到他的爱人，已由他同意之后，和别人订了婚；忽而想到他竟连绍介外国文学给中国的一点志愿，也怕难于达到；忽而想到他在这里静卧着，不知道他自以为是在等候痊愈，还是等候灭亡；忽而想到他为什么要寄给我一本精装的《外套》？……

壁上还有一幅陀思妥也夫斯基的大画像。对于这先生，我是尊敬，佩服的，但我又恨他残酷到了冷静的文章。他布置了精神上的苦刑，一个个拉了不幸的人来，拷问给我们看。现在他用沉郁的眼光，凝视着素园和他的卧榻，好像在告诉我：这也是可以收在作品里的不幸的人。

自然，这不过是小不幸，但在素园个人，是相当地大的。

一九三二年八月一日晨五时半，素园终于病殁在北平同仁医院里了，一切计画，一切希望，也同归于尽。我所抱憾的是因为避祸，烧去了他的信札，我只能将一本《外套》当作惟一的纪念，永远放在自己的身边。

自素园病殁之后，转眼已是两年了，这其间，对于他，文坛上并没有人开口。这也不能算是稀罕的，他既非天才，也非豪杰，活的时候，既不过在默默中生存，死了之后，当然也只好在默默中泯没。但对于我们，却是值得纪念的青年，因为他在默默中支持了未名社。

未名社现在是几乎消灭了，那存在期，也并不长久。然而自素园经营以来，绍介了果戈理（N.Gogol），陀思妥也夫斯基（F.Dostoevsky），安特列夫（L.Andreev），绍介了望·蔼覃（F.van Eeden），绍介了爱伦堡（I.Ehrenburg）的《烟袋》和拉夫列涅夫（B.Lavrenev）的《四十一》。还印行了《未名新集》，其中有丛芜的《君山》，静农的《地之子》和《建塔者》，我的《朝花夕拾》，在那时候，也都还算是相当可看的作品。事实不为轻薄阴险小儿留情，曾几何年，他们就都已烟消火灭，然而未名社的译作，在文苑里却至今没有枯死的。

是的，但素园却并非天才，也非豪杰，当然更不是高楼的尖顶，或名园的美花，然而他是楼下的一块石材，园中的一撮泥土，在中国第一要他多。他不入观赏者的眼中，只有建筑者和栽植者，决不会将他置之度外。

文人的遭殃，不在生前的被攻击和被冷落，一瞑之后，言行两亡，于是无聊之徒，谬托知己，是非蜂起[①]，既以自炫，又以卖钱，连死尸也成了他们的沽名获利之具，这倒是值得悲哀的。现在我以这几千字纪念我所熟识的素园，但愿还没有营私肥己的处所，此外也别无话说了。

我不知道以后是否还有纪念的时候，倘止于这一次，那么，素园，从此别了！

① 蜂起：像群蜂飞舞，纷然并起。

忆刘半农[①]君

这是小峰给我的一个题目。

这题目并不出得过分。半农去世，我是应该哀悼的，因为他也是我的老朋友。但是，这是十来年前的话了，现在呢，可难说得很。

我已经忘记了怎么和他初次会面，以及他怎么能到了北京。他到北京，恐怕是在《新青年》投稿之后，由蔡孑民先生或陈独秀先生去请来的，到了之后，当然更是《新青年》里的一个战士。他活泼，勇敢，很打了几次大仗。譬如罢，答王敬轩的双簧信，“她”字和“牠”字的创造，就都是的。这两件，现在看起来，自然是琐屑得很，但那是十多年前，单是提倡新式标点，就会有一大群人“若丧考妣”，恨不得“食肉寝皮”的时候，所以的确是“大仗”。现在的二十左右的青年，大约很少有人知道三十年前，单是剪下辫子就会坐牢或杀头的了。然而这曾经是事实。

但半农的活泼，有时颇近于草率，勇敢也有失之无谋的地方。但是，要商量袭击敌人的时候，他还是好伙伴。进行之际，心口并不相应，或者暗暗地给你一刀，他是决不会的。倘若失了算，那是因为没有算好的缘故。

《新青年》每出一期，就开一次编辑会，商定下一期的稿件。其时最

① 刘半农：生于一八九一年，卒于一九三四年。江苏江阴人。历任北京大学教授、北平大学女子文理学院院长等职。他曾参加《新青年》的编辑工作，是新文学运动初期重要作家之一。

惹我注意的是陈独秀和胡适之。假如将韬略比作一间仓库罢，独秀先生的是外面竖一面大旗,大书道:“内皆武器,来者小心！”但那门却开着的,里面有几支枪，几把刀，一目了然，用不着提防。适之先生的是紧紧地关着门，门上粘一条小纸条道：“内无武器，请勿疑惑。”这自然可以是真的，但有些人——至少是我这样的人——有时总不免要侧着头想一想。半农却是令人不觉其有“武库”的一个人,所以我佩服陈胡,却亲近半农。

所谓亲近,不过是多谈闲天,一多谈,就露出了缺点。几乎有一年多,他没有消失掉从上海带来的才子必有“红袖添香夜读书”的艳福的思想,好容易才给我们骂掉了。但他好像到处都这么地乱说,使有些“学者”皱眉。有时候,连到《新青年》投稿都被排斥。他很勇于写稿,但试去看旧报去,很有几期是没有他的。那些人们批评他的为人，是:浅。

不错，半农确是浅。但他的浅，却如一条清溪，澄澈见底，纵有多少沉渣和腐草，也不掩其大体的清。倘使装的是烂泥，一时就看不出它的深浅来了;如果是烂泥的深渊呢，那就更不如浅一点的好。

但这些背后的批评，大约是很伤了半农的心，他的到法国留学，我疑心大半就为此。我最懒于通信，从此我们就疏远起来了。他回来时，我才知道他在外国抄古书,后来也要标点《何典》,我那时还以老朋友自居,在序文上说了几句老实话,事后,才知道半农颇不高兴了,“驷不及舌”[①],也没有法子。另外还有一回关于《语丝》的彼此心照的不快活。五六年前,曾在上海的宴会上见过一回面，那时候，我们几乎已经无话可谈了。

近几年，半农渐渐地据了要津，我也渐渐地更将他忘却；但从报章上看见他禁称“蜜斯”[②]之类，却很起了反感:我以为这些事情是不必半农来做的。从去年来，又看见他不断做打油诗，弄烂古文，回想先前的交情，也往往不免长叹。我想，假如见面，而我还以老朋友自居，不给一个“今天天气……哈哈哈”完事，那就也许会弄到冲突的罢。

---

① “驷不及舌”：意思是一句话说出口，四匹马拉的车也追不回。

② “蜜斯”：英语 Miss 的音译，小姐的意思。

不过，半农的忠厚，是还使我感动的。我前年曾到北平，后来有人通知我，半农是要来看我的，有谁恐吓了他一下，不敢来了。这使我很惭愧，因为我到北平后，实在未曾有过访问半农的心思。

现在他死去了，我对于他的感情，和他生时也并无变化。我爱十年前的半农，而憎恶他的近几年。这憎恶是朋友的憎恶，因为我希望他常是十年前的半农，他的为战士，即使“浅”罢，却于中国更为有益。我愿以愤火照出他的战绩，免使一群陷沙鬼[①]将他先前的光荣和死尸一同拖入烂泥的深渊。

① 陷沙鬼：源自民间传说，指被淹死的人的冤魂，因无法自行脱困，会拉人作为替身溺亡。

关于太炎[①]先生二三事

前一些时，上海的官绅为太炎先生开追悼会，赴会者不满百人，遂在寂寞中闭幕，于是有人慨叹，以为青年们对于本国的学者，竟不如对于外国的高尔基的热诚。这慨叹其实是不值当的。官绅集会，一向为小民所不敢到；况且高尔基是战斗的作家，太炎先生虽先前也以革命家现身，后来却退居于宁静的学者，用自己所手造的和别人所帮造的墙，和时代隔绝了。纪念者自然有人，但也许将为大多数所忘却。

我以为先生的业绩，留在革命史上的，实在比在学术史上还要大。回忆三十余年之前，木版的《訄书》已经出版了，我读不断，当然也看不懂，恐怕那时的青年，这样的多得很。我的知道中国有太炎先生，并非因为他的经学和小学，是为了他驳斥康有为和作邹容的《革命军》序，竟被监禁于上海的西牢。那时留学日本的浙籍学生，正办杂志《浙江潮》，其中即载有先生狱中所作诗，却并不难懂。这使我感动，也至今并没有忘记，现在抄两首在下面——

狱中赠邹容

邹容吾小弟，被发下瀛洲。

快剪刀除辫，干牛肉作糇。

英雄一入狱，天地亦悲秋。

① 太炎：章炳麟，又名绛，号太炎，浙江余杭人，清末革命家、学者。

临命须掺手，乾坤只两头。

狱中闻沈禹希见杀

不见沈生久，江湖知隐沦。

萧萧悲壮士，今在易京门。

螭魅羞争焰，文章总断魂。

中阴当待我，南北几新坟。

一九〇六年六月出狱，即日东渡，到了东京，不久就主持《民报》。我爱看这《民报》，但并非为了先生的文笔古奥，索解为难，或说佛法，谈"俱分进化"，是为了他和主张保皇的梁启超斗争，和"××"①的×××②斗争，和"以《红楼梦》为成佛之要道"的×××③斗争，真是所向披靡，令人神旺。前去听讲也在这时候，但又并非因为他是学者，却为了他是有学问的革命家，所以直到现在，先生的音容笑貌，还在目前，而所讲的《说文解字》，却一句也不记得了。

民国元年革命后，先生的所志已达，该可以大有作为了，然而还是不得志。这也是和高尔基的生受崇敬，死备哀荣，截然两样的。我以为两人遭遇的所以不同，其原因乃在高尔基先前的理想，后来都成为事实，他的一身，就是大众的一体，喜怒哀乐，无不相通；而先生则排满之志虽伸，但视为最紧要的"第一是用宗教发起信心，增进国民的道德；第二是用国粹激动种性，增进爱国的热肠"（见《民报》第六本），却仅止于高妙的幻想；不久而袁世凯又攘夺国柄，以遂私图，就更使先生失去实地，仅垂空文，至于今，惟我们的"中华民国"之称，尚系发源于先生的《中华民国解》（最先亦见《民报》），为巨大的纪念而已，然而知

① 疑为"献策"。

② 指吴稚晖。

③ 指蓝公武。

道这一重公案者，恐怕也已经不多了。既离民众，渐入颓唐，后来的参与投壶，接收馈赠，遂每为论者所不满，但这也不过白圭之玷，并非晚节不终。考其生平，以大勋章作扇坠，临总统府大门，大诟袁世凯的包藏祸心者，并世无第二人；七被追捕，三入牢狱，而革命之志，终不屈挠者，并世亦无第二人；这才是先哲的精神，后生的楷范。近有文侩[①]，勾结小报，竟也作文奚落先生以自鸣得意，真可谓“小人不欲成人之美”，而且“蚍蜉撼大树，可笑不自量”了！

但革命之后，先生亦渐为昭示后世计，自藏其锋芒。浙江所刻的《章氏丛书》，是出于手定的，大约以为驳难攻讦，至于忿詈[②]，有违古之儒风，足以贻讥多士的罢，先前的见于期刊的斗争的文章，竟多被刊落[③]，上文所引的诗两首，亦不见于《诗录》中。一九三三年刻《章氏丛书续编》于北平，所收不多，而更纯谨，且不取旧作，当然也无斗争之作，先生遂身衣学术的华衮，粹然成为儒宗，执贽愿为弟子者綦[④]众，至于仓皇制《同门录》成册。近阅日报，有保护版权的广告，有三续丛书的记事，可见又将有遗著出版了，但补入先前战斗的文章与否，却无从知道。战斗的文章，乃是先生一生中最大，最久的业绩，假使未备，我以为是应该一一辑录，校印，使先生和后生相印，活在战斗者的心中的。然而此时此际，恐怕也未必能如所望罢，呜呼！

① 文侩：文坛市侩。

② 忿詈（lì）：怒骂。

③ 刊落：删除。

④ 綦（qí）：极；甚。

第二章　淡淡的血痕中

淡淡的血痕中[1]

——纪念几个死者和生和未生者

目前的造物主，还是一个怯弱者。

他暗暗地使天变地异，却不敢毁灭一个这地球；暗暗地使生物衰亡，却不敢长存一切尸体；暗暗地使人类流血，却不敢使血色永远鲜秾；暗暗地使人类受苦，却不敢使人类永远记得。

他专为他的同类——人类中的怯弱者——设想，用废墟荒坟来衬托华屋，用时光来冲淡苦痛和血痕；日日斟出一杯微甘的苦酒，不太少，不太多，以能微醉为度，递给人间，使饮者可以哭，可以歌，也如醒，也如醉，若有知，若无知，也欲死，也欲生。他必须使一切也欲生；他还没有灭尽人类的勇气。

几片废墟和几个荒坟散在地上，映以淡淡的血痕，人们都在其间咀嚼着人我的渺茫的悲苦。但是不肯吐弃，以为究竟胜于空虚，各各自称为"天之僇民[2]"，以作咀嚼着人我的渺茫的悲苦的辩解，而且悚息着静待新的悲苦的到来。新的，这就使他们恐惧，而又渴欲相遇。

这都是造物主的良民。他就需要这样。

叛逆的猛士出于人间；他屹立着，洞见一切已改和现有的废墟和荒坟，记得一切深广和久远的苦痛，正视一切重叠淤积的凝血，深知一切已死，方生，将生和未生。他看透了造化的把戏；他将要起来使人类苏生，或者使人类灭尽，这些造物主的良民们。

造物主，怯弱者，羞惭了，于是伏藏。天地在猛士的眼中于是变色。

---

① 作者在《野草》英文译本序中说："段祺瑞政府枪击徒手民众后，作《淡淡的血痕中》。"
② 僇（lù）民：戮人。谓当罪加刑戮的人，后泛指罪人。

纪念刘和珍君

一

中华民国十五年（一九二六年）三月二十五日，就是国立北京女子师范大学为十八日在段祺瑞执政府前遇害的刘和珍杨德群两君开追悼会的那一天，我独在礼堂外徘徊，遇见程君，前来问我道："先生可曾为刘和珍写了一点什么没有？"我说"没有"。她就正告我："先生还是写一点罢，刘和珍生前就很爱看先生的文章。"

这是我知道的，凡我所编辑的期刊，大概是因为往往有始无终之故罢，销行一向就甚为寥落，然而在这样的生活艰难中，毅然预定了《莽原》全年的就有她。我也早觉得有写一点东西的必要了，这虽然于死者毫不相干，但在生者，却大抵只能如此而已。倘使我能够相信真有所谓"在天之灵"，那自然可以得到更大的安慰——但是，现在，却只能如此而已。

可是我实在无话可说。我只觉得所住的并非人间。四十多个青年的血，洋溢在我的周围，使我艰于呼吸视听，哪里还能有什么言语？长歌当哭，是必须在痛定之后的。而此后几个所谓学者文人的阴险的论调，尤使我觉得悲哀。我已经出离愤怒了。我将深味这非人间的浓黑的悲凉；以我的最大哀痛显示于非人间，使它们快意于我的苦痛，就将这作为后死者的菲薄的祭品，奉献于逝者的灵前。

二

真的猛士，敢于直面惨淡的人生，敢于正视淋漓的鲜血。这是怎样地哀痛者和幸福者？然而造化又常常为庸人设计，以时间的流驶[①]，来洗涤旧迹，仅使留下淡红的血色和微漠的悲哀。在这淡红的血色和微漠的悲哀中，又给人暂得偷生，维持着这似人非人的世界。我不知道这样的世界何时是一个尽头！

我们还在这样的世上活着；我也早觉得有写一点东西的必要了。离三月十八日也已有两星期，忘却的救主快要降临了罢，我正有写一点东西的必要了。

三

在四十余被害的青年之中，刘和珍君是我的学生。学生云者，我向来这样想，这样说，现在却觉得有些踌躇了，我应该对她奉献我的悲哀与尊敬。她不是“苟活到现在的我”的学生，是为了中国而死的中国的青年。

她的姓名第一次为我所见，是在去年夏初杨荫榆女士做女子师范大学校长，开除校中六个学生自治会职员的时候。其中的一个就是她；但是我不认识。直到后来，也许已经是刘百昭率领男女武将，强拖出校之后了，才有人指着一个学生告诉我，说：这就是刘和珍。其时我才能将姓名和实体联合起来，心中却暗自诧异。我平素想，能够不为势利所屈，反抗一广有羽翼的校长的学生，无论如何，总该是有些桀骜锋利的，但她却常常微笑着，态度很温和。待到偏安于宗帽胡同，赁屋授课之后，她才始来听我的讲义，于是见面的回数就较多了，也还是始终微笑着，态度很温和。待到学校恢复旧观，往日的教职员以为责任已尽，准备陆续引退的时候，我才见她虑及母校前途，黯然至于泣下。此后似乎就不相见。总之，在我的记忆下，那一次就是永别了。

① 流驶：流逝。

四

我在十八日早晨，才知道上午有群众向执政府请愿的事；下午便得到噩耗，说卫队居然开枪，死伤至数百人，而刘和珍君即在遇害者之列。但我对于这些传说，竟至于颇为怀疑。我向来是不惮以最坏的恶意，来推测中国人的，然而我还不料，也不信竟会下劣凶残到这地步。况且始终微笑着的和蔼的刘和珍君，更何至于无端在府门前喋血呢？

然而即日证明是事实了，作证的便是她自己的尸骸。还有一具，是杨德群君的。而且又证明着这不但是杀害，简直是虐杀，因为身体上还有棍棒的伤痕。

但段政府就有令，说她们是“暴徒”！

但接着就有流言，说她们是受人利用的。

惨象，已使我目不忍视了；流言，尤使我耳不忍闻。我还有什么话可说呢？我懂得衰亡民族之所以默无声息的缘由了。沉默呵，沉默呵！不在沉默中爆发，就在沉默中灭亡。

五

但是，我还有要说的话。

我没有亲见；听说，她，刘和珍君，那时是欣然前往的。自然，请愿而已，稍有人心者，谁也不会料到有这样的罗网。但竟在执政府前中弹了，从背部入，斜穿心肺，已是致命的创伤，只是没有便死。同去的张静淑君想扶起她，中了四弹，其一是手枪，立仆；同去的杨德群君又想去扶起她，也被击，弹从左肩入，穿胸偏右出，也立仆。但她还能坐起来，一个兵在她头部及胸部猛击两棍，于是死掉了。

始终微笑的和蔼的刘和珍君确是死掉了，这是真的，有她自己的尸骸为证；沉勇而友爱的杨德群君也死掉了，有她自己的尸骸为证；只有一样沉勇而友爱的张静淑君还在医院里呻吟。当三个女子从容地转辗于文明人所发明的枪弹的攒射中的时候，这是怎样地一个惊心动魄的伟大呵！中国军人的屠戮妇婴的伟绩，八国联军的惩创学生的武功，不幸全被这几缕血痕抹杀了。

但是中外的杀人者却居然昂起头来，不知道个个脸上有着血污……

六

时间永是流驶，街市依旧太平，有限的几个生命，在中国是不算什么的，至多，不过供无恶意的闲人以饭后的谈资，或者给有恶意的闲人作"流言"的种子。至于此外的深的意义，我总觉得很寥寥，因为这实在不过是徒手的请愿。人类的血战前行的历史，正如煤的形成，当时用大量的木材，结果却只是一小块，但请愿是不在其中的，更何况是徒手。

然而既然有了血痕了，当然不觉要扩大。至少，也当浸渍了亲族，师友，爱人的心，纵使时光流驶，洗成绯红，也会在微漠的悲哀中永存微笑的和蔼的旧影。陶潜说过："亲戚或余悲，他人亦已歌，死去何所道，托体同山阿。"倘能如此，这也就够了。

七

我已经说过：我向来是不惮以最坏的恶意来推测中国人的。但这回却很有几点出于我的意外。一是当局者竟会这样地凶残，一是流言家竟至如此之下劣，一是中国的女性临难竟能如是之从容。

我目睹中国女子的办事，是始于去年的，虽然是少数，但看那干练坚决，百折不回的气概，曾经屡次为之感叹。至于这一回在弹雨中互相救助，虽殒身不恤的事实，则更足为中国女子的勇毅，虽遭阴谋诡计，压抑至数千年，而终于没有消亡的明证了。倘要寻求这一次死伤者对于将来的意义，意义就在此罢。

苟活者在淡红的血色中，会依稀看见微茫的希望；真的猛士，将更奋然而前行。

呜呼，我说不出话，但以此纪念刘和珍君！

这样的战士①

要有这样的一种战士——

已不是蒙昧如非洲土人而背着雪亮的毛瑟枪的；也并不疲惫如中国绿营兵而却佩着盒子炮。他毫无乞灵于牛皮和废铁的甲胄；他只有自己，但拿着蛮人所用的，脱手一掷的投枪。

他走进无物之阵，所遇见的都对他一式点头。他知道这点头就是敌人的武器，是杀人不见血的武器，许多战士都在此灭亡，正如炮弹一般，使猛士无所用其力。

那些头上有各种旗帜，绣出各样好名称：慈善家，学者，文士，长者，青年，雅人，君子……头下有各样外套，绣出各式好花样：学问，道德，国粹，民意，逻辑，公义，东方文明……

但他举起了投枪。

他们都同声立了誓来讲说，他们的心都在胸膛的中央，和别的偏心的人类两样。他们都在胸前放着护心镜，就为自己也深信心在胸膛中央的事作证。

但他举起了投枪。

他微笑，偏侧一掷，却正中了他们的心窝。

一切都颓然倒地——然而只有一件外套，其中无物。无物之物已经脱走，得了胜利，因为他这时成了戕害慈善家等类的罪人。

① 作者在《野草》英文译本序里说："《这样的战士》，是有感于文人学士们帮助军阀而作。"

但他举起了投枪。

他在无物之阵中大踏步走，再见一式的点头，各种的旗帜，各样的外套……

但他举起了投枪。

他终于在无物之阵中老衰，寿终。他终于不是战士，但无物之物则是胜者。

在这样的境地里，谁也不闻战叫：太平。

太平……

但他举起了投枪！

为了忘却的纪念

一

我早已想写一点文字，来纪念几个青年的作家。这并非为了别的，只因为两年以来，悲愤总时时来袭击我的心，至今没有停止，我很想借此算是竦身一摇，将悲哀摆脱，给自己轻松一下，照直说，就是我倒要将他们忘却了。

两年前的此时，即一九三一年的二月七日夜或八日晨，是我们的五个青年作家同时遇害的时候。当时上海的报章都不敢载这件事，或者也许是不愿,或不屑载这件事,只在《文艺新闻》上有一点隐约其辞的文章。那第十一期（五月二十五日）里，有一篇林莽先生作的《白莽印象记》，中间说：

“他做了好些诗，又译过匈牙利诗人彼得斐（裴多菲）的几首诗，当时的《奔流》的编辑者鲁迅接到了他的投稿，便来信要和他会面，但他却是不愿见名人的人，结果是鲁迅自己跑来找他，竭力鼓励他做文学的工作，但他终于不能坐在亭子间里写，又去跑他的路了。不久，他又一次地被了捕……”

这里所说的我们的事情其实是不确的。白莽并没有这么高慢，他曾经到过我的寓所来，但也不是因为我要求和他会面；我也没有这么高慢，对于一位素不相识的投稿者，会轻率地写信去叫他。我们相见的原因很平常，那时他所投的是从德文译出的《彼得斐传》(《裴多菲传》)，我就发信去讨原文，原文是载在诗集前面的，邮寄不便，他就亲自送来了。看去是一个二十多岁的青年，面貌很端正，颜色是黑黑的，当时的谈话我已经忘却，只记得他自说姓徐，象山人；我问他为什么代你收信的女士是这么一个怪名字（怎么怪法，现在也忘却了），他说她就喜欢起得这么怪,罗曼谛（蒂）克,自己也有些和她不大对劲了。就只剩了这一点。

夜里，我将译文和原文粗粗地对了一遍，知道除几处误译之外，还有一个故意的曲译。他像是不喜欢“国民诗人”这个字的，都改成“民众诗人”了。第二天又接到他一封来信，说很悔和我相见，他的话多，我的话少，又冷，好像受了一种威压似的。我便写一封回信去解释，说初次相会，说话不多，也是人之常情，并且告诉他不应该由自己的爱憎，将原文改变。因为他的原书留在我这里了,就将我所藏的两本集子送给他，问他可能再译几首诗，以供读者的参看。他果然译了几首，自己拿来了，我们就谈得比第一回多一些。这传和诗，后来就都登在《奔流》第二卷第五本，即最末的一本里。

我们第三次相见，我记得是在一个热天。有人打门了，我去开门时，来的就是白莽，却穿着一件厚棉袍，汗流满面，彼此都不禁失笑。这时他才告诉我他是一个革命者，刚由被捕而释出，衣服和书籍全被没收了，连我送他的那两本；身上的袍子是从朋友哪里借来的，没有夹衫，而必须穿长衣，所以只好这么出汗。我想，这大约就是林莽先生说的“又一次的被了捕”的那一次了。

我很欣幸他的得释，就赶紧付给稿费，使他可以买一件夹衫，但一面又很为我的那两本书痛惜：落在捕房的手里，真是明珠投暗了。那两本书，原是极平常的，一本散文，一本诗集，据德文译者说，这是他搜集起来的，虽在匈牙利本国，也还没有这么完全的本子，然而印在《莱克朗氏万有文库》（*Reclam´s Universal Bibliothek*）中，倘在德国，就随处可得，也值不到一元钱。不过在我是一种宝贝，因为这是三十年前，正当我热爱彼得斐（裴多菲）的时候，特地托丸善书店从德国去买来的，那时还恐怕因为书极便宜，店员不肯经手，开口时非常惴惴。后来大抵带在身边，只是情随事迁，已没有翻译的意思了，这回便决计送给这也如我的那时一样，热爱彼得斐（裴多菲）的诗的青年，算是给它寻得了一个好着落。所以还郑重其事，托柔石亲自送去的。谁料竟会落在“三道头”[①]之类的手里的呢，这岂不冤枉！

二

我的决不邀投稿者相见，其实也并不完全因为谦虚，其中含着省事的分子也不少。由于历来的经验，我知道青年们，尤其是文学青年们，十之九是感觉很敏，自尊心也很旺盛的，一不小心，极容易得到误解，所以倒是故意回避的时候多。见面尚且怕，更不必说敢有托付了。但那时我在上海，也有一个惟一的不但敢于随便谈笑，而且还敢于托他办点私事的人，那就是送书去给白莽的柔石。

我和柔石最初的相见，不知道是何时，在哪里。他仿佛说过，曾在北京听过我的讲义，那么，当在八九年之前了。我也忘记了在上海怎么来往起来，总之，他那时住在景云里，离我的寓所不过四五家门面，不知怎么一来，就来往起来了。大约最初的一回他就告诉我是姓赵，名平复。但他又曾谈起他家乡的豪绅的气焰之盛，说是有一个绅士，以为他的名字好，要给儿子用，叫他不要用这名字了。所以我疑心他的原名是“平福”，平稳而有福，才正中乡绅的意，对于“复”字却未必有这么热心。他的家乡，是台州的宁海，这只要一看他那台州式的硬气就知道，而且颇有点迂，有时会令我忽而想到方孝孺，觉得好像也有些这模样的。

他躲在寓里弄文学，也创作，也翻译，我们往来了许多日，说得投合起来了，于是另外约定了几个同意的青年，设立朝花社。目的是在绍介东欧和北欧的文学，输入外国的版画，因为我们都以为应该来扶植一

① “三道头”：当时上海公共租界里的外籍警察头目，制服袖上缀有三道倒人字形标志，被称作“三道头”。

点刚健质朴的文艺。接着就印《朝花旬刊》,印《近代世界短篇小说集》,印《艺苑朝花》,算都在循着这条线，只有其中的一本《路谷虹儿画选》,是为了扫荡上海滩上的“艺术家”，即戳穿叶灵凤这纸老虎而印的。

然而柔石自己没有钱，他借了二百多块钱来做印本。除买纸之外，大部分的稿子和杂务都是归他做，如跑印刷局，制图，校字之类。可是往往不如意，说起来皱着眉头。看他旧作品，都很有悲观的气息，但实际上并不然，他相信人们是好的。我有时谈到人会怎样地骗人，怎样地卖友，怎样地吮血，他就前额亮晶晶的，惊疑地圆睁了近视的眼睛，抗议道：“会这样的么？——不至于此罢？……”

不过朝花社不久就倒闭了，我也不想说清其中的原因，总之是柔石的理想的头，先碰了一个大钉子，力气固然白花，此外还得去借一百块钱来付纸账。后来他对于我那“人心惟危”说的怀疑减少了，有时也叹息道：“真会这样的么？……”但是，他仍然相信人们是好的。

他于是一面将自己所应得的朝花社的残书送到明日书店和光华书局去，希望还能够收回几文钱，一面就拼命地译书，准备还借款，这就是卖给商务印书馆的《丹麦短篇小说集》和戈理基（高尔基）作的长篇小说《阿尔泰莫诺夫之事业》(《阿尔达莫诺夫家的事业》)。但我想，这些译稿，也许去年已被兵火烧掉了。

他的迂渐渐地改变起来，终于也敢和女性的同乡或朋友一同去走路了，但那距离，却至少总有三四尺的。这方法很不好，有时我在路上遇见他，只要在相距三四尺前后或左右有一个年青漂亮的女人，我便会疑心就是他的朋友。但他和我一同走路的时候，可就走得近了，简直是扶住我，因为怕我被汽车或电车撞死；我这面也为他近视而又要照顾别人担心，大家都仓皇失措地愁一路，所以倘不是万不得已，我是不大和他一同出去的，我实在看得他吃力，因而自己也吃力。

无论从旧道德，从新道德，只要是损己利人的，他就挑选上，自己背起来。

他终于决定改变了，有一回，曾经明白地告诉我，此后应该转换作品的内容和形式。我说：这怕难罢，譬如使惯了刀的，这回要他耍棍，怎么能行呢？他简洁地答道：只要学起来！

他说的并不是空话，真也在从新学起来了，其时他曾经带了一个朋友来访我，那就是冯铿女士。谈了一些天，我对于她终于很隔膜，我疑心她有点罗曼谛克，急于事功；我又疑心柔石的近来要做大部的小说，是发源于她的主张的。但我又疑心我自己，也许是柔石的先前的斩钉截铁的回答，正中了我那其实是偷懒的主张的伤疤，所以不自觉地迁怒到她身上去了。——我其实也并不比我所怕见的神经过敏而自尊的文学青年高明。

她的体质是弱的，也并不美丽。

三

直到左翼作家联盟成立之后，我才知道我所认识的白莽，就是在《拓荒者》上做诗的殷夫。有一次大会时，我便带了一本德译的，一个美国的新闻记者所做的中国游记去送他，这不过以为他可以由此练习德文，另外并无深意。然而他没有来。我只得又托了柔石。

但不久，他们竟一同被捕，我的那一本书，又被没收，落在“三道头”之类的手里了。

四

明日书店要出一种期刊，请柔石去做编辑，他答应了；书店还想印我的译著，托他来问版税的办法，我便将我和北新书局所订的合同，抄了一份交给他，他向衣袋里一塞，匆匆地走了。其时是一九三一年一月十六日的夜间，而不料这一去，竟就是我和他相见的末一回，竟就是我们的永诀。

第二天，他就在一个会场上被捕了，衣袋里还藏着我那印书的合同，听说官厅因此正在找寻我。印书的合同，是明明白白的，但我不愿意到那些不明不白的地方去辩解。记得《说岳全传》里讲过一个高僧，当追捕的差役刚到寺门之前，他就“坐化”了，还留下什么“何立从东来，我向西方走”的偈子。这是奴隶所幻想的脱离苦海的惟一的好方法，“剑侠”盼不到，最自在的惟此而已。我不是高僧，没有涅槃的自由，却还有生之留恋，我于是就逃走。

这一夜，我烧掉了朋友们的旧信札，就和女人抱着孩子走在一个客栈里。不几天，即听得外面纷纷传我被捕，或是被杀了，柔石的消息却很少。有的说，他曾经被巡捕带到明日书店里，问是否是编辑；有的说，他曾经被巡捕带往北新书局去，问是否是柔石，手上上了铐，可见案情是重的。但怎样地案情，却谁也不明白。

他在囚系中，我见过两次他写给同乡的信，第一回是这样的——

我与三十五位同犯（七个女的）于昨日到龙华。并于昨夜上了镣，开政治犯从未上镣之纪录。此案累及太大，我一时恐难出狱，书店事望兄为我代办之。现亦好，且跟殷夫兄学德文，此事可告周先生；望周先生勿念，我等未受刑。捕房和公安局，几次问周先生地址，但我哪里知道。诸望勿念。祝好！

赵少雄 一月二十四日。

以上正面。

洋铁饭碗，要二三只

如不能见面，可将东西

望转交赵少雄

以上背面。

他的心情并未改变，想学德文，更加努力；也仍在纪念我，像在马路上行走时候一般。但他信里有些话是错误的，政治犯而上镣，并非从他们开始，但他向来看得官场还太高，以为文明至今，到他们才开始了严酷。其实是不然的。果然，第二封信就很不同，措词非常惨苦，且说冯女士的面目都浮肿了，可惜我没有抄下这封信。其时传说也更加纷繁，说他可以赎出的也有，说他已经解往南京的也有，毫无确信；而用函电来探问我的消息的也多起来，连母亲在北京也急得生病了，我只得一一发信去更正，这样的大约有二十天。

天气愈冷了，我不知道柔石在哪里有被褥不？我们是有的。洋铁碗可曾收到了没有？……但忽然得到一个可靠的消息，说柔石和其他二十三人，已于二月七日夜或八日晨，在龙华警备司令部被枪毙了，他的身上中了十弹。

原来如此！……

在一个深夜里，我站在客栈的院子中，周围是堆着的破烂的什物；人们都睡觉了，连我的女人和孩子。我沉重地感到我失掉了很好的朋友，中国失掉了很好的青年，我在悲愤中沉静下去了，然而积习却从沉静中抬起头来，凑成了这样的几句：

惯于长夜过春时，挈妇将雏鬓有丝。
梦里依稀慈母泪，城头变幻大王旗。
忍看朋辈成新鬼，怒向刀丛觅小诗。
吟罢低眉无写处，月光如水照缁衣。

但末二句，后来不确了，我终于将这写给了一个日本的歌人。

可是在中国，那时是确无写处的，禁锢得比罐头还严密。我记得柔石在年底曾回故乡，住了好些时，到上海后很受朋友的责备。他悲愤地对我说，他的母亲双眼已经失明了，要他多住几天，他怎么能够就走呢？我知道这失明的母亲的眷眷的心，柔石的拳拳的心。当《北斗》创刊时，我就想写一点关于柔石的文章，然而不能够，只得选了一幅珂勒惠支夫人的木刻，名曰《牺牲》，是一个母亲悲哀地献出她的儿子去的，算是只有我一个人心里知道的柔石的纪念。

同时被难的四个青年文学家之中，李伟森我没有会见过，胡也频在上海也只见过一次面，谈了几句天。较熟的要算白莽，即殷夫了，他曾经和我通过信，投过稿，但现在寻起来，一无所得，想必是十七那夜统统烧掉了，那时我还没有知道被捕的也有白莽。然而那本《彼得斐诗集》（《裴多菲诗集》）却在的，翻了一遍，也没有什么，只在一首《Wahlspruch》（格言）的旁边，有钢笔写的四行译文道：

生命诚宝贵，
爱情价更高；
若为自由故，
二者皆可抛！

又在第二页上，写着“徐培根”三个字，我疑心这是他的真姓名。

五

前年的今日，我避在客栈里，他们却是走向刑场了；去年的今日，我在炮声中逃在英租界，他们则早已埋在不知哪里的地下了；今年的今日，我才坐在旧寓里，人们都睡觉了，连我的女人和孩子。我又沉重地感到我失掉了很好的朋友，中国失掉了很好的青年，我在悲愤中沉静下去了，不料积习又从沉静中抬起头来，写下了以上那些字。

要写下去，在中国的现在，还是没有写处的。年青时读向子期的《思旧赋》，很怪他为什么只有寥寥的几行，刚开头却又煞了尾。然而，现在我懂得了。

不是年青的为年老的写纪念，而在这三十年中，却使我目睹许多青年的血，层层淤积起来，将我埋得不能呼吸，我只能用这样的笔墨，写几句文章，算是从泥土中挖一个小孔，自己延口残喘，这是怎样地世界呢。夜正长，路也正长，我不如忘却，不说的好罢。但我知道，即使不是我，将来总会有记起他们，再说他们的时候的……

对于左翼作家联盟的意见

——三月二日在左翼作家联盟成立大会讲

有许多事情，有人在先已经讲得很详细了，我不必再说。我以为在现在，“左翼”作家是很容易成为“右翼”作家的。为什么呢？

第一，倘若不和实际的社会斗争接触，单关在玻璃窗内做文章，研究问题，那是无论怎样地激烈，“左”，都是容易办到的；然而一碰到实际，便即刻要撞碎了。关在房子里，最容易高谈彻底的主义，然而也最容易“右倾”。西洋的叫做“Salon 的社会主义者”，便是指这而言。“Salon”是客厅的意思，坐在客厅里谈谈社会主义，高雅得很，漂亮得很，然而并不想到实行的。这种社会主义者，毫不足靠。并且在现在，不带点广义的社会主义的思想的作家或艺术家，就是说工农大众应该做奴隶，应该被虐杀，被剥削的这样的作家或艺术家，是差不多没有了，除非墨索里尼，但墨索里尼并没有写过文艺作品。（当然，这样的作家，也还不能说完全没有，例如中国的新月派诸文学家，以及所说的墨索里尼所宠爱的邓南遮便是。）

第二，倘不明白革命的实际情形，也容易变成“右翼”。革命是痛苦，其中也必然混有污秽和血，决不是如诗人所想象的那般有趣，那般完美；革命尤其是现实的事，需要各种卑贱的，麻烦的工作，决不如诗人所想象的那般浪漫；革命当然有破坏，然而更需要建设，破坏是痛快的，但建设却是麻烦的事。所以对于革命抱着浪漫谛克[1]的幻想的人，一和革命接近，一到革命进行，便容易失望。听说俄国的诗人叶遂宁[2]，当初也非

① 浪漫谛克：罗曼蒂克，romantic 的音译，富有诗意、充满幻想的意思。

② 叶遂宁：通译叶赛宁。生于一八九五年，卒于一九二五年。俄罗斯意象派诗人，被称为俄罗斯田园风光的歌手。

常欢迎十月革命，当时他叫道："万岁，天上和地上的革命！"又说"我是一个布尔什维克了"！然而一到革命后，实际上的情形，完全不是他所想象的那么一回事，终于失望，颓废。叶遂宁（叶赛宁）后来是自杀了的，听说这失望是他的自杀的原因之一。又如毕力涅克和爱伦堡，也都是例子。在我们辛亥革命时也有同样的例，那时有许多文人，例如属于"南社"的人们，开初大抵是很革命的，但他们抱着一种幻想，以为只要将满洲人赶出去，便一切都恢复了"汉官威仪"，人们都穿大袖的衣服，峨冠博带，大步地在街上走。谁知赶走满清皇帝以后，民国成立，情形却全不同,所以他们便失望,以后有些人甚至成为新的运动的反动者。但是，我们如果不明白革命的实际情形，也容易和他们一样的。

还有，以为诗人或文学家高于一切人，他的工作比一切工作都高贵，也是不正确的观念。举例说，从前海涅以为诗人最高贵，而上帝最公平，诗人在死后,便到上帝哪里去,围着上帝坐着,上帝请他吃糖果。在现在，上帝请吃糖果的事，是当然无人相信的了，但以为诗人或文学家，现在为劳动大众革命，将来革命成功，劳动阶级一定从丰报酬，特别优待，请他坐特等车，吃特等饭，或者劳动者捧着牛油面包来献他，说："我们的诗人，请用吧！"这也是不正确的；因为实际上决不会有这种事，恐怕那时比现在还要苦，不但没有牛油面包，连黑面包都没有也说不定，俄国革命后一二年的情形便是例子。如果不明白这情形,也容易变成"右翼"。事实上，劳动者大众，只要不是梁实秋所说"有出息"者，也决不会特别看重知识阶级者的,如我所译的《溃灭》中的美谛克（知识阶级出身），反而常被矿工等所嘲笑。不待说，知识阶级有知识阶级的事要做，不应特别看轻，然而劳动阶级决无特别例外地优待诗人或文学家的义务。

现在，我说一说我们今后应注意的几点。

第一，对于旧社会和旧势力的斗争，必须坚决，持久不断，而且注重实力。旧社会的根柢原是非常坚固的，新运动非有更大的力不能动摇它什么。并且旧社会还有它使新势力妥协的好办法，但它自己是决不妥协的。在中国也有过许多新的运动了，却每次都是新的敌不过旧的，那原因大抵是在新的一面没有坚决地广大的目的，要求很小，容易满足。譬如白话文运动，当初旧社会是死力抵抗的，但不久便容许白话文的存在，给它一点可怜地位，在报纸的角头等地方可以看见用白话写的文章了，这是因为在旧社会看来，新的东西并没有什么，并不可怕，所以就让它存在，而新的一面也就满足，以为白话文已得到存在权了。又如一二年来的无产文学运动，也差不多一样，旧社会也容许无产文学，因为无产文学并不厉害，反而他们也来弄无产文学，拿去做装饰，仿佛在客厅里放着许多古董瓷器以外，放一个工人用的粗碗，也很别致；而无产文学者呢，他已经在文坛上有个小地位，稿子已经卖得出去了，不必再斗争，批评家也唱着凯旋歌："无产文学胜利！"但除了个人的胜利，即以无产文学而论，究竟胜利了多少？况且无产文学，是无产阶级解放斗争的一翼，它跟着无产阶级的社会的势力的成长而成长，在无产阶级的社会地位很低的时候，无产文学的文坛地位反而很高，这只是证明无产文学者离开了无产阶级，回到旧社会去罢了。

第二，我以为战线应该扩大。在前年和去年，文学上的战争是有的，但那范围实在太小，一切旧文学旧思想都不为新派的人所注意，反而弄成了在一角里新文学者和新文学者的斗争，旧派的人倒能够闲舒地在旁边观战。

第三，我们应当造出大群的新的战士。因为现在人手实在太少了，譬如我们有好几种杂志，单行本的书也出版得不少，但做文章的总同是这几个人，所以内容就不能不单薄。一个人做事不专，这样弄一点，那样弄一点，既要翻译，又要做小说，还要做批评，并且也要做诗，这怎么弄得好呢？这都因为人太少的缘故，如果人多了，则翻译的可以专翻译，创作的可以专创作，批评的专批评；对敌人应战，也军势雄厚，容易克服。关于这点，我可带便地说一件事。前年创造社和太阳社向我进攻的时候，那力量实在单薄，到后来连我都觉得有点无聊，没有意思反攻了，因为我后来看出了敌军在演“空城计”。那时候我的敌军是专事于吹擂，不务于招兵练将的；攻击我的文章当然很多，然而一看就知道都是化名，骂来骂去都是同样的几句话。我那时就等待有一个能操马克思主义批评的枪法的人来狙击我的，然而他终于没有出现。在我倒是一向就注意新的青年战士的养成的，曾经弄过好几个文学团体，不过效果也很小。但我们今后却必须注意这点。

我们急于要造出大群的新的战士，但同时，在文学战线上的人还要“韧”。所谓韧，就是不要像前清做八股文的“敲门砖”似的办法。前清的八股文,原是“进学”做官的工具,只要能做“起承转合”,借以进了“秀才举人”,便可丢掉八股文,一生中再也用不到它了,所以叫做“敲门砖”。犹之用一块砖敲门，门一敲进，砖就可抛弃了，不必再将它带在身边。这种办法，直到现在，也还有许多人在使用，我们常常看见有些人出了一二本诗集或小说集以后，他们便永远不见了，到哪里去了呢？是因为出了一本或二本书，有了一点小名或大名，得到了教授或别的什么位置，功成名遂，不必再写诗写小说了，所以永远不见了。这样，所以在中国无论文学或科学都没有东西，然而在我们是要有东西的，因为这于我们有用。（卢那卡尔斯基是甚至主张保存俄国的农民美术，因为可以造出来卖给外国人，在经济上有帮助。我以为如果我们文学或科学上有东西拿得出去给别人，则甚至于脱离帝国主义的压迫的政治运动上也有帮助。）但要在文化上有成绩，则非韧不可。

最后，我以为联合战线是以有共同目的为必要条件的。我记得好像曾听到过这样一句话：“反动派且已经有联合战线了，而我们还没有团结起来！”其实他们也并未有有意的联合战线，只因为他们的目的相同，所以行动就一致，在我们看来就好像联合战线。而我们战线不能统一，就证明我们的目的不能一致,或者只为了小团体,或者还其实只为了个人，如果目的都在工农大众，那当然战线也就统一了。

辱骂和恐吓决不是战斗

——致《文学月报》编辑的一封信

起应[①]兄：

前天收到《文学月报》第四期，看了一下。我所觉得不足的，并非因为它不及别种杂志的五花八门，乃是总还不能比先前充实。但这回提出了几位新的作家来，是极好的。作品的好坏我且不论，最近几年的刊物上，倘不是姓名曾经排印过了的作家，就很有不能登载的趋势，这么下去，新的作者要没有发表作品的机会了。现在打破了这局面，虽然不过是一种月刊的一期，但究竟也扫去一些沉闷，所以我以为是一种好事情。但是，我对于芸生[②]先生的一篇诗，却非常失望。

这诗，一目了然，是看了前一期的别德纳衣的讽刺诗[③]而作的。然而我们来比一比罢，别德纳衣的诗虽然自认为“恶毒”，但其中最甚的也不过是笑骂。这诗怎么样？有辱骂，有恐吓，还有无聊的攻击：其实是大可不必作的。

例如罢，开首就是对于姓的开玩笑[④]。一个作者自取的别名，自然可以窥见他的思想，譬如“铁血”，“病鹃”之类，固不妨由此开一点小玩

---

① 起应：即周扬，湖南益阳人，文艺理论家，“左联”领导成员之一。当时主编《文学月报》。

② 芸生：原名邱九如，浙江宁波人。他的诗《汉奸的供状》，意在讽刺自称“自由人”的胡秋原的言论，但是其中有鲁迅在本文中所指出的严重缺点和错误。

③ 别德纳衣的讽刺诗：指讽刺托洛茨基的长诗《没工夫唾骂》。

④ 对于姓的开玩笑：原诗开头是：“现在我来写汉奸的供状。据说他也姓胡，可不叫立夫。”按：胡立夫是一九三二年“一·二八”日军侵占上海闸北时的著名汉奸。

笑。但姓氏籍贯，却不能决定本人的功罪，因为这是从上代传下来的，不能由他自主。我说这话还在四年之前，当时曾有人评我为“封建余孽”，其实是捧住了这样的题材，欣欣然自以为得计者，倒是十分“封建”的。不过这种风气，近几年颇少见了，不料现在竟又复活起来，这确不能不说是一个退步。

尤其不堪的是结末的辱骂。现在有些作品，往往并非必要而偏在对话里写上许多骂语去，好像以为非此便不是无产者作品，骂詈愈多，就愈是无产者作品似的。其实好的工农之中，并不随口骂人的多得很，作者不应该将上海流氓的行为，涂在他们身上的。即使有喜欢骂人的无产者，也只是一种坏脾气，作者应该由文艺加以纠正，万不可再来展开，使将来的无阶级社会中，一言不合，便祖宗三代的闹得不可开交。况且即是笔战，就也如别的兵战或拳斗一样，不妨伺隙乘虚，以一击制敌人的死命，如果一味鼓噪，已是《三国演义》式战法，至于骂一句爹娘，扬长而去，还自以为胜利，那简直是“阿Q”式的战法了。

接着又是什么“剖西瓜”[①]之类的恐吓，这也是极不对的，我想。无产者的革命，乃是为了自己的解放和消灭阶级，并非因为要杀人，即使是正面的敌人，倘不死于战场，就有大众的裁判，决不是一个诗人所能提笔判定生死的。现在虽然很有什么“杀人放火”的传闻，但这只是一种诬陷。中国的报纸上看不出实话，然而只要一看别国的例子也就可以恍然：德国的无产阶级革命[②]（虽然没有成功），并没有乱杀人；俄国不是连皇帝的宫殿都没有烧掉么？而我们的作者，却将革命的工农用笔涂成一个吓人的鬼脸，由我看来，真是鲁莽之极了。

自然，中国历来的文坛上，常见的是诬陷，造谣，恐吓，辱骂，翻一翻大部的历史，就往往可以遇见这样的文章，直到现在，还在应用，

① “剖西瓜”：原诗中有这样的话：“当心，你的脑袋一下就要变做剖开的西瓜！”

② 德国的无产阶级革命：即德国十一月革命。一九一八年至一九一九年德国无产阶级、农民和人民大众在一定程度上用无产阶级革命的手段和形式进行的资产阶级民主革命。它推翻了霍亨索伦王朝，宣布建立社会主义共和国。随后，在社会民主党政府的血腥镇压下失败。

而且更加厉害。但我想，这一份遗产，还是都让给叭儿狗文艺家去承受罢，我们的作者倘不竭力地抛弃了它，是会和他们成为“一丘之貉”的。

不过我并非主张要对敌人赔笑脸，三鞠躬。我只是说，战斗的作者应该注重于“论争”；倘在诗人，则因为情不可遏而愤怒，而笑骂，自然也无不可。但必须止于嘲笑，止于热骂，而且要“嬉笑怒骂，皆成文章”使敌人因此受伤或致死，而自己并无卑劣的行为，观者也不以为污秽，这才是战斗的作者的本领。

刚才想到了以上的一些，便写出寄上，也许于编辑上可供参考。总之，我是极希望此后的《文学月报》上不再有那样的作品的。

专此布达，并问好。

非革命的急进革命论者

倘说，凡大队的革命军，必须一切战士的意识，都十分正确，分明，这才是真的革命军，否则不值一哂。这言论，初看固然是很正当，彻底似的，然而这是不可能的难题，是空洞的高谈，是毒害革命的甜药。

譬如在帝国主义的主宰之下，必不容训练大众个个有了“人类之爱”，然后笑嘻嘻地拱手变为“大同世界”一样，在革命者们所反抗的势力之下，也决不容用言论或行动，使大多数人统得到正确的意识。所以每一革命部队的突起，战士大抵不过是反抗现状这一种意思，大略相同，终极目的是极为歧异的。或者为社会，或者为小集团，或者为一个爱人，或者为自己，或者简直为了自杀。然而革命军仍然能够前行。因为在进军的途中，对于敌人，个人主义者所发的子弹，和集团主义者所发的子弹是一样地能够制其死命；任何战士死伤之际，便要减少些军中的战斗力，也两者相等的。但自然，因为终极目的的不同，在行进时，也时时有人退伍，有人落荒，有人颓唐，有人叛变，然而只要无碍于行进，则愈到后来，这队伍也就愈成为纯粹，精锐的队伍了。

我先前为叶永蓁[①]君的《小小十年》作序，以为已经为社会尽了些力量，便是这意思。书中的主角，究竟上过前线，当过哨兵（虽然连放枪的方法也未曾被教），比起单是抱膝哀歌，握笔愤叹的文豪们来，实在也切实得远了。倘若要现在的战士都是意识正确，而且坚于钢铁之战士，

① 叶永蓁：浙江乐清人。《小小十年》是他的一部自传体长篇小说。

不但是乌托邦的空想，也是出于情理之外的苛求。

但后来在《申报》上，却看见了更严厉，更彻底的批评，[①] 因为书中的主角的从军，动机是为了自己，所以深加不满。《申报》是最求和平，最不鼓动革命的报纸，初看仿佛是很不相称似的，我在这里要指出貌似彻底的革命者，而其实是极不革命或有害革命的个人主义的论客来，使那批评的灵魂和报纸的躯壳正相适合。

其一是颓废者，因为自己没有一定的理想和无力，便流落而求刹那的享乐；一定的享乐，又使他发生厌倦，则时时寻求新刺激，而这刺激又须厉害，这才感到畅快。革命便也是那颓废者的新刺激之一，正如饕餮者餍足了肥甘，味厌了，胃弱了，便要吃胡椒和辣椒之类，使额上出一点小汗，才能送下半碗饭去一般。他于革命文艺，就要彻底的，完全的革命文艺，一有时代的缺陷的反映，就使他皱眉，以为不值一哂。和事实离开是不妨的，只要一个爽快。法国的波特莱尔[②]，谁都知道是颓废的诗人，然而他欢迎革命，待到革命要妨害他的颓废生活的时候，他才憎恶革命了。所以革命前夜的纸张上的革命家，而且是极彻底，极激烈的革命家，临革命时，便能够撕掉他先前的假面——不自觉的假面。这种史例，是也应该献给一碰小钉子，一有小地位（或小款子），便东窜东京，西走巴黎的成仿吾那样“革命文学家”的。

其一，我还定不出他的名目。要之，是毫无定见，因而觉得世上没有一件对，自己没有一件不对，归根结蒂，还是现状最好的人们。他现为批评家而说话的时候，就随便捞到一种东西以驳诘相反的东西。要驳互助说时用争存说，驳争存说时用互助说；反对和平论时用阶级争斗说，

① 这里所说《申报》的批评，指一九二九年十一月十九日《申报·艺术界》“新书月评”栏偶然评《小小十年》的文章。其中说“我们的主人翁和许多革命青年一样，最初只是把革命当作一种无法可想之中的办法，至于那些冠冕堂皇的革命理由，差不多都是事后才知道，事后才说”；“书中很强烈的（地）暗示着，现在革命青年心目中的‘革命’，目的不是求民族复兴而是在个人求得出路而已”。并断定“《小小十年》这样的作品就不算是可贵的了”。

② 波特莱尔：通译波德莱尔。法国十九世纪现代派诗人，象征派诗歌先驱。代表作有《恶之花》《巴黎的忧郁》等。

反对斗争时就主张人类之爱。论敌是唯心论者呢，他的立场是唯物论，待到和唯物论者相辩难，他却又化为唯心论者了。要之，是用英尺来量俄里，又用法尺来量（meter，米），而发见[①]无一相合的人。因为别的一切，无一相合，于是永远觉得自己是“允执厥中”，永远得到自己满足。从这些人们的批评的指示，则只要不完全，有缺陷，就不行。但现在的人，的事，哪里会有十分完全，并无缺陷的呢，为万全计，就只好毫不动弹。然而这毫不动弹，却也就是一个大错。总之，做人之道，是非常之烦难了，至于做革命家，那当然更不必说。

《申报》的批评家对于《小小十年》虽然要求彻底的革命的主角，但于社会科学的翻译，是加以刻毒的冷嘲的，所以那灵魂是后一流，而略带一些颓废者的对于人生的无聊，想吃些辣椒来开开胃的气味。

① 发见：发现。

第三章　秋　夜

秋　夜

在我的后园，可以看见墙外有两株树，一株是枣树，还有一株也是枣树。

这上面的夜的天空，奇怪而高，我生平没有见过这样的奇怪而高的天空。他仿佛要离开人间而去，使人们仰面不再看见。然而现在却非常之蓝，闪闪地䀹[①]着几十个星星的眼，冷眼。他的口角上现出微笑，似乎自以为大有深意，而将繁霜洒在我的园里的野花草上。

我不知道那些花草真叫什么名字，人们叫他们什么名字。我记得有一种开过极细小的粉红花，现在还开着，但是更极细小了。她在冷的夜气中，瑟缩地做梦，梦见春的到来，梦见秋的到来，梦见瘦的诗人将眼泪擦在她最末的花瓣上，告诉她秋虽然来，冬虽然来，而此后接着还是春，蝴蝶乱飞，蜜蜂都唱起春词来了。她于是一笑，虽然颜色冻得红惨惨的，仍然瑟缩着。

枣树，他们简直落尽了叶子。先前，还有一两个孩子来打他们别人打剩的枣子，现在是一个也不剩了，连叶子也落尽了。他知道小粉红花的梦，秋后要有春；他也知道落叶的梦，春后还是秋。他简直落尽叶子，单剩干子[②]，然而脱了当初满树是果实和叶子时候的弧形，欠伸得很舒服。但是，有几枝还低亚着，护定他从打枣的竿梢所得的皮伤，而最直最长

① 䀹（jiá）：眼睛闭着。此处疑为“眨”。

② 干子：指枝干。疑为“杆子”。

的几枝,却已默默地铁似的直刺着奇怪而高的天空,使天空闪闪地鬼眏眼;直刺着天空中圆满的月亮，使月亮窘得发白。

鬼眏眼的天空越加非常之蓝，不安了，仿佛想离去人间，避开枣树，只将月亮剩下。然而月亮也暗暗地躲到东边去了。而一无所有的干子，却仍然默默地铁似的直刺着奇怪而高的天空，一意要制他的死命，不管他各式各样地眏着许多蛊惑的眼睛。

哇的一声，夜游的恶鸟飞过了。

我忽而听到夜半的笑声，吃吃的，似乎不愿意惊动睡着的人，然而四围的空气都应和着笑。夜半，没有别的人，我即刻听出这声音就在我嘴里，我也即刻被这笑声所驱逐，回进自己的房。灯火的带子也即刻被我旋高了。

后窗的玻璃上丁丁地响,还有许多小飞虫乱撞。不多久,几个进来了,许是从窗纸的破孔进来的。他们一进来,又在玻璃的灯罩上撞得丁丁地响。一个从上面撞进去了，他于是遇到火，而且我以为这火是真的。两三个却休息在灯的纸罩上喘气。那罩是昨晚新换的罩，雪白的纸，折出波浪纹的叠痕，一角还画出一枝猩红色的栀子。

猩红的栀子开花时，枣树又要做小粉红花的梦，青葱地弯成弧形了……我又听到夜半的笑声；我赶紧砍断我的心绪，看那老在白纸罩上的小青虫，头大尾小，向日葵子似的，只有半粒小麦那么大，遍身的颜色苍翠得可爱，可怜。

我打一个呵欠，点起一支纸烟，喷出烟来，对着灯默默地敬奠这些苍翠精致的英雄们。

影的告别

人睡到不知道时候的时候，就会有影来告别，说出那些话——

有我所不乐意的在天堂里，我不愿去；有我所不乐意的在地狱里，我不愿去；有我所不乐意的在你们将来的黄金世界里，我不愿去。

然而你就是我所不乐意的。

朋友，我不想跟随你了，我不愿住。

我不愿意！

呜呼呜呼，我不愿意，我不如彷徨于无地。

我不过一个影，要别你而沉没在黑暗里了。然而黑暗又会吞并我，然而光明又会使我消失。

然而我不愿彷徨于明暗之间，我不如在黑暗里沉没。

然而我终于彷徨于明暗之间，我不知道是黄昏还是黎明。我姑且举灰黑的手装作喝干一杯酒，我将在不知道时候的时候独自远行。

呜呼呜呼，倘若黄昏，黑夜自然会来沉没我，否则我要被白天消失，如果现（在）是黎明。

朋友，时候近了。

我将向黑暗里彷徨于无地。

你还想我的赠品。我能献你甚么[①]呢？无已，则仍是黑暗和虚空而已。但是，我愿意只是黑暗，或者会消失于你的白天；我愿意只是虚空，决

① 甚么：同“什么”。

不占你的心地。

我愿意这样，朋友——

我独自远行，不但没有你，并且再没有别的影在黑暗里。只有我被黑暗沉没，那世界全属于我自己。

求乞者

我顺着剥落的高墙走路，踏着松的灰土。另外有几个人，各自走路。微风起来，露在墙头的高树的枝条带着还未干枯的叶子在我头上摇动。

微风起来，四面都是灰土。

一个孩子向我求乞，也穿着夹衣，也不见得悲戚，而拦着磕头，追着哀呼。

我厌恶他的声调，态度。我憎恶他并不悲哀，近于儿戏；我烦厌他这追着哀呼。

我走路。另外有几个人各自走路。微风起来，四面都是灰土。

一个孩子向我求乞，也穿着夹衣，也不见得悲戚，但是哑的，摊开手，装着手势。

我就憎恶他这手势。而且，他或者并不哑，这不过是一种求乞的法子。

我不布施，我无布施心，我但居布施者之上，给与烦腻，疑心，憎恶。

我顺着倒败的泥墙走路，断砖叠在墙缺口，墙里面没有什么。微风起来，送秋寒穿透我的夹衣；四面都是灰土。

我想着我将用什么方法求乞：发声，用怎样（的）声调？装哑，用怎样（的）手势？……

另外有几个人各自走路。

我将得不到布施，得不到布施心；我将得到自居于布施之上者的烦腻，疑心，憎恶。

我将用无所为和沉默求乞……

我至少将得到虚无。

微风起来，四面都是灰土。另外有几个人各自走路。

灰土，灰土……

………………

灰土……

复　仇（其一）

人的皮肤之厚，大概不到半分，鲜红的热血，就循着那后面，在比密密层层地爬在墙壁上的槐蚕更其密的血管里奔流，散出温热。于是各以这温热互相蛊惑，煽动，牵引，拼命地希求偎依，接吻，拥抱，以得生命的沉酣的大欢喜。

但倘若用一柄尖锐的利刃，只一击，穿透这桃红色的，菲薄的皮肤，将见那鲜红的热血激箭似的以所有温热直接灌溉杀戮者；其次，则给以冰冷的呼吸，示以淡白的嘴唇，使之人性茫然，得到生命的飞扬的极致的大欢喜；而其自身，则永远沉浸于生命的飞扬的极致的大欢喜中。

这样，所以，有他们俩裸着全身，捏着利刃，对立于广漠的旷野之上。

他们俩将要拥抱，将要杀戮……

路人们从四面奔来，密密层层地，如槐蚕爬上墙壁，如蚂蚁要扛鲞头。衣服都漂亮，手倒空的。然而从四面奔来，而且拼命地伸长颈子，要赏鉴这拥抱或杀戮。他们已经预觉着事后的自己的舌上的汗或血的鲜味。

然而他们俩对立着，在广漠的旷野之上，裸着全身，捏着利刃，然而也不拥抱，也不杀戮，而且也不见有拥抱或杀戮之意。

他们俩这样地至于永久，圆活的身体，已将干枯，然而毫不见有拥抱或杀戮之意。

路人们于是乎无聊；觉得有无聊钻进他们的毛孔，觉得有无聊从他们自己的心中由毛孔钻出，爬满旷野，又钻进别人的毛孔中。他们于是觉得喉舌干燥，脖子也乏了；终至于面面相觑，慢慢走散；甚而至于居然觉得干枯到失了生趣。

于是只剩下广漠的旷野，而他们俩在其间裸着全身，捏着利刃，干枯地立着；以死人似的眼光，赏鉴这路人们的干枯，无血的杀戮，而永远沉浸于生命的飞扬的极致的大欢喜中。

复　仇（其二）

因为他自以为神之子，以色列的王，所以去钉十字架。

兵丁们给他穿上紫袍，戴上荆冠，庆贺他；又拿一根苇子打他的头，吐他，屈膝拜他；戏弄完了，就给他脱了紫袍，仍穿他自己的衣服。

看哪，他们打他的头，吐他，拜他……

他不肯喝那用没药调和的酒，要分明地玩味以色列人怎样对付他们的神之子，而且较永久地悲悯他们的前途，然而仇恨他们的现在。

四面都是敌意，可悲悯的，可咒诅的。

丁丁地响，钉尖从掌心穿透，他们要钉杀他们的神之子了，可悯的人们呵，使他痛得柔和。丁丁地响，钉尖从脚背穿透，钉碎了一块骨，痛楚也透到心髓中，然而他们自己钉杀着他们的神之子了，可咒诅的人们呵，这使他痛得舒服。

十字架竖起来了；他悬在虚空中。

他没有喝那用没药调和的酒，要分明地玩味以色列人怎样对付他们的神之子，而且较永久地悲悯他们的前途，然而仇恨他们的现在。

路人都辱骂他，祭司长和文士也戏弄他，和他同钉的两个强盗也讥诮他。

看哪，和他同钉的……

四面都是敌意，可悲悯的，可咒诅的。

他在手足的痛楚中，玩味着可悯的人们的钉杀神之子的悲哀和可咒诅的人们要钉杀神之子，而神之子就要被钉杀了的欢喜。突然间，碎骨的大痛楚透到心髓了，他即沉酣于大欢喜和大悲悯中。

他腹部波动了，悲悯和咒诅的痛楚的波。

遍地都黑暗了。

“以罗伊，以罗伊，拉马撒巴各大尼？！”（翻出来，就是：我的上帝，你为甚么离弃我？！）

上帝离弃了他，他终于还是一个“人之子”；然而以色列人连“人之子”都钉杀了。

钉杀了“人之子”的人们身上，比钉杀了“神之子”的尤其血污，血腥。

希　望

我的心分外地寂寞。

然而我的心很平安：没有爱憎，没有哀乐，也没有颜色和声音。

我大概老了。我的头发已经苍白，不是很明白的事么？我的手颤抖着，不是很明白的事么？那么，我的魂灵的手一定也颤抖着，头发也一定苍白了。

然而这是许多年前的事了。

这以前，我的心也曾充满过血腥的歌声：血和铁，火焰和毒，恢复和报仇。而忽而这些都空虚了，但有时故意地填以没奈何的自欺的希望。希望，希望，用这希望的盾，抗拒那空虚中的暗夜的袭来，虽然盾后面也依然是空虚中的暗夜。然而就是如此，陆续地耗尽了我的青春。

我早先岂不知我的青春已经逝去了？但以为身外的青春固在：星，月光，僵坠的蝴蝶，暗中的花，猫头鹰的不祥之言，杜鹃的啼血，笑的渺茫，爱的翔舞……虽然是悲凉飘渺的青春罢，然而究竟是青春。

然而现在何以如此寂寞？难道连身外的青春也都逝去，世上的青年也多衰老了么？

我只得由我来肉搏这空虚中的暗夜了。我放下了希望之盾，我听到Petőfi Sándor[①]（1823—1849）的“希望”之歌：

希望是甚么？是娼妓：

①Petőfi Sándor：裴多菲·山陀尔，匈牙利爱国诗人和英雄，自由主义革命者，匈牙利民族文学的奠基人。

她对谁都蛊惑，将一切都献给；
待你牺牲了极多的宝贝——
你的青春
——她就弃掉你。

这伟大的抒情诗人，匈牙利的爱国者，为了祖国而死在哥萨克兵的矛尖上，已经七十五年了。悲哉死也，然而更可悲的是他的诗至今没有死。

但是，可惨的人生！桀骜英勇如 Petöfi，也终于对了暗夜止步，回顾着茫茫的东方了。他说：

绝望之为虚妄，正与希望相同。

倘使我还得偷生在不明不暗的这“虚妄”中，我就还要寻求那逝去的悲凉飘渺的青春，但不妨在我的身外。因为身外的青春倘一消灭，我身中的迟暮也即凋零了。

然而现在没有星和月光，没有僵坠的蝴蝶以至笑的渺茫，爱的翔舞。然而青年们很平安。

我只得由我来肉搏这空虚中的暗夜了，纵使寻不到身外的青春，也总得自己来一掷我身中的迟暮。但暗夜又在哪里呢？现在没有星，没有月光以至笑的渺茫和爱的翔舞；青年们很平安，而我的面前又竟至于并且没有真的暗夜。

绝望之为虚妄，正与希望相同！

雪

暖国的雨，向来没有变过冰冷的坚硬的灿烂的雪花。博识的人们觉得他单调，他自己也以为不幸否耶？江南的雪，可是滋润美艳之至了；那是还在隐约着的青春的消息，是极壮健的处子的皮肤。雪野中有血红的宝珠山茶，白中隐青的单瓣梅花，深黄的磬口的腊梅花；雪下面还有冷绿的杂草。蝴蝶确乎没有；蜜蜂是否来采山茶花和梅花的蜜，我可记不真切了。但我的眼前仿佛看见冬花开在雪野中，有许多蜜蜂们忙碌地飞着，也听得他们嗡嗡地闹着。

孩子们呵着冻得通红，像紫芽姜一般的小手，七八个一齐来塑雪罗汉。因为不成功，谁的父亲也来帮忙了。罗汉就塑得比孩子们高得多，虽然不过是上小下大的一堆，终于分不清是葫芦还是罗汉；然而很洁白，很明艳，以自身的滋润相粘结，整个地闪闪地生光。孩子们用龙眼核给他做眼珠，又从谁的母亲的脂粉奁中偷得胭脂来涂在嘴唇上。这回确是一个大阿罗汉了。他也就目光灼灼地嘴唇通红地坐在雪地里。

第二天还有几个孩子来访问他；对了他拍手，点头，嘻笑。但他终于独自坐着了。晴天又来消释他的皮肤，寒夜又使他结一层冰，化作不透明的水晶模样；连续的晴天又使他成为不知道算什么，而嘴上的胭脂也褪尽了。

但是，朔方的雪花在纷飞之后，却永远如粉，如沙，他们决不粘连，撒在屋上，地上，枯草上，就是这样。屋上的雪是早已就有消化了的，因为屋里居人的火的温热。别的，在晴天之下，旋风忽来，便蓬勃地奋飞，在日光中灿灿地生光，如包藏火焰的大雾，旋转而且升腾，弥漫太空，使太空旋转而且升腾地闪烁。

在无边的旷野上，在凛冽的天宇下，闪闪地旋转升腾着的是雨的精魂……

是的，那是孤独的雪，是死掉的雨，是雨的精魂。

过　客

时：

或一日的黄昏。

地：

或一处。

人：

老翁——约七十岁，白头发，黑长袍。

女孩——约十岁，紫发，乌眼珠，白地黑方格长衫。

过客——约三四十岁，状态困顿倔强，眼光阴沉，黑须，乱发，黑色短衣裤皆破碎，赤足着破鞋，胁下挂一个口袋，支着等身的竹杖。

东，是几株杂树和瓦砾；西，是荒凉破败的丛葬；其间有一条似路非路的痕迹。一间小土屋向这痕迹开着一扇门；门侧有一段枯树根。

（女孩正要将坐在树根上的老翁搀起。）

翁——孩子。喂，孩子！怎么不动了呢？

孩——（向东望着）有谁走来了，看一看罢。

翁——不用看他。扶我进去罢。太阳要下去了。

孩——我——看一看。

翁——唉，你这孩子！天天看见天，看见土，看见风，还不够好看么？什么也不比这些好看。你偏是要看谁。太阳下去时候出现的东西，不会给你什么好处的……还是进去罢。

孩——可是，已经近来了。啊，啊，是一个乞丐。

翁——乞丐？不见得罢。

（过客从东面的杂树间踉跄走出，暂时踌躇之后，慢慢地走近老翁去。）

客——老丈，你晚上好？

翁——啊，好！托福。你好？

客——老丈，我实在冒昧，我想在你哪里讨一杯水喝。我走得渴极了。这地方又没有一个池塘，一个水洼。

翁——唔，可以可以。你请坐罢。（向女孩）孩子，你拿水来，杯子要洗干净。

（女孩默默地走进土屋去。）

翁——客官，你请坐。你是怎么称呼的？

客——称呼？——我不知道。从我还能记得的时候起，我就只一个人，我不知道我本来叫什么。我一路走，有时人们也随便称呼我，各式各样，我也记不清楚了，况且相同的称呼也没有听到过第二回。

翁——啊，啊。那么，你是从哪里来的呢？

客——（略略迟疑）我不知道。从我还能记得的时候起，我就在这么走。

翁——对了。那么，我可以问你到哪里去么？

客——自然可以——但是，我不知道。从我还能记得的时候起，我就在这么走，要走到一个地方去，这地方就在前面。我单记得走了许多路，现在来到这里了。我接着就要走向那边去，（西指）前面！

（女孩小心地捧出一个木杯来，递去。）

客——（接杯）多谢，姑娘。（将水两口喝尽，还杯）多谢，姑娘。这真是少有的好意。我真不知道应该怎样感谢！

翁——不要这么感激。这于你是没有好处的。

客——是的，这于我没有好处。可是我现在很恢复了些力气了。我就要前去。老丈，你大约是久住在这里的，你可知道前面是怎么一个所在么？

翁——前面？前面，是坟。

客——（诧异地）坟？

孩——不，不，不。哪里有许多许多野百合，野蔷薇，我常常去玩，去看它们的。

客——（西顾，仿佛微笑）不错。那些地方有许多许多野百合，野蔷薇，我也常常去玩过，去看过的。但是，那是坟。（向老翁）老丈，走完了那坟地之后呢？

翁——走完之后？那我可不知道。我没有走过。

客——不知道？！

孩——我也不知道。

翁——我单知道南边；北边；东边，你的来路。那是我最熟悉的地方，也许倒是于你们最好的地方。你莫怪我多嘴，据我看来，你已经这么劳顿了，还不如回转去，因为你前去也料不定可能走完。

客——料不定可能走完？……（沉思，忽然惊起）那不行！我只得走。回到哪里去，就没一处没有名目，没一处没有地主，没一处没有驱逐和牢笼，没一处没有皮面的笑容，没一处没有眶外的眼泪。我憎恶他们，我不回转去。

翁——那也不然。你也会遇见心底的眼泪，为你的悲哀。

客——不。我不愿看见他们心底的眼泪，不要他们为我的悲哀。

翁——那么，你，（摇头）你只得走了。

客——是的，我只得走了。况且还有声音常在前面催促我，叫唤我，使我息不下。可恨的是我的脚早经走破了，有许多伤，流了许多血。（举起一足给老人看）因此，我的血不够了；我要喝些血。但血在哪里呢？可是我也不愿意喝无论谁的血。我只得喝些水，来补充我的血。一路上总有水，我倒也并不感到什么不足。只是我的力气太稀薄了，血里面太多了水的缘故罢。今天连一个小水洼也遇不到，也就是少走了路的缘故罢。

翁——那也未必。太阳下去了，我想，还不如休息一会儿的好罢，像我似的。

客——但是，那前面的声音叫我走。

翁——我知道。

客——你知道？你知道那声音么？

翁——是的。他似乎曾经也叫过我。

客——那也就是现在叫我的声音么？

翁——那我可不知道。他也就是叫过几声，我不理他，他也就不叫了，我也就记不清楚了。

客——唉，唉，不理他……（沉思，忽然吃惊，倾听着）不行！我还是走的好。我息不下。可恨我的脚早经走破了。（准备走路）

孩——给你！（递给一片布）裹上你的伤去。

客——多谢，（接取）姑娘。这真是……这真是极少有的好意。这能使我可以走更多的路。（就断砖坐下，要将布缠在踝上）但是，不行！（竭力站起）姑娘，还了你罢，还是裹不下。况且这太多的好意，我没法感激。

翁——你不要这么感激，这于你没有好处。

客——是的，这于我没有什么好处。但在我，这布施是最上的东西了。你看，我全身上可有这样的？

翁——你不要当真就是。

客——是的。但是我不能。我怕我会这样：倘使我得到了谁的布施，我就要像兀鹰看见死尸一样，在四近徘徊，祝愿她的灭亡，给我亲自看见；或者咒诅她以外的一切全都灭亡，连我自己，因为我就应该得到咒诅。但是我还没有这样的力量；即使有这力量，我也不愿意她有这样的境遇，因为她们大概总不愿意有这样的境遇。我想，这最稳当。（向女孩）姑娘，你这布片太好，可是太小一点了，还了你罢。

孩——（惊惧，退后）我不要了！你带走！

客——（似笑）哦，哦……因为我拿过了？

孩——（点头，指口袋）你装在哪里，去玩玩。

客——（颓唐地退后）但这背在身上，怎么走呢？……

翁——你息不下，也就背不动。——休息一会儿，就没有什么了。

客——对咧，休息……（默想，但忽然惊醒，倾听）不，我不能！我还是走好。

翁——你总不愿意休息么？

客——我愿意休息。

翁——那么，你就休息一会儿罢。

客——但是，我不能……

翁——你总还是觉得走好么？

客——是的。还是走好。

翁——那么，你还是走好罢。

客——（将腰一伸）好，我告别了。我很感激你们。（向着女孩）姑娘，这还你，请你收回去。

（女孩惊惧，敛手，要躲进土屋里去。）

翁——你带去罢。要是太重了，可以随时抛在坟地里面的。

孩——（走向前）啊，啊，那不行！

客——啊，啊，那不行的。

翁——那么，你挂在野百合野蔷薇上就是了。

孩——（拍手）哈哈！好！

翁——哦，哦……

（极暂时中，沉默。）

翁——那么，再见了。祝你平安。（站起，向女孩）孩子，扶我进去罢。你看，太阳早已下去了。（转身向门）

客——多谢你们。祝你们平安。（徘徊，沉思，忽然吃惊）然而我不能！我只得走。我还是走好罢……（即刻昂了头，奋然向西走去）

（女孩扶老人走进土屋，随即阖了门。过客向野地里踉跄地闯进去，夜色跟在他后面。）

死火

我梦见自己在冰山间奔驰。

这是高大的冰山，上接冰天，天上冻云弥漫，片片如鱼鳞模样。山麓有冰树林，枝叶都如松杉。一切冰冷，一切青白。

但我忽然坠在冰谷中。

上下四旁无不冰冷，青白。而一切青白冰上，却有红影无数，纠结如珊瑚网。我俯看脚下，有火焰在。

这是死火。有炎炎的形，但毫不摇动，全体冰结，像珊瑚枝；尖端还有凝固的黑烟，疑这才从火宅中出，所以枯焦。这样，映在冰的四壁，而且互相反映，化为无量数影，使这冰谷，成红珊瑚色。

哈哈！

当我幼小的时候，本就爱看快舰激起的浪花，洪炉喷出的烈焰。不但爱看，还想看清。可惜他们都息息变幻，永无定形。虽然凝视又凝视，总不留下怎样一定的迹象。

死的火焰，现在先得到了你了！

我拾起死火，正要细看，那冷气已使我的指头焦灼；但是，我还熬着，将他塞入衣袋中间。冰谷四面，登时完全青白。我一面思索着走出冰谷的法子。

我的身上喷出一缕黑烟，上升如铁线蛇。冰谷四面，又登时满有红焰流动，如大火聚，将我包围。我低头一看，死火已经燃烧，烧穿了我的衣裳，流在冰地上了。

“唉，朋友！你用了你的温热，将我惊醒了。”他说。

我连忙和他招呼，问他名姓。

“我原先被人遗弃在冰谷中，”他答非所问地说：“遗弃我的早已灭亡，消尽了。我也被冰冻冻得要死。倘使你不给我温热，使我重新烧起，我不久就须灭亡。”

“你的醒来，使我欢喜。我正在想着走出冰谷的方法；我愿意携带你去，使你永不冰结，永得燃烧。”

“唉唉！那么，我将烧完！”

“你的烧完，使我惋惜。我便将你留下，仍在这里罢。”

“唉唉！那么，我将冻灭了！”

“那么，怎么办呢？”

“但你自己，又怎么办呢？”他反而问。

“我说过了：我要出这冰谷……”

“那我就不如烧完！”

他忽而跃起，如红彗星，并我都出冰谷口外。有大石车突然驰来，我终于碾死在车轮底下，但我还来得及看见那车就坠入冰谷中。

“哈哈！你们是再也遇不着死火了！”我得意地笑着说，仿佛就愿意这样似的。

第四章　小杂感

小杂感

蜜蜂的刺，一用即丧失了它自己的生命；犬儒[①]的刺，一用则苟延了他自己的生命。

他们就是如此不同。

约翰·穆勒说：专制使人们变成冷嘲。

而他竟不知道共和使人们变成沉默。

要上战场，莫如做军医；要革命，莫如走后方；要杀人，莫如做刽子手。既英雄，又稳当。

与名流学者谈，对于他之所讲，当装作偶有不懂之处。太不懂被看轻，太懂了被厌恶。偶有不懂之处，彼此最为合宜。

世间大抵只知道指挥刀所以指挥武士，而不想到也可以指挥文人。

又是演讲录，又是演讲录。[②]

但可惜都没有讲明他何以和先前大两样了；也没有讲明他演讲时，自己是否真相信自己的话。

阔的聪明人种种譬如昨日死。

不阔的傻子种种实在昨日死。

曾经阔气的要复古，正在阔气的要保持现状，未曾阔气的要革新。

① 犬儒：原指古希腊昔匿克学派（Cynicism）的哲学家。他们提出绝对的个人精神自由，轻视一切社会虚套、习俗和文化规范，过着禁欲的简陋生活，被人讥诮为穷犬，所以又称犬儒学派。

② 指当时不断编印出售的蒋介石、汪精卫、吴稚晖、戴季陶等人的演讲集。

大抵如是。大抵！

他们之所谓复古，是回到他们所记得的若干年前，并非虞夏商周。

女人的天性中有母性，有女儿性；无妻性。

妻性是逼成的，只是母性和女儿性的混合。

防被欺。

自称盗贼的无须防，得其反倒是好人；自称正人君子的必须防，得其反则是盗贼。

楼下一个男人病得要死，那间壁的一家唱着留声机；对面是弄孩子。楼上有两人狂笑；还有打牌声。河中的船上有女人哭着她死去的母亲。

人类的悲欢并不相通，我只觉得他们吵闹。

每一个破衣服人走过，叭儿狗就叫起来，其实并非都是狗主人的意旨或使嗾[①]。

叭儿狗往往比它的主人更严厉。

恐怕有一天总要不准穿破布衫，否则便是共产党。

革命，反革命，不革命。

革命的被杀于反革命的。反革命的被杀于革命的。不革命的或当作革命的而被杀于反革命的，或当作反革命的而被杀于革命的，或并不当作什么而被杀于革命的或反革命的。

革命，革革命，革革革命，革革……

人感到寂寞时，会创作；一感到干净时，即无创作，他已经一无所爱。

创作总根于爱。

杨朱无书。

创作虽说抒写自己的心，但总愿意有人看。

创作是有社会性的。

但有时只要有一个人看便满足：好友，爱人。

人往往憎和尚，憎尼姑，憎回教徒，憎耶教徒，而不憎道士。

① 使嗾（sǒu）：用口发声来指使狗。

懂得此理者，懂得中国大半。

要自杀的人，也会怕大海的汪洋，怕夏天死尸的易烂。

但遇到澄静的清池，凉爽的秋夜，他往往也自杀了。

凡为当局所“诛”者皆有“罪”。

刘邦除秦苛暴，“与父老约法三章耳”。

而后来仍有族诛，仍禁挟书，还是秦法。

（约）法三章者，话一句耳。

一见短袖子，立刻想到白臂膊，立刻想到全裸体，立刻想到生殖器，立刻想到性交，立刻想到杂交，立刻想到私生子。

中国人的想象惟在这一层能够如此跃进。

杂　感

人们有泪，比动物进化，但即此有泪，也就是不进化，正如已经只有盲肠，比鸟类进化，而究竟还有盲肠，终不能很算进化一样。凡这些，不但是无用的赘物，还要使其人达到无谓的灭亡。

现今的人们还以眼泪赠答，并且以这为最上的赠品，因为他此外一无所有。无泪的人则以血赠答，但又各各拒绝别人的血。

人大抵不愿意爱人下泪。但临死之际,可能也不愿意爱人为你下泪么？无泪的人无论何时，都不愿意爱人下泪，并且连血也不要：他拒绝一切为他的哭泣和灭亡。

人被杀于万众聚观之中，比被杀在“人不知鬼不觉”的地方快活，因为他可以妄想，博得观众中的或人的眼泪。但是，无泪的人无论被杀在什么所在，于他并无不同。

杀了无泪的人，一定连血也不见。爱人不觉他被杀之惨，仇人也终于得不到杀他之乐：这是他的报恩和复仇。

死于敌手的锋刃，不足悲苦；死于不知何来的暗器，却是悲苦。但最悲苦的是死于慈母或爱人误进的毒药，战友乱发的流弹，病菌的并无恶意的侵入，不是我自己制定的死刑。

仰慕往古的，回往古去罢！想出世的，快出世罢！想上天的，快上天罢！灵魂要离开肉体的，赶快离开罢！现在的地上，应该是执着现在，执着地上的人们居住的。

但厌恶现世的人们还住着。这都是现世的仇雠[①]，他们一日存在，现世即一日不能得救。

先前，也曾有些愿意活在现世而不得的人们，沉默过了，呻吟过了，叹息过了，哭泣过了，哀求过了，但仍然愿意活在现世而不得，因为他们忘却了愤怒。

勇者愤怒，抽刀向更强者；怯者愤怒，却抽刃向更弱者。不可救药的民族中，一定有许多英雄，专向孩子们瞪眼。这些孱头们！

孩子们在瞪眼中长大了，又向别的孩子们瞪眼，并且想：他们一生都过在愤怒中。因为愤怒只是如此，所以他们要愤怒一生——而且还要愤怒二世，三世，四世，以至末世。

无论爱什么——饭，异性，国，民族，人类等等——只有纠缠如毒蛇，执着如怨鬼，二六时中[②]，没有已时者有望。但太觉疲劳时，也无妨休息一会儿罢；但休息之后，就再来一回罢，而且两回，三回……血书，章程，请愿，讲学，哭，电报，开会，挽联，演说，神经衰弱，则一切无用。

血书所能挣来的是什么？不过就是你的一张血书，况且并不好看。至于神经衰弱，其实倒是自己生了病，你不要再当作宝贝了，我的可敬爱而讨厌的朋友呀！

我们听到呻吟，叹息，哭泣，哀求，无须吃惊。见了酷烈的沉默，我应该留心了；见有什么像毒蛇似的在尸林中蜿蜒，怨鬼似的在黑暗中奔驰，就更应该留心了：这在预告“真的愤怒”将要到来。那时候，仰慕往古的就要回往古去了，想出世的要出世去了，想上天的要上天了，灵魂要离开肉体的就要离开了！……

① 仇雠（chóu）：仇敌。

② 二六时中：即十二个时辰，整天整夜的意思。

文学和出汗

上海的教授对人讲文学[①]，以为文学当描写永远不变的人性，否则便不久长。例如英国，莎士比亚和别的一两个人所写的是永久不变的人性，所以至今流传，其余的不这样，就都消灭了云。

这真是所谓“你不说我倒还明白，你越说我越糊涂”了。英国有许多先前的文章不流传，我想，这是总会有的，但竟没有想到它们的消灭，乃因为不写永久不变的人性。现在既然知道了这一层，却更不解它们既已消灭，现在的教授何从看见，却居然断定它们所写的都不是永久不变的人性了。

只要流传的便是好文学，只要消灭的便是坏文学；抢得天下的便是王，抢不到天下的便是贼。莫非中国式的历史论，也将沟通了中国人的文学论欤？

而且，人性是永久不变的么？

类人猿，类猿人，原人，古人，今人，未来的人……如果生物真会进化，人性就不能永久不变。不说类猿人，就是原人的脾气，我们大约就很难猜得着的，则我们的脾气，恐怕未来的人也未必会明白。要写永久不变

① 上海的教授对人讲文学：指梁实秋。他在一九二六年十月二十七、二十八日《晨报副刊》发表的《文学批评辩》一文中说：“物质的状态是变动的，人生的态度是歧异的；但人性的质素是普遍的，文学的品味是固定的。所以伟大的文学作品能禁（经）得起时代和地域的试验。《依里亚德》（《伊利亚特》）在今天尚有人读，莎士比亚的戏剧，到现在还有人演，因为普遍的人性是一切伟大的作品之基础。”

的人性，实在难哪。

譬如出汗罢，我想，似乎于古有之，于今也有，将来一定暂时也还有，该可以算得较为“永久不变的人性”了。然而“弱不禁风”的小姐出的是香汗，“蠢笨如牛”的工人出的是臭汗。不知道倘要做长留世上的文字，要充长留世上的文学家，是描写香汗好呢，还是描写臭汗好？这问题倘不先行解决，则在将来文学史上的位置，委实是“岌岌乎殆哉”。

听说，例如英国，那小说，先前是大抵写给太太小姐们看的，其中自然是香汗多；到十九世纪后半，受了俄国文学的影响，就很有些臭汗气了。哪一种的命长，现在似乎还在不可知之数。

在中国，从道士听论道，从批评家听谈文，都令人毛孔痉挛，汗不敢出。然而这也许倒是中国的“永久不变的人性”罢。

一思而行

只要并不是靠这来解决国政，布置战争，在朋友之间，说几句幽默，彼此莞尔而笑，我看是无关大体的。就是革命专家，有时也要负手散步；理学先生总不免有儿女，在证明着他并非日日夜夜，道貌永远地俨然。小品文大约在将来也还可以存在于文坛，只是以“闲适”为主，却稍嫌不够。

人间世事，恨和尚往往就恨袈裟。幽默和小品的开初，人们何尝有贰话。然而轰的一声，天下无不幽默和小品，幽默哪有这许多，于是幽默就是滑稽，滑稽就是说笑话，说笑话就是讽刺，讽刺就是谩骂。油腔滑调，幽默也；“天朗气清”，小品也。看郑板桥《道情》一遍，谈幽默十天；买袁中郎尺牍半本，作小品一卷。有些人既有以此起家之势，势必有想反此以名世之人，于是轰然一声，天下又无不骂幽默和小品。其实，则乘隙起哄之士，今年也和去年一样，数不在少的。

手拿黑漆皮灯笼，彼此都莫名其妙。总之，一个名词归化中国，不久就弄成一团糟。伟人，先前是算好称呼的。现在则受之者已等于被骂；学者和教授，前两三年还是干净的名称；自爱者闻文学家之称而逃，今年已经开始了第一步。但是，世界上真的没有实在的伟人，实在的学者和教授，实在的文学家吗？并不然，只有中国是例外。

假使有一个人，在路旁吐一口唾沫，自己蹲下去，看着，不久准可以围满一堆人；又假使又有一个人，无端大叫一声，拔步便跑，同时准可以大家都逃散。真不知是“何所闻而来，何所见而去”，然而又心怀不满，骂他的莫名其妙的对象曰“妈的”！但是，那吐唾沫和大叫一声的人，归根结蒂[①]还是大人物。当然，沉着切实的人们是有的。不过伟人等等之名之被尊视或鄙弃，大抵总只是做唾沫的替代品而已。

社会仗这添些热闹，是值得感谢的。但在乌合之前想一想，在云散之前也想一想，社会未必就冷静了，可是还要像样一点点。

① 归根结蒂：归根结底。

习惯与改革

体质和精神都已硬化了的人民，对于极小的一点改革，也无不加以阻挠，表面上好像恐怕于自己不便，其实是恐怕于自己不利，但所设的口实，却往往见得极其公正而且堂皇。

今年的禁用阴历[①]，原也是琐碎的，无关大体的事，但商家当然叫苦连天了。不特此也，连上海的无业游民，公司雇员，竟也常常慨然长叹，或者说这很不便于农家的耕种，或者说这很不便于海船的候潮。他们居然因此念起久不相干的乡下的农夫，海上的舟子来。这真像煞有些博爱。

一到阴历的十二月二十三，爆竹就到处毕毕剥剥。我问一家的店伙："今年仍可以过旧历年，明年一准过新历年么？"那回答是："明年又是明年，要明年再看了。"他并不信明年非过阳历年不可。但日历上，却诚然删掉了阴历，只存节气。然而一面在报章上，则出现了《一百二十年阴阳合历》的广告。好，他们连曾孙玄孙时代的阴历，也已经给准备妥当了，一百二十年！

梁实秋先生们虽然很讨厌多数，但多数的力量是伟大，要紧的，有志于改革者倘不深知民众的心，设法利导，改进，则无论怎样地高文宏议，浪漫古典，都和他们无干，仅止于几个人在书房中互相叹赏，得些自己

① 禁用阴历：指一九二九年十月七日国民党当局发布的通令，其中规定："凡商家帐（账）目，民间契纸及一切签据，自十九年（按：即一九三〇年）一月一日起一律适用国历，如附用阴历，法律即不生效。"

满足。假如竟有“好人政府[①]”，出令改革乎，不多久，就早被他们拉回旧道上去了。

真实的革命者，自有独到的见解，例如乌略诺夫[②]先生，他是将“风俗”和“习惯”，都包括在“文化”之内的，并且以为改革这些，很为困难。我想，但倘不将这些改革，则这革命即等于无成，如沙上建塔，顷刻倒坏。中国最初的排满革命，所以易得响应者，因为口号是“光复旧物”，就是“复古”，易于取得保守的人民同意的缘故。但到后来，竟没有历史上定例的开国之初的盛世，只枉然失了一条辫子，就很为大家所不满了。

以后较新的改革，就著著[③]失败，改革一两，反动十斤，例如上述的一年日历上不准注阴历，却来了阴阳合历一百二十年。

这种合历，欢迎的人们一定是很多的，因为这是风俗和习惯所拥护，所以也有风俗和习惯的后援。别的事也如此，倘不深入民众的大层中，于他们的风俗习惯加以研究，解剖，分别好坏，立存废的标准，而于存于废，都慎选施行的方法，则无论怎样地改革，都将为习惯的岩石所压碎，或者只在表面上浮游一些时。

现在已不是在书斋中，捧书本高谈宗教，法律，文艺，美术……等等的时候了，即使要谈论这些，也必须先知道习惯和风俗，而且有正视这些的黑暗面的勇猛和毅力。因为倘不看清，就无从改革。仅大叫未来的光明，其实是欺骗怠慢的自己和怠慢的听众的。

---

① 好人政府：胡适等人于一九二二年五月提出的政治主张。

② 乌略诺夫：通译乌里扬诺夫，即列宁。

③ 著著：着着，犹言样样；每一样。

说胡须

今年夏天游了一回长安，一个多月之后，糊里糊涂地回来了。知道的朋友便问我："你以为那边怎样？"我这才栗然[①]地回想长安，记得看见很多的白杨，很大的石榴树，道中喝了不少的黄河水。然而这些又有什么可谈呢？我于是说："没有什么怎样。"他于是废然而去了，我仍旧废然而住，自愧无以对"不耻下问"的朋友们。

今天喝茶之后，便看书，书上沾了一点水，我知道上唇的胡须又长起来了。假如翻一翻《康熙字典》，上唇的，下唇的，颊旁的，下巴上的各种胡须，大约都有特别的名号谥法的罢，然而我没有这样（的）闲情别致。总之是这胡子又长起来了，我又要照例地剪短它，先免得沾汤带水。于是寻出镜子，剪刀，动手就剪，其目的是在使它和上唇的上缘平齐，成一个隶书的一字。

我一面剪，一面却忽而记起长安，记起我的青年时代，发出连绵不断的感慨来。长安的事，已经不很记得清楚了，大约确乎是游历孔庙的时候，其中有一间房子，挂着许多印画，有李二曲[②]像，有历代帝王像，其中有一张是宋太祖或是什么宗，我也记不清楚了，总之是穿一件长袍，而胡子向上翘起的。于是一位名士就毅然决然地说："这都是日本人假造

① 栗然：因恐惧而颤抖。

② 李二曲：即李颙（yóng），字中孚，号二曲。明清之际思想家、哲学家。家贫，借书苦学，遍读经史诸子以及释道之书，曾讲学江南，门徒甚众，后主讲关中书院。

的，你看这胡子就是日本式的胡子。”

诚然，他们的胡子确乎如此翘上，他们也未必不假造宋太祖或什么宗的画像，但假造中国皇帝的肖像而必须对了镜子，以自己的胡子为法式，则其手段和思想之离奇，真可谓“出乎意表之外”了。清乾隆中，黄易掘出汉武梁祠石刻画像来，男子的胡须多翘上；我们现在所见北魏至唐的佛教造像中的信士像，凡有胡子的也多翘上，直到元明的画像，则胡子大抵受了地心的吸力作用，向下面拖下去了。日本人何其不惮烦，孳孳汲汲[①]地造了这许多从汉到唐的假古董，来埋在中国的齐鲁燕晋秦陇巴蜀的深山邃谷废墟荒地里？

我以为拖下的胡子倒是蒙古式，是蒙古人带来的，然而我们的聪明的名士却当作国粹了。留学日本的学生因为恨日本，便神往于大元，说道：“那时倘非天幸，这岛国早被我们灭掉了！”则认拖下的胡子为国粹亦无不可。然而又何以是黄帝的子孙？又何以说台湾人在福建打中国人是奴隶根性？

我当时就想争辩，但我即刻又不想争辩了。留学德国的爱国者X君——因为我忘记了他的名字，姑且以X代之——不是说我的毁谤中国，是因为娶了日本女人，所以替他们宣传本国的坏处么？我先前不过单举几样中国的缺点，尚且要带累“贱内”改了国籍，何况现在是有关日本的问题？好在即使宋太祖或什么宗的胡子蒙些不白之冤，也不至于就有洪水，就有地震，有什么大相干。我于是连连点头，说道：“嗡，嗡，对啦。”因为我实在比先前似乎油滑得多了——好了。

我剪下自己的胡子的左尖端毕，想，陕西人费心劳力，备饭花钱，用汽车载，用船装，用骡车拉，用自动车装，请到长安去讲演，大约万料不到我是一个虽对于绝无杀身之祸的小事情，也不肯直抒自己的意见，只会“嗡，嗡，对啦”的罢。他们简直是受了骗了。

我再向着镜中的自己的脸，看定右嘴角，剪下胡子的右尖端，撒在

① 孳孳汲汲：心情急切、勤勉不懈的样子。

地上，想起我的青年时代来——

那已经是老话，约有十六七年了罢。

我就从日本回到故乡来，嘴上就留着宋太祖或什么宗似的向上翘起的胡子，坐在小船里，和船夫谈天。

“先生，你的中国话说得真好。”后来，他说。

“我是中国人，而且和你是同乡，怎么会……”

“哈哈哈，你这位先生还会说笑话。”

记得我那时的没奈何，确乎比看见X君的通信要超过十倍。我那时随身并没有带着家谱，确乎不能证明我是中国人。即使带着家谱，而上面只有一个名字，并无画像，也不能证明这名字就是我。即使有画像，日本人会假造从汉到唐的石刻，宋太祖或什么宗的画像，难道偏不会假造一部木版的家谱么？

凡对于以真话为笑话的，以笑话为真话的，以笑话为笑话的，只有一个方法：就是不说话。

于是我从此不说话。

然而，倘使在现在，我大约还要说：“嗡，嗡……今天天气多么好呀……那边的村子叫什么名字？……”因为我实在比先前似乎油滑得多了——好了。

现在我想，船夫的改变我的国籍，大概和X君的高见不同。其原因只在于胡子罢，因为我从此常常为胡子受苦。

国度会亡，国粹家是不会少的，而只要国粹家不少，这国度就不算亡。国粹家者，保存国粹者也；而国粹者，我的胡子是也。这虽然不知道是什么“逻辑”法，但当时的实情确是如此的。

“你怎么学日本人的样子，身体既矮小，胡子又这样……”一位国粹家兼爱国者发过一篇崇论宏议之后，就达到这一个结论。

可惜我那时还是一个不识世故的少年，所以就愤愤地争辩。第一，我的身体是本来只有这样高，并非故意设法用什么洋鬼子的机器压缩，使他变成矮小，希图冒充。第二，我的胡子，诚然和许多日本人的相同，然而我虽然没有研究过他们的胡须样式变迁史，但曾经见过几幅古人的画像，都不向上，只是向外，向下，和我们的国粹差不多。维新以后，可是翘起来了，那大约是学了德国式。你看威廉皇帝的胡须，不是上指眼梢，和鼻梁正作平行么？虽然他后来因为吸烟烧了一边，只好将两边都剪平了。但在日本明治维新的时候，他这一边还没有失火……

这一场辩解大约要两分钟，可是总不能解国粹家之怒，因为德国也是洋鬼子，而况我的身体又矮小乎。而况国粹家很不少，意见又很统一，因此我的辩解也就很频繁，然而总无效。一回，两回，以至十回，十几回，连我自己也觉得无聊而且麻烦起来了。罢了，况且修饰胡须用的胶油在中国也难得，我便从此听其自然了。

听其自然之后，胡子的两端就显出毗心现象[①]来，于是也就和地面成为九十度的直角。国粹家果然也不再说话，或者中国已经得救了罢。

然而接着就招了改革家的反感，这也是应该的。我于是又分疏，一回，两回，以至许多回，连我自己也觉得无聊而且麻烦起来了。

大约在四五年或七八年前罢，我独坐在会馆里，窃悲我的胡须的不幸的境遇，研究它所以得谤的原因，忽而恍然大悟，知道那祸根全在两边的尖端上。于是取出镜子，剪刀，即刻剪成一平，使它既不上翘，也难拖下，如一个隶书的一字。

"阿，你的胡子这样了？"当初也曾有人这样问。

"唔唔，我的胡子这样了。"

他可是没有话。我不知道是否因为寻不着两个尖端，所以失了立论的根据，还是我的胡子"这样"之后，就不负中国存亡的责任了。总之我从此太平无事的一直到现在，所麻烦者，必须时常剪剪而已。

① 毗心现象：毗心即趋向中心。毗心现象，是说上唇两边的须尖向下拖垂。

再论雷峰塔的倒掉

从崇轩先生的通信（二月份《京报副刊》）里，知道他在轮船上听到两个旅客谈话，说是杭州雷峰塔之所以倒掉，是因为乡下人迷信那塔砖放在自己的家中，凡事都必平安，如意，逢凶化吉，于是这个也挖，那个也挖，挖之久久，便倒了。一个旅客并且再三叹息道：西湖十景这可缺了呵！

这消息，可又使我有点畅快了，虽然明知道幸灾乐祸，不像一个绅士，但本来不是绅士的，也没有法子来装潢。

我们中国的许多人——我在此特别郑重声明：并不包括四万万同胞全部！——大抵患有一种“十景病”，至少是“八景病”，沉重起来的时候大概在清朝。凡看一部县志，这一县往往有十景或八景，如“远村明月”“萧寺清钟”“古池好水”之类。而且，“十”字形的病菌，似乎已经侵入血管，流布全身，其势力早不在“！”形惊叹亡国病菌[1]之下了。点心有十样锦，菜有十碗，音乐有十番，阎罗有十殿，药有十全大补，猜拳有全福手福手全，连人的劣迹或罪状，宣布起来也大抵是十条，仿佛犯了九条的时候总不肯歇手。现在西湖十景可缺了呵！“凡为天下国家有九经”，九经固古已有之，而九景却颇不习见，所以正是对于“十景病”

① “！”形惊叹亡国病菌：当时的一种奇怪论调。一九二四年四月《心理》杂志第三卷第二号载有张耀翔的《新诗人的情绪》一文，把当时出版的一些新诗集里的惊叹号（！）加以统计，说这种符号“缩小看像许多细菌，放大看像几排弹丸”，认为这是消极、悲观、厌世等情绪的表示，因而说多用惊叹号的白话诗都是“亡国之音”。

的一个针砭，至少也可以使患者感到一种不平常，知道自己的可爱的老病，忽而跑掉了十分之一了。

但仍有悲哀在里面。

其实，这一种势所必至的破坏，也还是徒然的。畅快不过是无聊的自欺。雅人和信士和传统大家，定要苦心孤诣巧语花言地再来补足了十景而后已。

无破坏即无新建设，大致是的；但有破坏却未必即有新建设。卢梭，斯谛纳尔，尼采，托尔斯泰，伊孛生[①]等辈，若用勃兰兑斯的话来说，乃是“轨道破坏者”。其实他们不单是破坏，而且是扫除，是大呼猛进，将碍脚的旧轨道不论整条或碎片，一扫而空，并非想挖一块废铁古砖挟回家去，预备卖给旧货店。中国很少这一类人，即使有之，也会被大众的唾沫淹死。孔丘先生确是伟大，生在巫鬼势力如此旺盛的时代，偏不肯随俗谈鬼神，但可惜太聪明了，“祭如在，祭神如神在”，只用他修《春秋》的照例手段以两个“如”字略寓“俏皮刻薄”之意，使人一时莫名其妙，看不出他肚皮里的反对来。他肯对子路赌咒，却不肯对鬼神宣战，因为一宣战就不和平，易犯骂人——虽然不过骂鬼——之罪，即不免有《衡论》（见一月份《晨报副镌》）作家TY先生似的好人，会替鬼神来奚落他道：为名乎？骂人不能得名。为利乎？骂人不能得利。想引诱女人乎？又不能将蚩尤的脸子印在文章上。何乐而为之也欤？

孔丘先生是深通世故的老先生，大约除脸子付印问题以外，还有深心，犯不上来做明目张胆的破坏者，所以只是不谈，而决不骂，于是乎俨然成为中国的圣人，道大，无所不包故也。否则，现在供在圣庙里的，也许不姓孔。

不过在戏台上罢了，悲剧将人生的有价值的东西毁灭给人看，喜剧将那无价值的撕破给人看。讥讽又不过是喜剧的变简的一支流。但悲壮滑稽，却都是十景病的仇敌，因为都有破坏性，虽然所破坏的方面各不同。

①伊孛生：通译易卜生，挪威剧作家。

中国如“十景病”尚存，则不但卢梭他们似的疯子决不产生，并且也决不产生一个悲剧作家或喜剧作家或讽刺诗人。所有的，只是喜剧的人物或非喜剧非悲剧的人物，在互相模造的十景中生存，一面各各带了“十景病”。

然而十全停滞的生活，世界上是很不多见的事，于是破坏者到了，但并非自己的先觉的破坏者，却是狂暴的强盗，或外来的蛮夷。猃狁早到过中原，五胡来过了，蒙古也来过了；同胞张献忠杀人如草，而满洲兵的一箭，就钻进树丛中死掉了。有人论中国说，倘使没有带着新鲜的血液的野蛮的侵入，真不知自身会腐败到如何！这当然是极刻毒的恶谑，但我们一翻历史，怕不免要有汗流浃背的时候罢。外寇来了，暂一震动，终于请他做主子，在他的刀斧下修补老例；内寇来了，也暂一震动，终于请他做主子，或者别拜一个主子，在自己的瓦砾中修补老例。再来翻县志，就看见每一次兵燹之后，所添上的是许多烈妇烈女的氏名。看近来的兵祸，怕又要大举表扬节烈了罢。许多男人们都哪里去了？

凡这一种寇盗式的破坏，结果只能留下一片瓦砾，与建设无关。

但当太平时候，就是正在修补老例，并无寇盗时候，即国中暂时没有破坏么？也不然的，其时有奴才式的破坏作用常川[①]活动着。

雷峰塔砖的挖去，不过是极近的一条小小的例。龙门的石佛，大半肢体不全，图书馆中的书籍，插图须谨防撕去，凡公物或无主的东西，倘难于移动，能够完全的即很不多。但其毁坏的原因，则非如革除者的志在扫除，也非如寇盗的志在掠夺或单是破坏，仅因目前极小的自利，也肯对于完整的大物暗暗地加一个创伤。人数既多，创伤自然极大，而倒败之后，却难于知道加害的究竟是谁。正如雷峰塔倒掉以后，我们单知道由于乡下人的迷信。共有的塔失去了，乡下人的所得，却不过一块砖，这砖，将来又将为别一自利者所藏，终究至于灭尽。倘在民康物阜时候，因为“十景病”的发作，新的雷峰塔也会再造的罢。但将来的运命，不

① 常川：连绵不断，川流不息。

也就可以推想而知么？如果乡下人还是这样的乡下人，老例还是这样的老例。

这一种奴才式的破坏，结果也只能留下一片瓦砾，与建设无关。

岂但乡下人之于雷峰塔，日日偷挖中华民国的柱石的奴才们，现在正不知有多少！

瓦砾场上还不足悲，在瓦砾场上修补老例是可悲的。我们要革新的破坏者，因为他内心有理想的光。我们应该知道他和寇盗奴才的分别；应该留心自己堕入后两种。这区别并不烦难，只要观人，省己，凡言动中，思想中，含有借此据为己有的朕兆者是寇盗，含有借此占些目前的小便宜的朕兆[①]者是奴才，无论在前面打着的是怎样鲜明好看的旗子。

① 朕兆：征兆；预兆。

看镜有感

因为翻衣箱，翻出几面古铜镜子来，大概是民国初年初到北京时候买在哪里的，“情随事迁”，全然忘却，宛如见了隔世的东西了。

一面圆径不过二寸，很厚重，背面满刻葡萄，还有跳跃的鼯鼠，沿边是一圈小飞禽。古董店家都称为“海马葡萄镜”。但我的一面并无海马，其实和名称不相当。记得曾见过别一面，是有海马的，但贵极，没有买。这些都是汉代的镜子,后来也有模造或翻沙者,花纹可粗拙得多了。汉武通大宛安息，以致天马葡萄，大概当时是视为盛事的，所以便取作什器的装饰。古时，于外来物品，每加海字，如海榴，海红花，海棠之类。海即现在之所谓洋,海马译成今文,当然就是洋马。镜鼻是一个蛤蟆,则因为镜如满月，月中有蟾蜍之故，和汉事不相干了。

遥想汉人多少闳放，新来的动植物，即毫不拘忌，来充装饰的花纹。唐人也还不算弱，例如汉人的墓前石兽，多是羊，虎，天禄，辟邪，而长安的昭陵上,却刻着带箭的骏马,还有一匹驼鸟,则办法简直前无古人。现今在坟墓上不待言，即[①]平常的绘画，可有人敢用一朵洋花一只洋鸟？即私人的印章，可有人肯用一个草书一个俗字么？许多雅人，连记年月也必是甲子，怕用民国纪元。不知道是没有如此大胆的艺术家；还是虽有而民众都加迫害，他于是乎只得萎缩，死掉了？

宋的文艺，现在似的国粹气味就熏人。然而辽金元陆续进来了，这

① 即：即使。

消息很耐寻味。汉唐虽然也有边患，但魄力究竟雄大，人民具有不至于为异族奴隶的自信心，或者竟毫未想到，凡取用外来事物的时候，就如将彼俘来一样，自由驱使，绝不介怀。一到衰弊陵夷之际，神经可就衰弱过敏了，每遇外国东西，便觉得仿佛彼来俘我一样，推拒，惶恐，退缩，逃避，抖成一团，又必想一篇道理来掩饰，而国粹遂成为孱王和孱奴的宝贝。

无论从哪里来的，只要是食物，壮健者大抵就无需思索，承认是吃的东西。惟有衰病的，却总常想到害胃，伤身，特有许多禁条，许多避忌；还有一大套比较厉害而终于不得要领的理由，例如吃固无妨，而不吃尤稳，食之或当有益，然究以不吃为宜云云之类。但这一类人物总要日见其衰弱的，因为他终日战战兢兢，自己先已失了活气了。

不知道南宋比现今如何，但对外敌，却明明已经称臣，惟独在国内特多繁文缛节以及唠叨的碎话。正如倒霉人物，偏多忌讳一般，豁达宏大之风消歇净尽了。直到后来，都没有什么大变化。我曾在古物陈列所所陈列的古画上看见一颗印文，是几个罗马字母。但那是所谓“我圣祖仁皇帝”的印，是征服了汉族的主人，所以他敢；汉族的奴才是不敢的。便是现在，便是艺术家，可有敢用洋文的印的么？

清顺治中，时宪书[①]上印有“依西洋新法”五个字，痛哭流涕来劾洋人汤若望的偏是汉人杨光先。直到康熙初，争胜了，就教他做钦天监正去，则又叩阍以“但知推步之理不知推步之数”辞。不准辞，则又痛哭流涕地来做《不得已》，说道：“宁可使中夏无好历法，不可使中夏有西洋人”。然而终于连闰月都算错了，他大约以为好历法专属于西洋人，中夏人自己是学不得，也学不好的。但他竟论了大辟，可是没有杀，放归，死于途中了。汤若望入中国还在明崇祯初，其法终未见用，后来阮元论之曰：“明季君臣以大统浸疏，开局修正，既知新法之密，而讫未施行。圣朝定鼎，以其法造时宪书，颁行天下。彼十余年辩论翻译之劳，若以备我朝之采

① 时宪书：即时宪历。清代避高宗弘历讳而改。现行农历（俗称阴历）即基于此历法。

用者，斯亦奇矣！……我国家圣圣相传，用人行政，惟求其是，而不先设成心。即是一端，可以仰见如天之度量矣！”（《畴人传》四十五）

现在流传的古镜们，出自冢中者居多，原是殉葬品。但我也有一面日用镜，薄而且大，规抚汉制，也许是唐代的东西。那证据是：一，镜鼻已多磨损；二，镜面的沙眼都用别的铜来补好了。当时在妆阁中，曾照唐人的额黄和眉绿，现在却监禁在我的衣箱里，它或者大有今昔之感罢。

但铜镜的供用，大约道光咸丰时候还与玻璃镜并行；至于穷乡僻壤，也许至今还用着。我们哪里，则除了婚丧仪式之外，全被玻璃镜驱逐了。然而也还有余烈可寻，倘街头遇见一位老翁，肩了长凳似的东西，上面缚着一块猪肝色石和一块青色石，试伫听他的叫喊，就是：“磨镜，磨剪刀！”

宋镜我没有见过好的，什九并无藻饰，只有店号或“正其衣冠”等类的迂铭词[①]，真是“世风日下”。但是要进步或不退步，总须时时自出新裁，至少也必取材异域，倘若各种顾忌，各种小心，各种唠叨，这么做即违了祖宗，那么做又像了夷狄，终生惴惴如在薄冰上，发抖尚且来不及，怎么会做出好东西来。所以事实上“今不如古”者，正因为有许多唠叨着“今不如古”的诸位先生们之故。现在情形还如此。倘再不放开度量，大胆地，无畏地，将新文化尽量地吸收，则杨光先似的向西洋主人沥陈[②]中夏的精神文明的时候，大概是不劳久待的罢。

但我向来没有遇见过一个排斥玻璃镜子的人。单知道咸丰年间，汪日桢先生却在他的大著《湖雅》里攻击过的。他加以比较研究之后，终于决定还是铜镜好。最不可解的是：他说，照起面貌来，玻璃镜不如铜镜之准确。莫非那时的玻璃镜当真坏到如此，还是因为他老先生又带上了国粹眼镜之故呢？我没有见过古玻璃镜。这一点终于猜不透。

① 迂铭词：指不合时宜、陈旧的铭文。

② 沥陈：竭诚陈述。

现代史

从我有记忆的时候起，直到现在，凡我所曾经到过的地方，在空地上，常常看见有“变把戏”的，也叫作“变戏法”的。

这变戏法的，大概只有两种——

一种，是教一个猴子戴起假面，穿上衣服，耍一通刀枪；骑了羊跑几圈。还有一匹用稀粥养活，已经瘦得皮包骨头的狗熊玩一些把戏。末后是向大众要钱。

一种，是将一块石头放在空盒子里，用手巾左盖右盖，变出一只白鸽来；还有将纸塞在嘴巴里，点上火，从嘴角鼻孔里冒出烟焰。其次是向大家要钱。要了钱之后，一个人嫌少，装腔作势的不肯变了，一个人来劝他，对大家说再五个。果然有人抛钱了，于是再四个，三个……

抛足之后，戏法就又开了场。这回是将一个孩子装进小口的坛子里面去，只见一条小辫子，要他再出来，又要钱。收足之后，不知怎么一来，大人用尖刀将孩子刺死了，盖上被单，直挺挺躺着，要他活过来，又要钱。

“在家靠父母，出家靠朋友……Huazaa！ Huazaa！”变戏法的装出撒钱的手势，严肃而悲哀地说。

别的孩子，如果走近去想仔细地看，他是要骂的；再不听，他就会打。

果然有许多人 Huazaa 了。待到数目和预料的差不多，他们就捡起钱来，收拾家伙，死孩子也自己爬起来，一同走掉了。

看客们也就呆头呆脑地走散。

这空地上，暂时是沉寂了。过了些时，就又来这一套。俗语说："戏法人人会变，各有巧妙不同。"其实是许多年间，总是这一套，也总有人看，总有人 Huazaa，不过其间必须经过沉寂的几日。

我的话说完了，意思也浅得很，不过说大家 Huazaa Huazaa 一通之后，又要静几天了，然后再来这一套。

到这里我才记得写错了题目，这真是成了"不死不活"的东西。

推背图

我这里所用的“推背”的意思，是说：从反面来推测未来的情形。

上月的《自由谈》里，就有一篇《正面文章反看法》，这是令人毛骨悚然的文字。因为得到这一个结论的时候，先前一定经过许多苦楚的经验，见过许多可怜的牺牲。本草家提起笔来，写道：砒霜，大毒。字不过四个，但他却确切知道了这东西曾经毒死过若干性命的了。

里巷间有一个笑话：某甲将银子三十两埋在地里面，怕人知道，就在上面竖一块木板，写道：“此地无银三十两。”隔壁的阿二因此却将这掘去了，也怕人发觉，就在木板的哪一面添上一句道：“隔壁阿二勿曾偷。”这就是在教人“正面文章反看法”。

但我们日日所见的文章，却不能这么简单。有明说要做，其实不做的；有明说不做，其实要做的；有明说做这样，其实做那样的；有其实自己要这么做，倒说别人要这么做的；有一声不响，而其实倒做了的。然而也有说这样，竟这样的。难就在这地方。

例如近几天报章上记载着的要闻罢：

一、××军在××血战，杀敌××××人。

二、××谈话：决不与日本直接交涉，仍然不改初衷，抵抗到底。

三、芳泽来华，据云系私人事件。

四、共党联日，该伪中央已派干部××赴日接洽。

五、××××……

倘使都当反面文章看，可就太骇人了。但报上也有“莫干山路草棚船百余只大火”、“××××廉价只有四天了”等大概无须“推背”的记载，于是乎我们就又糊涂起来。

听说，《推背图》本是灵验的，某朝某帝怕它淆惑人心，就添了些假造的在里面，因此弄得不能预知了，必待事实证明之后，人们这才恍然大悟。

我们也只好等着看事实，幸而大概是不很久的，总出不了今年。

夏三虫

夏天近了，将有三虫：蚤，蚊，蝇。

假如有谁提出一个问题，问我三者之中，最爱什么，而且非爱一个不可，又不准像“青年必读书”那样的缴白卷的，我便只得回答道：跳蚤。

跳蚤的来吮血，虽然可恶，而一声不响地就是一口，何等直截爽快。蚊子便不然了，一针叮进皮肤，自然还可以算得有点彻底的，但当未叮之前，要哼哼地发一篇大议论，却使人觉得讨厌。如果所哼的是在说明人血应该给它充饥的理由，那可更其讨厌了，幸而我不懂。

野雀野鹿，一落在人手中，总时时刻刻想要逃走。其实，在山林间，上有鹰鹯[①]，下有虎狼，何尝比在人手里安全。为什么当初不逃到人类中来，现在却要逃到鹰鹯虎狼间去？或者，鹰鹯虎狼之于它们，正如跳蚤之于我们罢。肚子饿了，抓着就是一口，决不谈道理，弄玄虚。被吃着也无须在被吃之前，先承认自己之理应被吃，心悦诚服，誓死不二。人类，可是也颇擅长于哼哼的了，害中取小，它们的避之惟恐不速，正是绝顶聪明。

苍蝇嗡嗡地闹了大半天，停下来也不过舐一点油汗，倘有伤痕或疮疖，自然更占一些便宜；无论怎么好的，美的，干净的东西，又总喜欢一律拉上一点蝇屎。但因为只舐一点油汗，只添一点腌臜，在麻木的人们还没有切肤之痛，所以也就将它放过了。中国人还不很知道它能够传播病菌，

① 鹰鹯（zhān）：鹰与鹯。一种似鹞的猛禽。

捕蝇运动大概不见得兴盛。它们的运命是长久的；还要更繁殖。

但它在好的，美的，干净的东西上拉了蝇屎之后，似乎还不至于欣欣然反过来嘲笑这东西的不洁：总要算还有一点道德的。

古今君子，每以禽兽斥人，殊不知便是昆虫，值得师法的地方也多着哪。

论睁了眼看

虚生先生[1]所做的时事短评中，曾有一个这样的题目：《我们应该有正眼看各方面的勇气》（《猛进》十九期）。诚然，必须敢于正视，这才可望敢想，敢说；敢作，敢当。倘使并正视而不敢，此外还能成什么气候。然而，不幸这一种勇气，是我们中国人最所缺乏的。

但现在我所想到的是别一方面——

中国的文人，对于人生——至少是对于社会现象，向来就多没有正视的勇气。我们的圣贤，本来早已教人"非礼勿视"的了；而这"礼"又非常之严，不但"正视"，连"平视""斜视"也不许。现在青年的精神未可知，在体质，却大半还是弯腰曲背，低眉顺眼，表示着老牌的老成的子弟，驯良的百姓——至于说对外却有大力量，乃是近一月来的新说，还不知道究竟是如何。

再回到"正视"问题去：先既不敢，后便不能，再后，就自然不视，不见了。一辆汽车坏了，停在马路上，一群人围着呆看，所得的结果是一团乌油油的东西。然而由本身的矛盾或社会的缺陷所生的苦痛，虽不正视，却要身受的。文人究竟是敏感人物，从他们的作品上看来，有些人确也早已感到不满，可是一到快要显露缺陷的危机一发之际，他们总即刻连说"并无其事"，同时便闭上了眼睛。这闭着的眼睛便看见一切圆满，当前的苦痛不过是"天将降大任于是人也，必先苦其心志，劳其筋骨，

① 虚生先生：《猛进》周刊主编徐炳昶的笔名。

饿其体肤，空乏其身，行拂乱其所为”。于是无问题，无缺陷，无不平，也就无解决，无改革，无反抗。因为凡事总要“团圆”，正无须我们焦躁；放心喝茶，睡觉大吉。再说废话，就有“不合时宜”之咎，免不了要受大学教授的纠正了。呸！

我并未实验过，但有时候想：倘将一位久蛰洞房的老太爷抛在夏天正午的烈日底下，或将不出闺门的千金小姐拖到旷野的黑夜里，大概只好闭了眼睛，暂续他们残存的旧梦，总算并没有遇到暗或光，虽然已经是绝不相同的现实。中国的文人也一样，万事闭眼睛，聊以自欺，而且欺人，那方法是：瞒和骗。

中国婚姻方法的缺陷，才子佳人小说作家早就感到了，他于是使一个才子在壁上题诗，一个佳人便来和，由倾慕——现在就得称恋爱——而至于有“终身之约”。但约定之后，也就有了难关。我们都知道：“私订终身”在诗和戏曲或小说上尚不失为美谈（自然只以与终于中状元的男人私订为限），实际却不容于天下的，仍然免不了要离异。明末的作家便闭上眼睛，并这一层也加以补救了，说是：才子及第，奉旨成婚。“父母之命媒妁之言”经这大帽子来一压，便成了半个铅钱也不值，问题也一点没有了。假使有之，也只在才子的能否中状元，而决不在婚姻制度的良否。

（近来有人以为新诗人的做诗发表，是在出风头，引异性；且迁怒于报章杂志之滥登。殊不知即使无报，墙壁实“古已有之”，早做过发表机关了；据《封神演义》，纣王已曾在女娲庙壁上题诗，那起源实在非常之早。报章可以不取白话，或排斥小诗，墙壁却拆不完，管不及的；倘一律刷成黑色，也还有破瓷可划，粉笔可书，真是穷于应付。做诗不刻木板，去藏之名山，却要随时发表，虽然很有流弊，但大概是难以杜绝的罢。）

《红楼梦》中的小悲剧，是社会上常有的事，作者又是比较的敢于实写的，而那结果也并不坏。无论贾氏家业再振，兰桂齐芳，即宝玉自已，也成了个披大红猩猩毡斗篷的和尚。和尚多矣，但披这样阔斗篷的能有几个，已经是“入圣超凡”无疑了。至于别的人们，则早在册子里一一注定，末路不过是一个归结：是问题的结束，不是问题的开头。读者即小有不安，也终于奈何不得。然而后来或续或改，非借尸还魂，即冥中另配，必令“生旦当场团圆”，才肯放手者，乃是自欺欺人的瘾太大，所以看了小小骗局，还不甘心，定须闭眼胡说一通而后快。赫克尔（E.Haeckel）[①]说过：人和人之差，有时比类人猿和原人之差还远。我们将《红楼梦》的续作者和原作者一比较，就会承认这话大概是确实的。

“作善降祥”的古训，六朝人本已有些怀疑了，他们作墓志，竟会说“积善不报，终自欺人”的话。但后来的昏人，却又瞒起来。元刘信将三岁痴儿抛入醮纸火盆，妄希福祐，是见于《元典章》的；剧本《小张屠焚儿救母》却道是为母延命，命得延，儿亦不死了。一女愿侍痼疾之夫，《醒世恒言》中还说终于一同自杀的；后来改作的却道是有蛇坠入药罐里，丈夫服后便痊愈了。凡有缺陷，一经作者粉饰，后半便大抵改观，使读者落诬妄中，以为世间委实尽够光明，谁有不幸，便是自作，自受。

有时遇到彰明的史实，瞒不下，如关羽岳飞的被杀，便只好别设骗局了。一是前世已造夙因，如岳飞；一是死后使他成神，如关羽。定命不可逃，成神的善报更满人意，所以杀人者不足责，被杀者也不足悲，冥冥中自有安排，使他们各得其所，正不必别人来费力了。

中国人的不敢正视各方面，用瞒和骗，造出奇妙的逃路来，而自以为正路。在这路上，就证明着国民性的怯弱，懒惰，而又巧滑。一天一天地满足着，即一天一天地堕落着，但却又觉得日见其光荣。在事实上，亡国一次，即添加几个殉难的忠臣，后来每不想光复旧物，而只去赞美那几个忠臣；遭劫一次，即造成一群不辱的烈女，事过之后，也每每不

① 赫克尔（E.Haeckel）：通译海克尔。生于一八三四年，卒于一九一九年。德国生物学家、博物学家、哲学家、艺术家。他将达尔文的进化论引入德国并在此基础上完善了人类的进化论理论。

思惩凶，自卫，却只顾歌咏那一群烈女。仿佛亡国遭劫的事，反而给中国人发挥“两间正气”的机会，增高价值，即在此一举，应该一任其至，不足忧悲似的。自然，此上也无可为，因为我们已经借死人获得最上的光荣了。沪汉烈士的追悼会[①]中，活的人们在一块很可景仰的高大的木主下互相打骂，也就是和我们的先辈走着同一的路。

文艺是国民精神所发的火光，同时也是引导国民精神的前途的灯火。这是互为因果的，正如麻油从芝麻榨出，但以浸芝麻，就使它更油。倘以油为上，就不必说；否则，当掺入别的东西，或水或碱去。中国人向来因为不敢正视人生，只好瞒和骗，由此也生出瞒和骗的文艺来，由这文艺，更令中国人更深地陷入瞒和骗的大泽中，甚而至于已经自己不觉得。世界日日改变，我们的作家取下假面，真诚地，深入地，大胆地看取人生并且写出他的血和肉来的时候早到了；早就应该有一片崭新的文场，早就应该有几个凶猛的闯将！

现在，气象似乎一变，到处听不见歌吟花月的声音了，代之而起的是铁和血的赞颂。然而倘以欺瞒的心，用欺瞒的嘴，则无论说 A 和 O，或 Y 和 Z，一样是虚假的；只可以吓哑了先前鄙薄花月的所谓批评家的嘴，满足地以为中国就要中兴。可怜他在“爱国”的大帽子底下又闭上了眼睛了——或者本来就闭着。

没有冲破一切传统思想和手法的闯将，中国是不会有真的新文艺的。

---

① 沪汉烈士的追悼会：一九二五年上海五卅惨案发生后，六月十一日汉口群众的反帝斗争也遭到英帝国主义及湖北督军萧耀南的镇压。六月二十五日，北京各界数十万人游行示威，并在天安门召开沪汉烈士追悼会。有人在会场设立一座两丈四尺高的木质灵位，悬挂着三丈六尺长的挽联，上写“在孔曰成仁在孟曰正命”“于礼为国殇于义为鬼雄”；指挥台正中的白布横额上，写有“天地正气”四个大字。

论“费厄泼赖”[1]应该缓行

一　解题

《语丝》五七[2]期上语堂先生曾经讲起“费厄泼赖”（fair play），以为此种精神在中国最不易得，我们只好努力鼓励；又谓不“打落水狗”，即足以补充“费厄泼赖”的意义。我不懂英文，因此也不明这字的含义究竟怎样，如果不“打落水狗”也即这种精神之一体，则我却很想有所议论。但题目上不直书“打落水狗”者，乃为回避触目起见，即并不一定要在头上强装“义角”之意。总而言之，不过说是“落水狗”未始不可打，或者简直应该打而已。

二　论“落水狗”有三种，大都在可打之列

今之论者，常将“打死老虎”与“打落水狗”相提并论，以为都近于卑怯。我以为“打死老虎”者，装怯作勇，颇含滑稽，虽然不免有卑怯之嫌，却怯得令人可爱。至于“打落水狗”，则并不如此简单，当看

---

① “费厄泼赖”：英语 Fair Play 的音译，原为体育比赛和其他竞技所用的术语，意思是光明正大地比赛，不用不正当的手段。英国资产阶级曾有人提倡将这种精神用于社会生活和党派斗争中，认为这是每一个资产阶级绅士应有的涵养和品德，并自称英国是一个费厄泼赖的国度。但实际上，这不过是资产阶级用以掩盖自己的丑恶和麻痹人民群众的一个漂亮口号。

② 五七：五十七。

狗之怎样，以及如何落水而定。考落水原因，大概可有三种：（1）狗自己失足落水者；（2）别人打落者；（3）亲自打落者。倘遇前二种，便即附和去打，自然过于无聊，或者竟近于卑怯；但若与狗奋战，亲手打其落水，则虽用竹竿又在水中从而痛打之，似乎也非已甚，不得与前二者同论。

听说刚勇的拳师，决不再打那已经倒地的敌手，这实足使我们奉为楷模。但我以为尚须附加一事，即敌手也须是刚勇的斗士，一败之后，或自愧自悔而不再来，或尚须堂皇地来相报复，那当然都无不可。而于狗，却不能引此为例，与对等的敌手齐观，因为无论它怎样狂嗥，其实并不解什么“道义”；况且狗是能浮水的，一定仍要爬到岸上，倘不注意，它先就耸身一摇，将水点洒得人们一身一脸，于是夹着尾巴逃走了——但后来性情还是如此。老实人将它的落水认作受洗，以为必已忏悔，不再出而咬人，实在是大错而特错的事。

总之，倘是咬人之狗，我觉得都在可打之列，无论它在岸上或在水中。

三　论叭儿狗尤非打落水里，又从而打之不可

叭儿狗一名哈叭狗，南方却称为西洋狗了，但是，听说倒是中国的特产，在万国赛狗会里常常得到金奖牌，《大不列颠百科全书》的狗照相上，就很有几匹是咱们中国的叭儿狗。这也是一种国光。但是，狗和猫不是仇敌么？它却虽然是狗，又很像猫，折中，公允，调和，平正之状可掬，悠悠然摆出别个无不偏激，惟独自己得了“中庸之道”似的脸来。因此也就为阔人，太监，太太，小姐们所钟爱，种子绵绵不绝。它的事业，只是以伶俐的皮毛获得贵人豢养，或者中外的娘儿们上街的时候，脖子上拴了细链子跟在脚后跟。

这些就应该先行打它落水，又从而打之；如果它自坠入水，其实也不妨又从而打之，但若是自己过于要好，自然不打亦可，然而也不必为之叹息。叭儿狗如何宽容，别的狗也大可不必打了，因为它们虽然非常势利，但究竟还有些像狼，带着野性，不至于如此骑墙。

以上是顺便说及的话，似乎和本题没有大关系。

四　论不“打落水狗”是误人子弟的

总之，落水狗的是否该打，第一是在看它爬上岸了之后的态度。

狗性总不大会改变的，假使一万年之后，或者也许要和现在不同，但我现在要说的是现在。如果以为落水之后，十分可怜，则害人的动物，可怜者正多，便是霍乱病菌，虽然生殖得快，那性格却何等的老实。然而医生是决不肯放过它的。

现在的官僚和土绅士或洋绅士，只要不合自意的，使说是赤化，是共产；民国元年以前稍不同，先是说康党，后是说革党，甚至于到官里去告密，一面固然在保全自己的尊荣，但也未始没有那时所谓“以人血染红顶子”之意。可是革命终于起来了，一群臭架子的绅士们，便立刻惶惶然若丧家之狗，将小辫子盘在头顶上。革命党也一派新气——绅士们先前所深恶痛绝的新气，“文明”得可以；说是“咸与维新”了，我们是不打落水狗的，听凭它们爬上来罢。于是它们爬上来了，伏到民国二年下半年，二次革命的时候，就突出来帮着袁世凯咬死了许多革命人，中国又一天一天沉入黑暗里，一直到现在，遗老不必说，连遗少也还是那么多。这就因为先烈的好心，对于鬼蜮的慈悲，使它们繁殖起来，而此后的明白青年，为反抗黑暗计，也就要花费更多更多的气力和生命。

秋瑾女士，就是死于告密的，革命后暂时称为“女侠”，现在是不大听见有人提起了。革命一起，她的故乡就到了一个都督——等于现在之所谓督军——也是她的同志：王金发。他捉住了杀害她的谋主，调集了告密的案卷，要为她报仇。然而终于将那谋主释放了，据说是因为已经成了民国，大家不应该再修旧怨罢。但等到二次革命失败后，王金发却被袁世凯的走狗枪决了，与有力的是他所释放的杀过秋瑾的谋主。

这人现在也已“寿终正寝”了，但在哪里继续跋扈出没着的也还是这一流人，所以秋瑾的故乡也还是那样的故乡，年复一年，丝毫没有长进。

从这一点看起来，生长在可为中国模范的名城里的杨荫榆女士和陈西滢先生，真是洪福齐天。

五　论塌台人物不当与“落水狗”相提并论

“犯而不校”是恕道：“以眼还眼以牙还牙”是直道。中国最多的却是枉道：不打落水狗，反被狗咬了。但是，这其实是老实人自己讨苦吃。

俗语说“忠厚是无用的别名”，也许太刻薄一点罢，但仔细想来，却也觉得并非唆人作恶之谈，乃是归纳了许多苦楚的经历之后的警句。譬如不打落水狗说，其成因大概有二：一是无力打；二是比例错。前者且勿论；后者的大错就又有二：一是误将塌台人物和落水狗齐观，二是不辨塌台人物又有好有坏，于是视同一律，结果反成为纵恶。即以现在而论，因为政局的不安定，真是此起彼伏如转轮，坏人靠着冰山，恣行无忌，一旦失足，忽而乞怜，而曾经亲见，或亲受其噬啮的老实人，乃忽以“落水狗”视之，不但不打，甚至于还有哀矜之意，自以为公理已伸，侠义这时正在我这里。殊不知它何尝真是落水，巢窟是早已造好的了，食料是早经储足的了，并且都在租界里。虽然有时似乎受伤，其实并不，至多不过是假装跛脚，聊以引起人们的恻隐之心，可以从容避匿罢了。他日复来，仍旧先咬老实人开手，“投石下井”，无所不为，寻起原因来，一部分就正因为老实人不“打落水狗”之故。所以，要是说得苛刻一点，也就是自家掘坑自家埋，怨天尤人，全是错误的。

六　论现在还不能一味“费厄”

仁人们或者要问：那么，我们竟不要“费厄泼赖”么？我可以立刻回答：当然是要的，然而尚早。这就是“请君入瓮”法。虽然仁人们未必肯用，但我还可以言之成理。土绅士或洋绅士们不是常常说，中国自有特别国情，外国的平等自由等等，不能适用么？我以为这“费厄泼赖”也是其一。否则，他对你不“费厄”，你却对他去“费厄”，结果总是自己吃亏，不但要“费厄”而不可得，并且连要不“费厄”而亦不可得。所以要“费厄”，最好是首先看清对手，倘是些不配承受“费厄”的，大可以老实不客气；待到它也“费厄”了，然后再与它讲“费厄”不迟。

这似乎很有主张二重道德之嫌，但是也出于不得已，因为倘不如此，中国将不能有较好的路。中国现在有许多二重道德，主与奴，男与女，都有不同的道德，还没有划一。要是对“落水狗”和“落水人”独独一视同仁，实在未免太偏，太早，正如绅士们之所谓自由平等并非不好，在中国却微嫌太早一样。所以倘有人要普遍施行“费厄泼赖”精神，我以为至少须俟所谓“落水狗”者带有人气之后。但现在自然也非绝不可行，就是，有如上文所说：要看清对手。而且还要有等差，即“费厄”必视对手之如何而施，无论其怎样落水，为人也则帮之，为狗也则不管之，为坏狗也则打之。一言以蔽之：“党同伐异”而已矣。

满心“婆理”而满口“公理”的绅士们的名言暂且置之不论不议之列，即使真心人所大叫的公理，在现今的中国，也还不能救助好人，甚至于反而保护坏人。因为当坏人得志，虐待好人的时候，即使有人大叫公理，他决不听从，叫喊仅止于叫喊，好人仍然受苦。然而偶有一时，好人或稍稍崛起，则坏人本该落水了，可是，真心的公理论者又“勿报复”呀，“仁恕”呀，“勿以恶抗恶”呀……地大嚷起来。这一次却发生实效，并非空嚷了：好人正以为然，而坏人于是得救。但他得救之后，无非以为占了便宜，何尝改悔；并且因为是早已营就三窟，又善于钻谋的，所以不多时，也就依然声势赫奕，作恶又如先前一样。这时候，公理论者自然又要大叫，但这回他却不听你了。

但是，“疾恶太严”，“操之过急”，汉的清流和明的东林，却正以这一点倾败，论者也常常这样责备他们。殊不知哪一面，何尝不“疾善如仇”呢？人们却不说一句话。假使此后光明和黑暗还不能作彻底的战斗，老实人误将纵恶当作宽容，一味姑息下去，则现在似的混沌状态，是可以无穷无尽的。

七　论“即以其人之道还治其人之身”

中国人或信中医或信西医，现在较大的城市中往往并有两种医，使他们各得其所。我以为这确是极好的事。倘能推而广之，怨声一定还要少得多，或者天下竟可以臻于至治。例如民国的通礼是鞠躬，但若有人以为不对的，就独使他磕头。民国的法律是没有笞刑的，倘有人以为肉刑好，则这人犯罪时就特别打屁股。碗筷饭菜，是为今人而设的，有愿为燧人氏以前之民者，就请他吃生肉；再造几千间茅屋，将在大宅子里仰慕尧舜的高士都拉出来，给住在哪里面；反对物质文明的，自然更应该不使他衔冤坐汽车。这样一办，真所谓“求仁得仁又何怨”，我们的耳根也就可以清净许多罢。

但可惜大家总不肯这样办，偏要以己律人，所以天下就多事。“费厄泼赖”尤其有流弊，甚至于可以变成弱点，反给恶势力占便宜。例如刘百昭殴曳女师大学生，《现代评论》上连屁也不放；一到女师大恢复，陈西滢鼓动女大学生占据校舍时，却道：“要是她们不肯走便怎样呢？你们总不好意思用强力把她们的东西搬走了罢？”殴而且拉，而且搬，是有刘百昭的先例的，何以这一回独独“不好意思”？这就因为给他嗅到了女师大这一面有些“费厄”气味之故。但这“费厄”却又变成弱点，反而给人利用了来替章士钊的“遗泽”保镖。

八　结末

或者要疑我上文所言，会激起新旧，或什么两派之争，使恶感更深，或相持更烈罢。但我敢断言，反改革者对于改革者的毒害，向来就并未放松过，手段的厉害也已经无以复加了。只有改革者却还在睡梦里，总是吃亏，因而中国也总是没有改革，自此以后，是应该改换些态度和方法的。

一点比喻

在我的故乡不大通行吃羊肉，阖城里，每天大约不过杀几匹山羊。北京真是人海，情形可大不相同了，单是羊肉铺就触目皆是。雪白的群羊也常常满街走，但都是胡羊，在我们哪里称绵羊的。山羊很少见；听说这在北京却颇名贵了，因为比胡羊聪明，能够率领羊群，悉依它的进止，所以畜牧家虽然偶而养几匹，却只用作胡羊们的领导，并不杀掉它。

这样的山羊我只见过一回，确是走在一群胡羊的前面，脖子上还挂着一个小铃铎，作为知识阶级的徽章。通常，领的赶的却多是牧人，胡羊们便成了一长串，挨挨挤挤，浩浩荡荡，凝着柔顺有余的眼色，跟定它匆匆地竞奔它们的前程。我看见这种认真的忙迫的情形时，心里总想开口向它们发一句愚不可及的疑问——

“往哪里去？！”

人群中也很有这样的山羊，能领了群众稳妥平静地走去，直到他们应该走到的所在。袁世凯明白一点这种事，可惜用得不大巧，大概因为他是不很读书的，所以也就难于熟悉运用那些的奥妙。后来的武人可更蠢了，只会自己乱打乱割，乱得哀号之声，洋洋盈耳，结果是除了残虐百姓之外，还加上轻视学问，荒废教育的恶名。然而“经一事，长一智”，二十世纪已过了四分之一，脖子上挂着小铃铎的聪明人是总要交到红运的，虽然现在表面上还不免有些小挫折。

那时候，人们，尤其是青年，就都循规蹈矩，既不嚣张，也不浮动，一心向着“正路”前进了，只要没有人问——

“往哪里去?!”

君子若曰：“羊总是羊，不成了一长串顺从地走，还有什么别的法子呢? 君不见夫猪乎? 拖延着，逃着，喊着，奔突着，终于也还是被捉到非去不可的地方去，那些暴动，不过是空费力气而已矣。”

这是说: 虽死也应该如羊，使天下太平，彼此省力。

这计划当然是很妥帖，大可佩服的。然而，君不见夫野猪乎? 它以两个牙,使老猎人也不免于退避。这牙,只要猪脱出了牧豕奴所造的猪圈,走入山野，不久就会长出来。

Schopenhauer[①] 先生曾将绅士们比作豪猪，我想，这实在有些失体统。但在他,自然是并没有什么别的恶意的,不过拉扯来作一个比喻。《Parerga and Paralipomena》里有着这样意思的话：有一群豪猪，在冬天想用了大家的体温来御寒冷，紧靠起来了，但它们彼此即刻又觉得刺的（得）疼痛，于是乎又离开。然而温暖的必要，再使它们靠近时，却又吃了照样的苦。但它们在这两种困难中，终于发现了彼此之间的适宜的间隔，以这距离，它们能够过得最平安。人们因为社交的要求，聚在一处，又因为各有可厌的许多性质和难堪的缺陷，再使他们分离。他们最后所发现的距离——使他们得以聚在一处的中庸的距离，就是“礼让”和“上流的风习”。有不守这距离的，在英国就这样叫，“Keep your distance！”[②] 但即使这样叫，恐怕也只能在豪猪和豪猪之间才有效力罢，因为它们彼此地守着距离，原因是在于痛而不在于叫的。假使豪猪们中夹着一个别的，并没有刺，则无论怎么叫，它们总还是挤过来。孔子说: 礼不下庶人。照现在的情形看，该是并非庶人不得接近豪猪，却是豪猪可以任意刺着庶人而取得温暖。受伤是当然要受伤的，但这也只能怪你自己独独没有刺，

①Schopenhauer：叔本华。下文的《Parerga and Paralipomena》(《副业和补遗》)，是叔本华在一八五一年出版的一本杂文集。

②“Keep your distance！”：“保持你的距离！”即不要太亲近的意思。

不足以让他守定适当的距离。孔子又说：刑不上大夫。这就又难怪人们的要做绅士。

这些豪猪们，自然也可以用牙角或棍棒来抵御的，但至少必须拚出背一条豪猪社会所制定的罪名："下流"或"无礼"。

秋夜记游

秋已经来了，炎热也不比夏天小，当电灯替代了太阳的时候，我还是在马路上漫游。

危险？危险令人紧张，紧张令人觉到自己生命的力。在危险中漫游，是很好的。

租界也还有悠闲的处所，是住宅区。但中等华人的窟穴却是炎热的，吃食担，胡琴，麻将，留声机，垃圾桶，光着的身子和腿。相宜的是高等华人或无等洋人住处的门外，宽大的马路，碧绿的树，淡色的窗幔，凉风，月光，然而也有狗子叫。

我生长农村中，爱听狗子叫，深夜远吠，闻之神怡，古人之所谓“犬声如豹”者就是。倘或偶经生疏的村外，一声狂嗥，巨獒跃出，也给人一种紧张，如临战斗，非常有趣的。

但可惜在这里听到的是叭儿狗。它躲躲闪闪，叫得很脆：汪汪！

我不爱听这一种叫。

我一面漫步，一面发出冷笑，因为我明白了使它闭口的方法，是只要去和它主子的管门人说几句话，或者抛给它一根肉骨头。这两件我还能的，但是我不做。

它常常要汪汪。

我不爱听这一种叫。

我一面漫步，一面发出恶笑了，因为我手里拿着一粒石子，恶笑刚敛，就举手一掷，正中了它的鼻梁。

呜的一声，它不见了。我漫步着，漫步着，在少有的寂寞里。

秋已经来了，我还是漫步着。叫呢，也还是有的，然而更加躲躲闪闪了，声音也和先前不同，距离也隔得远了，连鼻子都看不见。

我不再冷笑，不再恶笑了，我漫步着，一面舒服地听着它那很脆的声音。

半夏小集

一

A：你们大家来品评一下罢，B竟蛮不讲理地把我的大衫剥去了！

B：因为A还是不穿大衫好看。我剥它掉，是提拔他；要不然，我还不屑剥呢。

A：不过我自己却以为还是穿着好……

C：现在东北四省失掉了，你漫不管，只嚷你自己的大衫，你这利己主义者，你这猪猡！

C太太：他竟毫不知道B先生是合作的好伴侣，这浑蛋！

二

用笔和舌，将沦为异族的奴隶之苦告诉大家，自然是不错的，但要十分小心，不可使大家得着这样的结论："那么，到底还不如我们似的做自己人的奴隶好。"

三

"联合战线[①]"之说一出，先前投敌的一批"革命作家"，就以"联合"的先觉者自居，渐渐出现了。纳款，通敌的鬼蜮行为，一到现在，就好像都是"前进"的光明事业。

① 联合战线：指抗日民族统一战线。

四

这是明亡后的事情。

凡活着的，有些出于心服，多数是被压服的。但活得最舒服横恣的是汉奸；而活得最清高，被人尊敬的，是痛骂汉奸的逸民。后来自己寿终林下，儿子已不妨应试去了，而且各有一个好父亲。至于默默抗战的烈士，却很少能有一个遗孤。

我希望目前的文艺家，并没有古之逸民气。

五

A：B，我们当你是一个可靠的好人，所以几种关于革命的事情，都没有瞒了你。你怎么竟向敌人告密去了？

B：岂有此理！怎么是告密！我说出来，是因为他们问了我呀。

A：你不能推说不知道吗？

B：什么话！我一生没有说过谎，我不是这种靠不住的人！

六

A：啊呀，B先生，三年不见了！你对我一定失望了罢？……

B：没有的事……为什么？

A：我那时对你说过，要到西湖上去做二万行的长诗，直到现在，一个字也没有，哈哈哈！

B：哦……我可并没有失望。

A：您的“世故”可是进步了，谁都知道您记性好，“责人严”，不会这么随随便便的，您现在也学会了说谎。

B：我可并没有说谎。

A：那么，您真的对我没有失望吗？

B：唔，无所谓失不失望，因为我根本没有相信过你。

七

庄生以为“在上为乌鸢食，在下为蝼蚁食”，死后的身体，大可随便处置，因为横竖结果都一样。

我却没有这么旷达。假使我的血肉该喂动物，我情愿喂狮虎鹰隼，却一点也不给癞皮狗们吃。

养肥了狮虎鹰隼，它们在天空，岩角，大漠，丛莽里是伟美的壮观，捕来放在动物园里，打死制成标本，也令人看了神旺，消去鄙吝[①]的心。

但养胖一群癞皮狗，只会乱钻，乱叫，可多么讨厌！

八

琪罗[②]编辑圣·蒲孚[③]的遗稿，名其一部为《我的毒》(*Mes Poisons*)；我从日译本上，看见了这样的一条：

“明言着轻蔑什么人，并不是十足的轻蔑。惟沉默是最高的轻蔑。——我在这里说，也是多余的。”

诚然，“无毒不丈夫”，形诸笔墨，却还不过是小毒。最高的轻蔑是无言，而且连眼珠也不转过去。

九

作为缺点较多的人物的模特儿，被写入一部小说里，这人总以为是晦气的。

殊不知这并非大晦气，因为世间实在还有写不进小说里去的人。倘写进去，而又逼真，这小说便被毁坏。

譬如画家，他画蛇，画鳄鱼，画龟，画果子壳，画字纸篓，画垃圾堆，

① 鄙吝：形容心胸狭窄。

② 琪罗：V. Giraud，法国文艺批评家，生于一八六八年，卒于一九五三年。著有《泰纳评传》等。

③ 圣·蒲孚：C. A. Sainte Beuve，通译圣佩韦，生于一八〇四年，卒于一八六九年。法国文艺批评家。著有《文学家画像》《月曜日讲话》等。

但没有谁画毛毛虫，画癞头疮，画鼻涕，画大便，就是一样的道理。

有人一知道我是写小说的，便回避我，我常想这样地劝止他，但可惜我的毒还不到这程度。

聪明人和傻子和奴才

奴才总不过是寻人诉苦。只要这样，也只能这样。有一日，他遇到一个聪明人。

“先生！”他悲哀地说，眼泪连成一线，就从眼角上直流下来。“你知道的。我所过的简直不是人的生活。吃的是一天未必有一餐，这一餐又不过是高粱皮，连猪狗都不要吃的，尚且只有一小碗……”

“这实在令人同情。”聪明人也惨然说。

“可不是么（嘛）！”他高兴了。“可是做工是昼夜无休息的：清早担水晚烧饭，上午跑街夜磨面，晴洗衣裳雨张伞，冬烧汽炉夏打扇。半夜要煨银耳，侍候主人要钱；头钱从来没分，有时还挨皮鞭……”

“唉唉……”聪明人叹息着，眼圈有些发红，似乎要下泪。

“先生！我这样是敷衍不下去的。我总得另外想法子。可是什么法子呢？……”

“我想，你，总会好起来……”

“是么？但愿如此。可是我对先生诉了冤苦，又得你的同情和慰安，已经舒坦得不少了。可见天理没有灭绝……”

但是，不几日，他又不平起来了，仍然寻人去诉苦。

“先生！”他流着眼泪说：“你知道的。我住的简直比猪窠还不如。主人并不将我当人；他对他的叭儿狗还要好到几万倍……”

“混账！”那人大叫起来，使他吃惊了。那人是一个傻子。

“先生，我住的只是一间破小屋，又湿，又阴，满是臭虫，睡下去就咬得真可以。秽气冲着鼻子，四面又没有一个窗……”

“你不会要你的主人开一个窗的么？”

“这怎么行？……”

“那么，你带我去看去！”

傻子跟奴才到他屋外，动手就砸那泥墙。

“先生！你干什么？”他大惊地说。

“我给你打开一个窗洞来。”

“这不行！主人要骂的！”

“管他呢！”他仍然砸。

“人来呀！强盗在毁咱们的屋子了！快来呀！迟一点可要打出窟窿来了！……”他哭嚷着，在地上团团地打滚。

一群奴才都出来了，将傻子赶走。

听到了喊声，慢慢地最后出来的是主人。

“有强盗要来毁咱们的屋子，我首先叫喊起来，大家一同把他赶走了。”他恭敬而得胜地说。

“你不错。”主人这样夸奖他。

这一天就来了许多慰问的人，聪明人也在内。

“先生，这回因为我有功，主人夸奖了我了。你先前说我总会好起来，实在是有先见之明……”他大有希望似的高兴地说。

“可不是么（嘛）……”聪明人也代为高兴似的回答他。

略论中国人的脸

大约人们一遇到不大看惯的东西，总不免以为他古怪。我还记得初看见西洋人的时候，就觉得他脸太白，头发太黄，眼珠太淡，鼻梁太高。虽然不能明明白白地说出理由来，但总而言之：相貌不应该如此。至于对于中国人的脸，是毫无异议；即使有好丑之别，然而都不错的。

我们的古人，倒似乎并不放松自己中国人的相貌。周的孟轲就用眸子来判胸中的正不正，汉朝还有《相人》二十四卷。后来闹这玩意儿的尤其多；分起来，可以说有两派罢：一是从脸上看出他的智愚贤不肖；一是从脸上看出他过去、现在和将来的荣枯。于是天下纷纷，从此多事，许多人就都战战兢兢地研究自己的脸。我想，镜子的发明，恐怕这些人和小姐们是大有功劳的。不过近来前一派已经不大有人讲究，在北京上海这些地方捣鬼的都只是后一派了。

我一向只留心西洋人。留心的结果，又觉得他们的皮肤未免太粗；毫毛有白色的，也不好。皮上常有红点，即因为颜色太白之故，倒不如我们之黄。尤其不好的是红鼻子，有时简直像是将要熔化的蜡烛油，仿佛就要滴下来，使人看得栗栗危惧，也不及黄色人种的较为隐晦，也见得较为安全。总而言之：相貌还是不应该如此的。

后来，我看见西洋人所画的中国人，才知道他们对于我们的相貌也很不敬。那似乎是《天方夜谭》或者《安徒生童话》中的插画，现在不很记得清楚了。头上戴着拖花翎的红缨帽，一条辫子在空中飞扬，朝靴的粉底非常之厚。但这些都是满洲人连累我们的。独有两眼歪斜，张嘴露齿，却是我们自己本来的相貌。不过我那时想，其实并不尽然，外国人特地要奚落我们，所以格外形容得过度了。

但此后对于中国一部分人们的相貌，我也逐渐感到一种不满，就是他们每看见不常见的事件或华丽的女人，听到有些醉心的说话的时候，下巴总要慢慢挂下，将嘴张了开来。这实在不大雅观；仿佛精神上缺少着一样什么机件。据研究人体的学者们说，一头附着在上颚骨上，那一头附着在下颚骨上的“咬筋”，力量是非常之大的。我们幼小时候想吃核桃，必须放在门缝里将它的壳夹碎。但在成人，只要牙齿好，那咬筋一收缩，便能咬碎一个核桃。有着这么大的力量的筋，有时竟不能收住一个并不沉重地自己的下巴，虽然正在看得出神的时候，倒也情有可原，但我总以为究竟不是十分体面的事。

日本的长谷川如是闲[①]是善于做讽刺文字的。去年我见过他的一本随笔集，叫作《猫·狗·人》；其中有一篇就说到中国人的脸。大意是初见中国人，即令人感到较之日本人或西洋人，脸上总欠缺着一点什么。久而久之，看惯了，便觉得这样已经尽够，并不缺少东西；倒是看得西洋人之流的脸上，多余着一点什么。这多余着的东西，他就给它一个不大高妙的名目：兽性。中国人的脸上没有这个，是人，则加上多余的东西，即成了下列的算式：

人＋兽性＝西洋人

他借了称赞中国人，贬斥西洋人，来讥刺日本人的目的，这样就达到了，自然不必再说这兽性的不见于中国人的脸上，是本来没有的呢，还是现在已经消除。如果是后来消除的，那么，是渐渐净尽而只剩了人

① 长谷川如是闲：日本学者。生于一八七五年，卒于一九六九年。著有《现代国家批判》《一颗心的自传》等。

性的呢，还是不过渐渐成了驯顺。野牛成为家牛，野猪成为猪，狼成为狗，野性是消失了，但只足使牧人喜欢，于本身并无好处。人不过是人，不再夹杂着别的东西，当然再好没有了。倘不得已，我以为还不如带些兽性，如果合于下列的算式倒是不很有趣的：

人＋家畜性＝某一种人

中国人的脸上真可有兽性的记号的疑案，暂且中止讨论罢。我只要说近来却在中国人所理想的古今人的脸上，看见了两种多余。一到广州，我觉得比我所从来的厦门丰富得多的，是电影，而且大半是“国片”，有古装的，有时装的。因为电影是“艺术”，所以电影艺术家便将这两种多余加上去了。

古装的电影也可以说是好看，那好看不下于看戏；至少，决不至于有大锣大鼓将人的耳朵震聋。在银幕上，则有身穿不知何时何代的衣服的人物，缓慢地动作；脸正如古人一般死，因为要显得活，便只好加上些旧式戏子的昏庸。

时装人物的脸，只要见过清朝光绪年间上海的吴友如的《画报》的，便会觉得神态非常相像。《画报》所画的大抵不是流氓拆梢[①]，便是妓女吃醋，所以脸相都狡猾。这精神似乎至今不变，国产影片中的人物，虽是作者以为善人杰士者，眉宇间也总带些上海洋场式的狡猾。可见不如此，是连善人杰士也做不成的。

听说，国产影片之所以多，是因为华侨欢迎，能够获利。每一新片到，老的便带了孩子去指点给他们看道：“看哪，我们的祖国的人们是这样的。”在广州似乎也受欢迎，日夜四场，我常见看客坐得满满。

广州现在也如上海一样，正在这样地修养他们的趣味。可惜电影一开演，电灯一定熄灭，我不能看见人们的下巴。

① 拆梢：上海方言。指流氓借端诈取财物。

可恶罪

这是一种新的“世故”。

我以为法律上的许多罪名，都是花言巧语，只消以一语包括之，曰：可恶罪。

譬如，有人觉得一个人可恶，要给他吃点苦罢，就有这样的法子。倘在广州而又是“清党”之前，则可以暗暗地宣传他是无政府主义者。那么，共产青年自然会说他“反革命”，有罪。若在“清党”之后呢，要说他是CP或CY，没有证据，则可以指为“亲共派”。那么，清党委员会自然会说他“反革命”，有罪。再不得已，则只好寻些别的事由，诉诸法律了。但这比较地麻烦。

我先前总以为人是有罪，所以枪毙或坐监的。现在才知道其中的许多，是先因为被人认为“可恶”，这才终于犯了罪。

许多罪人，应该称为“可恶的人”。

死　后

我梦见自己死在道路上。

这是哪里，我怎么到这里来，怎么死的，这些事我全不明白。总之，待到我自己知道已经死掉的时候，就已经死在哪里了。

听到几声喜鹊叫，接着是一阵乌老鸦。空气很清爽——虽然也带些土气息——大约正当黎明时候罢。我想睁开眼睛来，他却丝毫也不动，简直不像是我的眼睛；于是想抬手，也一样。

恐怖的利镞忽然穿透我的心了。在我生存时，曾经玩笑地设想：假使一个人的死亡，只是运动神经的废灭，而知觉还在，那就比全死了更可怕。谁知道我的预想竟的中了，我自己就在证实这预想。

听到脚步声，走路的罢。一辆独轮车从我的头边推过，大约是重载的，轧轧地叫得人心烦，还有些牙齿鹾。很觉得满眼绯红，一定是太阳上来了。那么，我的脸是朝东的。但那都没有什么关系。切切嚓嚓的人声，看热闹的。他们踹起黄土来，飞进我的鼻孔，使我想打喷嚏了，但终于没有打，仅有想打的心。

陆陆续续的又是脚步声，都到近旁就停下，还有更多的低语声：看的人多起来了。我忽然很想听听他们的议论。但同时想，我生存时说的什么批评不值一笑的话，大概是违心之论罢：才死，就露了破绽了。然而还是听；然而毕竟得不到结论，归纳起来不过是这样——

“死了？……”

“嗡。——这……”

“哼！……”

“啧……唉！……”

我十分高兴，因为始终没有听到一个熟识的声音。否则，或者害得他们伤心；或则要使他们快意；或则要使他们加添些饭后闲谈的材料，多破费宝贵的工夫；这都会使我很抱歉。现在谁也看不见，就是谁也不受影响。好了，总算对得起人了！

但是，大约是一个蚂蚁，在我的脊梁上爬着，痒痒的。我一点也不能动，已经没有除去他的能力了；倘在平时，只将身子一扭，就能使他退避。而且，大腿上又爬着一个哩！你们是做什么的？虫豸！？

事情可更坏了：嗡的一声，就有一个青蝇停在我的颧骨上，走了几步，又一飞，开口便舐我的鼻尖。我懊恼地想：足下，我不是什么伟人，你无须到我身上来寻做论的材料……但是不能说出来。他却从鼻尖跑下，又用冷舌头来舐我的嘴唇了，不知道可是表示亲爱。还有几个则聚在眉毛上，跨一步，我的毛根就一摇。实在使我烦厌得不堪——不堪之至。

忽然，一阵风，一片东西从上面盖下来，他们就一同飞开了，临走时还说——

“惜哉！……”

我愤怒得几乎昏厥过去。

木材摔在地上的钝重的声音同着地面的震动，使我忽然清醒，前额上感着芦席的条纹。但那芦席就被掀去了，又立刻感到了日光的灼热。还听得有人说——

“怎么要死在这里？……”

这声音离我很近，他正弯着腰罢。但人应该死在哪里呢？我先前以为人在地上虽没有任意生存的权利，却总有任意死掉的权利的。现在才知道并不然，也很难适合人们的公意。可惜我久没了纸笔；即有也不能写，而且即使写了也没有地方发表了。只好就这样地抛开。

有人来抬我，也不知道是谁。听到刀鞘声，还有巡警在这里罢，在我所不应该“死在这里”的这里。我被翻了几个转身，便觉得向上一举，又往下一沉；又听得盖了盖，钉着钉。但是，奇怪，只钉了两个。难道这里的棺材钉，是只钉两个的么？

我想：这回是六面碰壁，外加钉子。真是完全失败，呜呼哀哉了！……

“气闷！……”我又想。

然而我其实却比先前已经宁静得多，虽然知不清埋了没有。在手背上触到草席的条纹，觉得这尸衾倒也不恶。只不知道是谁给我花钱的，可惜！但是，可恶，收敛的小子们！我背后的小衫的一角皱起来了，他们并不给我拉平，现在抵得我很难受。你们以为死人无知，做事就这样地草率么？哈哈！

我的身体似乎比活的时候要重得多，所以压着衣皱便格外的不舒服。但我想，不久就可以习惯的；或者就要腐烂，不至于再有什么大麻烦。此刻还不如静静地静着想。

“您好？您死了么？”

是一个颇为耳熟的声音。睁眼看时，却是博古斋旧书铺的跑外的小伙计。不见约有二十多年了，倒还是那一副老样子。我又看看六面的壁，委实太毛糙，简直毫没有加过一点修刮，锯绒还是毛毵毵的。

“那不碍事，那不要紧。”他说，一面打开暗蓝色布的包裹来。“这是明版《公羊传》，嘉靖黑口本，给您送来了。您留下它罢。这是……”

“你！”我诧异地看定他的眼睛，说：“你莫非真正糊涂了？你看我这模样，还要看什么明版？……”

“那可以看，那不碍事。”

我即刻闭上眼睛，因为对他很烦厌。停了一会儿，没有声息，他大约走了。但是似乎一个蚂蚁又在脖子上爬起来，终于爬到脸上，直绕着眼眶转圈子。

万不料人的思想，是死掉之后也还会变化的。忽而，有一种力将我的心的平安冲破；同时，许多梦也都做在眼前了。几个朋友祝我安乐，几个仇敌祝我灭亡。我却总是既不安乐，也不灭亡地不上不下地生活下来，都不能副任何一面的期望。现在又影一般死掉了，连仇敌也不使知道，不肯赠给他们一点惠而不费的欢欣……

我觉得在快意中要哭出来。这大概是我死后第一次的哭。

然而终于也没有眼泪流下；只看见眼前仿佛有火花一闪，我于是坐了起来。

一　觉

飞机负了掷下炸弹的使命，像学校的上课似的，每日上午在北京城上飞行。每听得机件搏击空气的声音，我常觉到一种轻微的紧张，宛然目睹了"死"的袭来，但同时也深切地感着"生"的存在。

隐约听到一二爆发声以后，飞机嗡嗡地叫着，冉冉地飞去了。也许有人死伤了罢，然而天下却似乎更显得太平。窗外的白杨的嫩叶，在日光下发乌金光；榆叶梅也比昨日开得更烂漫。收拾了散乱满床的日报，拂去昨夜聚在书桌上的苍白的微尘，我的四方的小书斋，今日也依然是所谓"窗明几净"。

因为或一种原因，我开手编校那历来积压在我这里的青年作者的文稿了；我要全都给一个清理。我照作品的年月看下去，这些不肯涂脂抹粉的青年们的魂灵便依次屹立在我眼前。他们是绰约的，是纯真的——啊，然而他们苦恼了，呻吟了，愤怒了，而且终于粗暴了，我的可爱的青年们。

魂灵被风沙打击得粗暴，因为这是人的魂灵，我爱这样的魂灵；我愿意在无形无色的鲜血淋漓的粗暴上接吻。飘渺的名园中，奇花盛开着，红颜的静女正在超然无事地逍遥，鹤唳一声，白云郁然而起……这自然使人神往的罢，然而我总记得我活在人间。

我忽然记起一件事：两三年前，我在北京大学的教员预备室里，看见进来了一个并不熟识的青年，默默地给我一包书，便出去了，打开看时，是一本《浅草》。就在这默默中，使我懂得了许多话。啊，这赠品是多么丰饶呵！可惜那《浅草》不再出版了，似乎只成了《沉钟》的前身。那《沉钟》就在这风沙澒洞[1]中，深深地在人海的底里寂寞地鸣动。

野蓟[2]经了几乎致命的摧折，还要开一朵小花，我记得托尔斯泰曾受了很大的感动，因此写出一篇小说来。但是，草木在旱干的沙漠中间，拼命伸长它的根，吸取深地中的水泉，来造成碧绿的林莽，自然是为了自己的“生”的，然而使疲劳枯渴的旅人，一见就怡然觉得遇到了暂时息肩之所，这是如何的可以感激，而且可以悲哀的事？！

《沉钟》的《无题》——代启事——说：“有人说：我们的社会是一片沙漠。——如果当真是一片沙漠，这虽然荒漠一点也还静肃；虽然寂寞一点也还会使你感觉苍茫。何至于像这样的混沌，这样的阴沉，而且这样的离奇变幻！”

是的，青年的魂灵屹立在我眼前。他们已经粗暴了，或者将要粗暴了，然而我爱这些流血和隐痛的魂灵，因为他使我觉得是在人间，是在人间活着。

在编校中夕阳居然西下，灯火给我接续的光。各样的青春在眼前一一驰去了，身外但有昏黄环绕。我疲劳着捏着纸烟，在无名的思想中静静地合了眼睛。看见很长的梦。忽而惊觉，身外也还是环绕着昏黄；烟篆[3]在不动的空气中上升，如几片小小夏云，徐徐幻出难以指名的形象。

---

① 澒洞：虚空混沌；漫无涯际。

② 野蓟：菊科蓟属多年生草本植物。别名为牛口刺、牛戳口、老牛锉等。又称为牛蒡，被称为东洋参。具有凉血止血、消肿解毒之功效。

③ 烟篆（zhuàn）：指香、香烟等的烟缕。因形似圆曲的篆字，故称。

第五章　并非闲话

并非闲话

凡事无论大小，只要和自己有些相干，便不免格外警觉。即如这一回女子师范大学的风潮，我因为在哪里担任一点钟功课，也就感到震动，而且就发了几句感慨，登在五月十二日的《京报副刊》上。自然，自己也明知道违了“和光同尘”的古训了，但我就是这样，并不想以骑墙或阴柔来买人尊敬。三四天之后，忽然接到一本《现代评论》十五期，很觉得有些稀奇。这一期是新印的。第一页上目录已经整齐（初版字有参差处），就证明着至少是再版。我想：为什么这一期特别卖得多，送得多呢？莫非内容改变了么？翻开初版来，校勘下去，都一样；不过末页的金城银行的广告已经杳然，所以一篇《女师大的学潮》就赤条条地露出。我不是也发过议论的么？自然要看一看，原来是赞成杨荫榆校长的，和我的论调正相反。做的人是“一个女读者”。

中国原是玩意儿最多的地方，近来又刚闹过什么“琴心是否女士”问题，我于是心血来潮，忽而想：又捣什么鬼，装什么佯了？但我即刻不再想下去，因为接着就起了别一个念头，想到近来有些人，凡是自己善于在暗中播弄鼓动的，一看见别人明白质直的言动，便往往反噬他是播弄和鼓动，是某党，是某系；正如偷汉的女人的丈夫，总愿意说世人全是王八，和他相同，他心里才觉舒畅。这种思想是卑劣的：我太多心了，人们也何至于一定用裙子来做军旗。我就将我的念头打断了。

此后，风潮还是拖延着，而且展开来，于是有七个教员的宣言发表，也登在五月二十七日的《京报》上，其中的一个是我。

这回的反响快透了，三十日发行（其实是二十九日已经发卖）的《现代评论》上，西滢先生就在《闲话》的第一段中特地评论。但是，据说宣言是“《闲话》正要付印的时候”才在报上见到的，所以前半只论学潮，和宣言无涉。后来又做了三大段。大约是见了宣言之后，这才文思泉涌的罢，可是《闲话》付印的时间，大概总该颇有些耽误了。但后做而移在前面，也未可知。那么，足见这是一段要紧的“闲话”。

《闲话》中说：“以前我们常常听说女师大的风潮，有在北京教育界占最大势力的某籍某系的人在暗中鼓动，可是我们总不敢相信。”所以他只在宣言中摘出“最精彩的几句”，加上圈子，评为“未免偏袒一方”；而且因为“流言更加传布得厉害”，遂觉“可惜”，但他说“还是不信我们平素所很尊敬的人会暗中挑剔风潮”。这些话我觉得确有些超妙的识见。例如“流言”本是畜类的武器，鬼蜮的手段，实在应该不信它。又如一查籍贯，则即使装作公平，也容易启人疑窦，总不如“不敢相信”的好，否则同籍的人固然惮于在一张纸上宣言，而别一某籍的人也不便在暗中给同籍的人帮忙了。这些“流言”和“听说”，当然都只配当作狗屁！

但是，西滢先生因为“未免偏袒一方”而遂叹为“可惜”，仍是引用“流言”，我却以为是“可惜”的事。清朝的县官坐堂，往往两造各责小板五百完案，“偏袒”之嫌是没有了，可是终于不免为糊涂虫。假使一个人还有是非之心，倒不如直说的好；否则，虽然吞吞吐吐，明眼人也会看出他暗中“偏袒”哪一方，所表白的不过是自己的阴险和卑劣。宣言中所谓“若离若合，殊有混淆黑白之嫌”者，似乎也就是为此辈的手段写照。而且所谓“挑剔风潮”的“流言”，说不定就是这些伏在暗中，轻易不大露面的东西所制造的，但我自然也“没有调查详细的事实，不大知道”。可惜的是西滢先生虽说“还是不信”，却已为我辈“可惜”，足见流言之易于惑人，无怪常有人用作武器。但在我，却直到看见这《闲话》之后，才知道西滢先生们原来“常常”听到这样的流言，并且和我偶尔听到的都不对。可见流言也有种种，某种流言，大抵是奔凑到某种耳朵，写出在某种笔下的。

但在《闲话》的前半，即西滢先生还未在报上看见七个教员的宣言之前，已经比学校为“臭茅厕”，主张“人人都有扫除的义务”了。为什么呢？一者报上两个相反的启事已经发现；二者学生把守校门；三者有“校长不能在学校开会，不得不借邻近的饭店召集教员开会的奇闻”。但这所述的“臭茅厕”的情形还得修改些，因为层次有点颠倒。据宣言说，则“饭店开会”，乃在“把守校门”之前，大约西滢先生觉得不“最精彩”，所以没有摘录，或者已经写好，所以不及摘录的罢。现在我来补摘几句，并且也加些圈了，聊以效颦——

> ……迨五月七日校内讲演时，学生劝校长杨荫榆先生退席后，杨先生乃于饭馆召集校员若干燕[①]饮，继即以评议会名义，将学生自治会职员六人揭示开除，由是全校哗然，有坚拒杨先生校长之事变……

《闲话》里的和这事实的颠倒，从神经过敏的看起来，或者也可以认为“偏袒”的表现；但我在这里并非举证，不过聊作插话而已。其实，“偏袒”两字，因我适值选得不大堂皇，所以使人厌观，倘用别的字，便会大大的两样。况且，即使是自以为公平的批评家，“偏袒”也在所不免的，譬如和校长同籍贯，或是好朋友，或是换帖兄弟，或是叨过酒饭，每不免于不知不觉间有所“偏袒”。这也算人情之常，不足深怪；但当侃侃而谈之际，那自然也许流露出来。然而也没有什么要紧，局外人哪里会知道这许多底细呢，无伤大体的。

但是学校的变成“臭茅厕”，却究竟在“饭店召集教员”之后，酒醉饭饱，茅厕当然合用了。西滢先生希望“教育当局”打扫，我以为在打扫之前，

① 燕：同“宴”。

还须先封饭店，否则醉饱之后，总要拉屎，茅厕即永远需用，怎么打扫得干净？而且，还未打扫之前，不是已经有了“流言”了么？流言之力，是能使粪便增光，蛆虫成圣的，打扫夫又怎么动手？姑无论现在有无打扫夫。

至于“万不可再敷衍下去”，那可实在是斩钉截铁的办法。正应该这样办。但是，世上虽然有斩钉截铁的办法，却很少见有敢负责任的宣言。所多的是自在黑幕中，偏说不知道；替暴君奔走，却以局外人自居；满肚子怀着鬼胎，而装出公允的笑脸；有谁明说出自己所观察的是非来的，他便用了“流言”来作不负责任的武器。这种蛆虫充满的“臭茅厕”，是难于打扫干净的。丢尽“教育界的面目”的丑态，现在和将来还多着哩！

文章与题目

一个题目，做来做去，文章是要做完的，如果再要出新花样，那就使人会觉得不是人话。然而只要一步一步地做下去，每天又有帮闲的敲边鼓，给人们听惯了，就不但做得出，而且也行得通。

譬如近来最主要的题目，是“安内与攘外”罢，做的也着实不少了。有说安内必先攘外的，有说安内同时攘外的，有说不攘外无以安内的，有说攘外即所以安内的，有说安内即所以攘外的，有说安内急于攘外的。

做到这里，文章似乎已经无可翻腾了，看起来，大约总可以算是做到了绝顶。

所以再要出新花样，就使人会觉得不是人话，用现在最流行的谥法来说，就是大有“汉奸”的嫌疑。为什么呢？就因为新花样的文章，只剩了“安内而不必攘外”，“不如迎外以安内”，“外就是内，本无可攘”这三种了。

这三种意思，做起文章来，虽然实在稀奇，但事实却有的，而且不必远征晋宋，只要看看明朝就够。满洲人早在窥伺了，国内却是草菅民命，杀戮清流，做了第一种。李自成进北京了，阔人们不甘给奴子[1]做皇帝，索性请“大清兵”来打掉他，做了第二种。至于第三种，我没有看过《清史》，不得而知，但据老例，则应说是爱新觉罗氏之先，原是轩辕黄帝第几子之苗裔，遁于朔方，厚泽深仁，遂有天下，总而言之，咱们原是一家子云。

① 奴子：奴仆。

后来的史论家，自然是力斥其非的，就是现在的名人，也正痛恨流寇。但这是后来和现在的话，当时可不然，鹰犬塞途，干儿当道，魏忠贤不是活着就配享了孔庙么？他们那种办法，那时都有人来说得头头是道的。

前清末年，满人出死力以镇压革命，有“宁赠友邦，不给家奴”的口号，汉人一知道，更恨得切齿。其实汉人何尝不如此？吴三桂之请清兵入关，便是一想到自身的厉害，即“人同此心”的实例了……

附记：

原题是《安内与攘外》。

二十四孝图

我总要上下四方寻求，得到一种最黑，最黑，最黑的咒文，先来诅咒一切反对白话，妨害白话者。即使人死了真有灵魂，因这最恶的心，应该堕入地狱，也将决不改悔，总要先来诅咒一切反对白话，妨害白话者。

自从所谓“文学革命”以来，供给孩子的书籍，和欧、美、日本的一比较，虽然很可怜，但总算有图有说，只要能读下去，就可以懂得的了。可是一帮别有心肠的人们，便竭力来阻遏它，要使孩子的世界中，没有一丝乐趣。北京现在常用“马虎子”这一句话来恐吓孩子们。或者说，那就是《开河记》上所载的，给隋炀帝开河，蒸死小儿的麻叔谋；正确地写起来，须是“麻胡子”。那么，这麻叔谋乃是胡人了。但无论他是甚么人，他的吃小孩究竟也还有限，不过尽他的一生。妨害白话者的流毒却甚于洪水猛兽，非常广大，也非常长久，能使全中国化成一个麻胡，凡有孩子都死在他肚子里。

只要对于白话来加以谋害者，都应该灭亡！

这些话，绅士们自然难免要掩住耳朵的，因为就是所谓“跳到半天空，骂得体无完肤——还不肯罢休”。而且文士们一定也要骂，以为大悖于“文格”，亦即大损于“人格”。岂不是“言者心声也”么？“文”和“人”当然是相关的，虽然人间世本来千奇百怪，教授们中也有“不尊敬”作者的人格而不能“不说他的小说好”的特别种族。但这些我都不管，因为我幸而还没有爬上“象牙之塔”去，正无须怎样小心。倘若无意中竟已撞上了，那就即刻跌下来罢。然而在跌下来的中途，当还未到地之前，还要说一遍：

只要对于白话来加以谋害者，都应该灭亡！

每看见小学生欢天喜地地看着一本粗拙的《儿童世界》之类，另想到别国的儿童用书的精美，自然要觉得中国儿童的可怜。但回忆起我和我的同窗小友的童年，却不能不以为他幸福，给我们的永逝的韶光一个悲哀的吊唁。我们那时有什么可看呢，只要略有图画的本子，就要被塾师，就是当时的“引导青年的前辈”禁止，呵斥，甚而至于打手心。我的小同学因为专读“人之初性本善”读得要枯燥而死了，只好偷偷地翻开第一页，看那题着“文星高照”四个字的恶鬼一般的魁星像，来满足他幼稚的爱美的天性。昨天看这个，今天也看这个，然而他们的眼睛里还闪出苏醒和欢喜的光辉来。

在书塾以外，禁令可比较的宽了，但这是说自己的事，各人大概不一样。我能在大众面前，冠冕堂皇地阅看的，是《文昌帝君阴骘文图说》和《玉历钞传》，都画着冥冥之中赏善罚恶的故事，雷公电母站在云中，牛头马面布满地下，不但“跳到半天空”是触犯天条的，即使半语不合，一念偶差，也都得受相当的报应。这所报的也并非“睚眦之怨”，因为那地方是鬼神为君，“公理”作宰，请酒下跪，全都无功，简直是无法可想。在中国的天地间，不但做人，便是做鬼，也艰难极了。然而究竟很有比阳间更好的处所：无所谓“绅士”，也没有“流言”。

阴间，倘要稳妥，是颂扬不得的。尤其是常常好弄笔墨的人，在现在的中国，流言的治下，而又大谈“言行一致”的时候。前车可鉴，听说阿尔志跋绥夫[①]曾答一个少女的质问说：“惟有在人生的事实这本身中寻出欢喜者，可以活下去。倘若在哪里什么也不见，他们其实倒不如死。”

① 阿尔志跋绥夫：Mikhail Artsybashev，生于一八七八年，卒于一九二七年，是20世纪初俄国文学史上的重要作家，以其强烈的个人主义、厌世倾向和对社会现实的尖锐批判著称。鲁迅在1920–1921年间集中翻译了他的作品（如《工人绥惠略夫》《医生》等），并深受其思想影响，但后期又对其进行了扬弃。

于是乎有一个叫作密哈罗夫的，寄信嘲骂他道：“……所以我完全诚实地劝你自杀来祸福你自己的生命，因为这第一是合于逻辑，第二是你的言语和行为不至于背驰。”

其实这论法就是谋杀，他就这样地在他的人生中寻出欢喜来。阿尔志跋绥夫只发了一大通牢骚，没有自杀。密哈罗夫先生后来不知道怎样，这一个欢喜失掉了，或者另外又寻到了“什么”了罢。诚然，“这些时候，勇敢，是安稳的；情热，是毫无危险的”。

然而，对于阴间，我终于已经颂扬过了，无法追改；虽有“言行不符”之嫌，但确没有受过阎王或小鬼的半文津贴，则差可以自解。总而言之，还是仍然写下去罢。

我所看的那些阴间的图画，都是家藏的老书，并非我所专有。我所收得的最先的画图本子，是一位长辈的赠品：《二十四孝图》。这虽然不过薄薄的一本，但是下图上说，鬼少人多，又为我一人所独有，使我高兴极了。哪里面的故事，似乎是谁都知道的；便是不识字的人，例如阿长，也只要一看图画便能够滔滔地讲出这一段的事迹。但是，我于高兴之余，接着就是扫兴，因为我请人讲完了二十四个故事之后，才知道“孝”有如此之难，对于先前痴心妄想，想做孝子的计划，完全绝望了。

“人之初，性本善”么？这并非现在要加研究的问题。但我还依稀记得，我幼小时候实未尝蓄意忤逆，对于父母，倒是极愿意孝顺的。不过年幼无知，只用了私见来解释“孝顺”的做法，以为无非是“听话”，“从命”，以及长大之后，给年老的父母好好地吃饭罢了。自从得了这一本孝子的教科书以后，才知道并不然，而且还要难到几十几百倍。其中自然也有可以勉力仿效的，如“子路负米”，“黄香扇枕”之类。“陆绩怀橘”也并不难，只要有阔人请我吃饭。“鲁迅先生作宾客而怀橘乎？”我便跪答云：“吾母性之所爱，欲归以遗母。”阔人十分佩服，于是孝子就做稳了，也非常省事。“哭竹生笋”就可疑，怕我的精诚未必会这样感动天地。但是哭不出笋来，还不过抛脸而已，一到“卧冰求鲤”，可就有性命之虞了。

我乡的天气是温和的，严冬中，水面也只结一层薄冰，即使孩子的重量怎样小，躺上去，也一定哗啦一声，冰破落水，鲤鱼还不及游过来。自然，必须不顾性命，这才孝感神明，会有出乎意料之外的奇迹，但那时我还小，实在不明白这些。

其中最使我不解，甚至于发生反感的，是“老莱娱亲”和“郭巨埋儿”两件事。

我至今还记得，一个躺在父母跟前的老头子，一个抱在母亲手上的小孩子，是怎样地使我发生不同的感想呵。他们一手都拿着“摇咕咚”。这玩意儿确是可爱的，北京称为小鼓，盖即鼗也，朱熹曰“鼗，小鼓，两旁有耳；持其柄而摇之，则旁耳还自击”，咕咚咕咚地响起来。然而这东西是不该拿在老莱子手里的，他应该扶一枝拐杖。现在这模样，简直是装佯，侮辱了孩子。我没有再看第二回，一到这一页，便急速地翻过去了。

那时的《二十四孝图》，早已不知去向了，目下所有的只是一本日本小田海仙所画的本子，叙老莱子事云：“行年七十，言不称老，常著五色斑斓之衣，为婴儿戏于亲侧。又常取水上堂，诈跌仆地，作婴儿啼，以娱亲意。”大约旧本也差不多，而招我反感的便是“诈跌”。无论忤逆，无论孝顺，小孩子多不愿意“诈”作，听故事也不喜欢是谣言，这是凡有稍稍留心儿童心理的都知道的。

然而在较古的书上一查，却还不至于如此虚伪。师觉授《孝子传》云：“老莱子……常衣斑斓之衣，为亲取饮，上堂脚跌，恐伤父母之心，僵仆为婴儿啼。”（《太平御览》四百十三引）较之今说，似稍近于人情。不知怎的，后之君子却一定要改得他“诈”起来，心里才能舒服。邓伯道弃子救侄，想来也不过“弃”而已矣，昏妄人也必须说他将儿子捆在树上，使他追不上来才肯歇手。正如将“肉麻当作有趣”一般，以不情为伦纪，诬蔑了古人，教坏了后人。老莱子即是一例，道学先生以为他白璧无瑕时，他却已在孩子的心中死掉了。

至于玩着“摇咕咚”的郭巨的儿子，却实在值得同情。他被抱在他母亲的臂膊上，高高兴兴地笑着；他的父亲却正在掘窟窿，要将他埋掉了。说明云：“汉郭巨家贫，有子三岁，母尝减食与之。巨谓妻曰，贫乏不能供母，子又分母之食。盍埋此子？”但是刘向《孝子传》所说，却又有些不同：巨家是富的，他都给了两弟；孩子是才生的，并没有到三岁。结末又大略相像了，“及掘坑二尺，得黄金一釜，上云：天赐郭巨，官不得取，民不得夺！”

我最初实在替这孩子捏一把汗，待到掘出黄金一釜，这才觉得轻松。然而我已经不但自己不敢再想做孝子，并且怕我父亲去做孝子了。家景正在坏下去，常听到父母愁柴米；祖母又老了，倘使我的父亲竟学了郭巨，那么，该埋的不正是我么？如果一丝不走样，也掘出一釜黄金来，那自然是如天之福，但是，那时我虽然年纪小，似乎也明白天下未必有这样的巧事。

现在想起来，实在很觉得傻气。这是因为现在已经知道了这些老玩意，本来谁也不实行。整饬伦纪的文电是常有的，却很少见绅士赤条条地躺在冰上面，将军跳下汽车去负米。何况现在早长大了，看过几部古书，买过几本新书，什么《太平御览》啊，《古孝子传》啊，《人口问题》啊，《节制生育》啊，《二十世纪是儿童的世界》啊，可以抵抗被埋的理由多得很。不过彼一时，此一时，彼时我委实有点害怕：掘好深坑，不见黄金，连“摇咕咚”一同埋下去，盖上土，踏得实实的，又有什么法子可想呢。我想，事情虽然未必实现，但我从此总怕听到我的父母愁穷，怕看见我的白发的祖母，总觉得她是和我不两立，至少，也是一个和我的生命有些妨碍的人。后来这印象日见其淡了，但总有一些留遗，一直到她去世——这大概是送给《二十四孝图》的儒者所万料不到的罢。

天上地下

中国现在有两种炸，一种是炸进去，一种是炸进来。

炸进去之一例曰："日内除飞机往匪区轰炸外，无战事，三四两队，七日晨迄申，更番成队飞宜黄以西崇仁以南掷百二十磅弹两三百枚，凡匪足资屏蔽处炸毁几平，使匪无从休养……"（五月十日《申报》南昌专电）

炸进来之一例曰："今晨六时，敌机炸蓟县，死民十余，又密云今遭敌轰四次，每次二架，投弹盈百，损害正详查中……"（同日《大晚报》北平电）

应了这运会而生的，是上海小学生的买飞机和北平小学生的挖地洞。[①]

这也是对于"非安内无以攘外"或"安内急于攘外"的题目，做出来的两股好文章。

住在租界里的人们是有福的。但试闭目一想，想得广大一些，就会觉得内是官兵在天上，"共匪"和"匪化"了的百姓在地下，外是敌军在天上，没有"匪化"了的百姓在地下。"损害正详查中"，而太平之区，却造起了宝塔[②]。释迦出世，一手指天，一手指地曰："天上地下，惟我独

① 上海小学生的买飞机和北平小学生的挖地洞：一九三三年初，国民党政府举办航空救国飞机捐，上海市预定征募二百万元。至五月初仅得半数，乃发动全市童子军于十二日起，在各交通要道及娱乐场所劝募购买"童子军号飞机"捐款三天。"北平小学生的挖地洞"指一九三三年五月，北平各小学校长因日机时临上空，曾派代表赴社会局要求各校每日上午停课，挖防空洞。

② 造起了宝塔：一九三三年，国民党政客戴季陶邀广东中山大学在南京的师生七十余人合抄孙中山的著作，盛铜盒中，外镶石匣，在中山陵附近建筑宝塔收藏。

尊！”此之谓也。

但又试闭目一想，想得久远一些，可就遇着难题目了。假如炸进去慢，炸进来快，两种飞机遇着了，又怎么办呢？停止了“安内”，回转头来“迎头痛击”呢，还是仍然只管自己炸进去，一任他跟着炸进来，一前一后，同炸“匪区”，待到炸清了，然后再“攘”他们出去呢？……

不过这只是讲笑话，事实是决不会弄到这地步的。即使弄到这地步，也没有什么难解决：外洋养病，名山拜佛[①]，这就完结了。

记得末尾的三句，原稿是：“外洋养病，背脊生疮，名山上拜佛，小便里有糖，这就完结了。”

① 外洋养病，名山拜佛：这是国民党政客因内讧下野或处境困难时惯用的脱身借口，如汪精卫曾以生背痈、患糖尿病等为由，“卧床休息”或“出国养病”；黄郛退居莫干山“读书学佛”；戴季陶自称信奉佛教，报上屡载他去名山诵经拜佛的消息。

立　论

我梦见自己正在小学校的讲堂上预备作文，向老师请教立论的方法。

“难！”老师从眼镜圈外斜射出眼光来，看着我，说：“我告诉你一件事——”

“一家人家生了一个男孩，合家高兴透顶了。满月的时候，抱出来给客人看——大概自然是想得一点好兆头。

“一个说：‘这孩子将来要发财的。’他于是得到一番感谢。

“一个说：‘这孩子将来要做官的。’他于是收回几句恭维。

“一个说：‘这孩子将来是要死的。’他于是得到一顿大家合力的痛打。

“说要死的必然，说富贵的许谎。但说谎的得好报，说必然的遭打。你……”

“我愿意既不谎人，也不遭打。那么，老师，我得怎么说呢？”

“那么，你得说：‘啊呀！这孩子呵！您瞧！多么……阿唷！哈哈！Hehe！ he，hehehehe！’①”

① 象声词，即嘿嘿！嘿，嘿嘿嘿嘿！

经 验

古人所传授下来的经验，有些实在是极可宝贵的，因为它曾经费去许多牺牲，而留给后人很大的益处。

偶然翻翻《本草纲目》，不禁想起了这一点。这一部书，是很普通的书，但里面却含有丰富的宝藏。自然，捕风捉影的记载，也是在所不免的，然而大部分的药品的功用，却由历久的经验，这才能够知道到这程度，而尤其惊人的是关于毒药的叙述。我们一向喜欢恭维古圣人，以为药物是由一个神农皇帝独自尝出来的，他曾经一天遇到过七十二毒，但都有解法，没有毒死。这种传说，现在不能主宰人心了。人们大抵已经知道一切文物，都是历来的无名氏所逐渐地造成。建筑，烹饪，渔猎，耕种，无不如此；医药也如此。这么一想，这事情可就大起来了：大约古人一有病，最初只好这样尝一点，那样尝一点，吃了毒的就死，吃了不相干的就无效，有的竟吃到了对症的就好起来，于是知道这是对于某一种病痛的药。这样地累积下去，乃有草创的记录，后来渐成为庞大的书，如《本草纲目》就是。而且这书中的所记，又不独是中国的，还有阿刺伯人的经验，有印度人的经验，则先前所用的牺牲之大，更可想而知了。

然而也有经过许多人经验之后，倒给了后人坏影响的，如俗语说“各人自扫门前雪，莫管他家瓦上霜”的便是其一。救急扶伤，一不小心，向来就很容易被人所诬陷，而还有一种坏经验的结果的歌诀，是“衙门八字开，有理无钱莫进来”，于是人们就只要事不干己，还是远远地站开干净。我想，人们在社会里，当初是并不这样彼此漠不相关的，但因豺狼当道，事实上因此出过许多牺牲，后来就自然地都走到这条道路上去了。所以，在中国，尤其是在都市里，倘使路上有暴病倒地，或翻车摔伤的人，路人围观或甚至于高兴的人尽有，肯伸手来扶助一下的人却是极少的。这便是牺牲所换来的坏处。

总之，经验的所得的结果无论好坏，都要很大的牺牲，虽是小事情，也免不掉要付惊人的代价。例如近来有些看报的人，对于什么宣言，通电，讲演，谈话之类，无论它怎样骈四俪六，崇论宏议，也不去注意了，甚而还至于不但不注意，看了倒不过做做嘻笑的资料。这哪里有“始制文字，乃服衣裳”一样重要呢，然而这一点点结果，却是牺牲了一大片地面，和许多人的生命财产换来的。生命，那当然是别人的生命，倘是自己，就得不着这经验了。所以一切经验，是只有活人才能有的，我的决不上别人讥刺我怕死，就去自杀或拼命地当，而必须写出这一点来，就为此。而且这也是小小的经验的结果。

谚　语

粗略地一想，谚语固然好像一时代一国民的意思的结晶，但其实，却不过是一部分的人们的意思。现在就以“各人自扫门前雪，莫管他家瓦上霜”来做例子罢，这乃是被压迫者们的格言，教人要奉公，纳税，输捐，安分，不可怠慢，不可不平，尤其是不要管闲事；而压迫者是不算在内的。

专制者的反面就是奴才，有权时无所不为，失势时即奴性十足。孙皓是特等的暴君，但降晋之后，简直像一个帮闲；宋徽宗在位时，不可一世,而被掳后偏会含垢忍辱。做主子时以一切别人为奴才,则有了主子,一定以奴才自命：这是天经地义，无可动摇的。

所以被压制时，信奉着“各人自扫门前雪，莫管他家瓦上霜”的格言的人物，一旦得势，足以凌人的时候，他的行为就截然不同，变为“各人不扫门前雪，却管他家瓦上霜”了。

二十年来，我们常常看见：武将原是练兵打仗的，且不问他这兵是用以安内或攘外，总之他的“门前雪”是治军，然而他偏来干涉教育，主持道德；教育家原是办学的，无论他成绩如何，总之他的“门前雪”是学务，然而他偏去膜拜“活佛”，绍介国医。小百姓随军充伕（夫），童子军沿门募款。头儿胡行于上，蚁民乱碰于下，结果是各人的门前都不成样，各家的瓦上也一团糟。

女人露出了臂膊和小腿，好像竟打动了贤人们的心，我记得曾有许多人絮絮叨叨，主张禁止过，后来也确有明文禁止了。不料到得今年，却又“衣服蔽体已足，何必前拖后曳，消耗布匹……顾念时艰，后患何堪设想”起来，四川的营山县长于是就令公安局派队一一剪掉行人的长衣的下截。长衣原是累赘的东西，但以为不穿长衣，或剪去下截，即于“时艰”有补，却是一种特别的经济学。《汉书》上有一句云，“口含天宪”[①]，此之谓也。

某一种人，一定只有这某一种人的思想和眼光，不能越出他本阶级之外。说起来，好像又在提倡什么犯讳的阶级了，然而事实是如此的。谣谚并非全国民的意思，就为了这缘故。古之秀才，自以为无所不晓，于是有“秀才不出门，而知天下事”这自负的漫天大谎，小百姓信以为真，也就渐渐地成了谚语，流行开来。其实是“秀才虽出门，不知天下事”的。秀才只有秀才头脑和秀才眼睛，对于天下事，哪里看得分明，想得清楚。清末，因为想“维新”，常派些“人才”出洋去考察，我们现在看看他们的笔记罢，他们最以为奇的是什么馆里的蜡人能够和活人对面下棋。南海圣人康有为，佼佼者也，他周游十一国，一直到得巴尔干，这才悟出外国之所以常有“弑君”之故来了，曰：因为宫墙太矮的缘故。

①“口含天宪”：嘴里说出话来就是朝廷的法令。形容权臣把持国政，随意发号施令。

二丑艺术

浙东的有一处的戏班中，有一种脚色叫作“二花脸”，译得雅一点，那么，“二丑”就是。他和小丑的不同，是不扮横行无忌的花花公子，也不扮一味仗势的宰相家丁，他所扮演的是保护公子的拳师，或是趋奉公子的清客。总之：身份比小丑高，而性格却比小丑坏。

义仆是老生扮的，先以谏诤，终以殉主；恶仆是小丑扮的，只会作恶，到底灭亡。而二丑的本领却不同，他有点上等人模样，也懂些琴棋书画，也来得行令猜谜，但倚靠的是权门，凌蔑的是百姓，有谁被压迫了，他就来冷笑几声，畅快一下；有谁被陷害了，他又去吓唬一下，吆喝几声。不过他的态度又并不常常如此的，大抵一面又回过脸来，向台下的看客指出他公子的缺点，摇着头装起鬼脸道：你看这家伙，这回可要倒霉哩！

这最末的一手，是二丑的特色。因为他没有义仆的愚笨，也没有恶仆的简单，他是智识阶级。他明知道自己所靠的是冰山，一定不能长久，他将来还要到别家帮闲，所以当受着豢养，分着余炎[①]的时候，也得装着和这贵公子并非一伙。

二丑们编出来的戏本上，当然没有这一种脚色的，他哪里肯；小丑，即花花公子们编出来的戏本，也不会有，因为他们只看见一面，想不到的。这二花脸，乃是小百姓看透了这一种人，提出精华来，制定了的脚色。

世间只要有权门，一定有恶势力；有恶势力，就一定有二花脸，而

① 余炎：余下的气焰。

且有二花脸艺术。我们只要取一种刊物，看他一个星期，就会发现他忽而怨恨春天，忽而颂扬战争，忽而译萧伯纳演说，忽而讲婚姻问题；但其间一定有时要慷慨激昂地表示对于国事的不满：这就是用出末一手来了。

这最末的一手，一面也在遮掩他并不是帮闲，然而小百姓是明白的，早已使他的类型在戏台上出现了。

学界的三魂

从《京报副刊》上知道有一种叫《国魂》的期刊，曾有一篇文章说章士钊固然不好，然而反对章士钊的“学匪”们也应该打倒。我不知道大意是否真如我所记得？但这也没有什么关系，因为不过引起我想到一个题目，和那原文是不相干的。意思是，中国旧说，本以为人有三魂六魄，或云七魄；国魂也该这样。而这三魂之中，似乎一是“官魂”，一是“匪魂”，还有一个是什么呢？也许是“民魂”罢，我不很能够决定。又因为我的见闻很偏隘，所以未敢悉指中国全社会，只好缩而小之曰“学界”。

中国人的官瘾实在深，汉重孝廉而有埋儿刻木，宋重理学而有高帽破靴，清重帖括[①]而有“且夫”“然则”。总而言之，那魂灵就在做官——行官势，摆官腔，打官话。顶着一个皇帝做傀儡，得罪了官就是得罪了皇帝，于是那些人就得了雅号曰“匪徒”。学界的打官话是始于去年，凡反对章士钊的都得了“土匪”，“学匪”，“学棍”的称号，但仍然不知道从谁的口中说出，所以还不外乎一种“流言”。

但这也足见去年学界之糟了，竟破天荒的有了“学匪”。以大点的国事来比罢，太平盛世，是没有匪的；待到群盗如毛时，看旧史，一定是外戚，宦官，奸臣。小人当国，即使大打一通官话，那结果也还是“呜呼哀哉”。当这“呜呼哀哉”之前，小民便大抵相率而为盗，所以我相

① 帖括：考生为应对帖经考试，将难记经文编成歌诀或诗赋形式，便于记忆和应答。后期演变为泛指科举应试文章，明清时期特指八股文。

信源增先生的话："表面上看只是些土匪与强盗，其实是农民革命军。"（《国民新报副刊》四三）那么，社会不是改进了么？并不，我虽然也是被谥为"土匪"之一，却并不想为老前辈们饰非掩过。农民是不来夺取政权的，源增先生又道："任三五热心家将皇帝推倒，自己过皇帝瘾去。"但这时候，匪便被称为帝，除遗老外，文人学者却都来恭维，又称反对他的为匪了。

所以中国的国魂里大概总有这两种魂：官魂和匪魂。这也并非硬要将我辈的魂挤进国魂里去，贪图与教授名流的魂为伍，只因为事实仿佛是这样。社会诸色人等爱看《双官诰》，也爱看《四杰村》，望偏安巴蜀的刘玄德成功，也愿意打家劫舍的宋公明得法；至少，是受了官的恩惠时候则艳羡官僚，受了官的剥削时候便同情匪类。但这也是人情之常：倘使连这一点反抗心都没有，岂不就成为万劫不复的奴才了？

然而国情不同，国魂也就两样。记得在日本留学时候，有些同学问我在中国最有大利的买卖是什么，我答道："造反。"他们便大骇怪。在万世一系的国度里，那时听到皇帝可以一脚踢落。就如我们听说父母可以一棒打杀一般。为一部分士女所心悦诚服的李景林先生，可就深知此意了，要是报纸上所传非虚。今天的《京报》即载着他对某外交官的谈话道"予预计于旧历正月间，当能与君在天津晤谈；若天津攻击竟至失败，则拟俟三四月间卷土重来；若再失败，则暂投土匪，徐养兵力，以待时机"云。但他所希望的不是做皇帝，那大概是因为中华民国之故罢。

所谓学界，是一种发生较新的阶级，本该可以有将旧魂灵略加湔洗[①]之望了，但听到"学官"的官话，和"学匪"的新名，则似乎还走着旧道路。那么，当然也得打倒的。这来打倒他的是"民魂"，是国魂的第三种。先前不很发扬，所以一闹之后，终不自取政权，而只"任三五热心家将皇帝推倒，自己过皇帝瘾去"了。

惟有民魂是值得宝贵的，惟有他发扬起来，中国才有真进步。但是，

① 湔（jiān）洗：洗雪；除去。

当此连学界也倒走旧路的时候，怎能轻易地发挥得出来呢？在乌烟瘴气之中，有官之所谓“匪”和民之所谓“匪”；有官之所谓“民”和民之所谓“民”；有官以为“匪”而其实是真的国民，有官以为“民”而其实是衙役和马弁[1]。所以貌似“民魂”的，有时仍不免为“官魂”，这是鉴别魂灵者所应该十分注意的。

话又说远了，回到本题去。去年，自从章士钊提了“整顿学风”的招牌，上了教育总长的大任之后，学界里就官气弥漫，顺我者“通”，逆我者“匪”，官腔官话的余气，至今还没有完。但学界却也幸而因此分清了颜色：只是代表官魂的还不是章士钊，因为上头还有“减膳”执政在，他至多不过做了一个官魄：现在是在天津“徐养兵力，以待时机”了。我不看《甲寅》，不知道说些什么话：官话呢，匪话呢，民话呢，衙役马弁话呢？……

① 马弁（biàn）：最初指旧时军官的护兵，后成为随从、侍卫的统称。

导 师

近来很通行说青年；开口青年，闭口也是青年。但青年又何能一概而论？有醒着的，有睡着的，有昏着的，有躺着的，有玩着的，此外还多。但是，自然也有要前进的。

要前进的青年们大抵想寻求一个导师。然而我敢说：他们将永远寻不到。寻不到倒是运气；自知的谢不敏，自许的果真识路么？凡自以为识路者，总过了“而立”之年，灰色可掬了，老态可掬了，圆稳而已，自己却误以为识路。假如真识路，自己就早进向他的目标，何至于还在做导师。说佛法的和尚，卖仙药的道士，将来都与白骨是“一丘之貉”，人们现在却向他听生西的大法，求上升的真传，岂不可笑！

但是我并非敢将这些人一切抹杀；和他们随便谈谈，是可以的。说话的也不过能说话，弄笔的也不过能弄笔；别人如果希望他打拳，则是自己错。他如果能打拳，早已打拳了，但那时，别人大概又要希望他翻筋斗。

有些青年似乎也觉悟了，我记得《京报副刊》征求青年必读书时，曾有一位发过牢骚，终于说：只有自己可靠！我现在还想斗胆转一句，虽然有些杀风景，就是：自己也未必可靠的。

我们都不大有记性。这也无怪，人生苦痛的事太多了，尤其是在中国。记性好的，大概都被厚重的苦痛压死了；只有记性坏的，适者生存，还能欣然活着。但我们究竟还有一点记忆，回想起来，怎样地“今是昨非”呵，怎样地“口是心非”呵，怎样地“今日之我与昨日之我战”呵。我们还没有正在饿得要死时于无人处见别人的饭，正在穷得要死时于无人处见别人的钱，正在性欲旺盛时遇见异性，而且很美的。我想，大话不宜讲得太早，否则，倘有记性，将来想到时会脸红。

或者还是知道自己之不甚可靠者，倒较为可靠罢。

青年又何须寻那挂着金字招牌的导师呢？不如寻朋友，联合起来，同向着似乎可以生存的方向走。你们所多的是生力，遇见深林，可以辟成平地的，遇见旷野，可以栽种树木的，遇见沙漠，可以开掘井泉的，问什么荆棘塞途的老路，寻什么乌烟瘴气的鸟导师！

“论语一年”

——借此又谈萧伯纳

说是《论语》办到一年了，语堂先生命令我做文章。这实在好像出了“学而一章”的题目，叫我做一篇白话八股一样。没有法，我只好做开去。

老实说罢，他所提倡的东西，我是常常反对的。先前，是对于“费厄泼赖”，现在呢，就是“幽默”。我不爱“幽默”，并且以为这是只有爱开圆桌会议的国民才闹得出来的玩意儿，在中国，却连意译也办不到。我们有唐伯虎，有徐文长；还有最有名的金圣叹，“杀头，至痛也，而圣叹以无意得之，大奇！”虽然不知道这是真话，是笑话；是事实，还是谣言。但总之：一来，是声明了圣叹并非反抗的叛徒；二来，是将屠户的凶残，使大家化为一笑，收场大吉。我们只有这样的东西，和“幽默”是并无什么瓜葛的。

况且作者姓氏一大篇[①]，动手者寥寥无几，乃是中国的古礼。在这种礼制之下，要每月说出两本“幽默”来，倒未免有些“幽默”的气息。这气息令人悲观，加以不爱，就使我不大热心于《论语》了。

然而，《萧的专号》是好的。

它发表了别处不肯发表的文章，揭穿了别处故意颠倒的谈话，至今还使名士不平，小官怀恨，连吃饭睡觉的时候都会记得起来。憎恶之久，憎恶者之多，就是效力之大的证据。

① 作者姓氏一大篇：过去有些杂志为了显示阵容的强大，常列出大批撰稿人名单。《论语》自第五期起，在刊头印有“长期撰稿员”二十余人。

莎士比亚虽然是“剧圣”，我们不大有人提起他。五四时代绍介了一个易卜生，名声倒还好，今年绍介了一个萧，可就糟了，至今还有人肚子在笑胀。

为了他笑嘻嘻，辨不出是冷笑，是恶笑，是嘻笑么？并不是的。为了他笑中有刺，刺着了别人的病痛么？也不全是的。列维它夫[①]说得很分明：就因为易卜生是伟大的疑问号（？），而萧是伟大的感叹号（！）的缘故。

他们的看客，不消说，是绅士淑女们居多。绅士淑女们是顶爱面子的人种。易卜生虽然使他们登场，虽然也揭发一点隐蔽，但并不加上结论，却从容地说道：“想一想罢，这到底是些什么呢？”绅士淑女们的尊严，确也有一些动摇了，但究竟还留着摇摇摆摆的退走，回家去想的余裕，也就保存了面子。至于回家之后，想了也未，想得怎样，那就不成什么问题，所以他被绍介进中国来，四平八稳，反对的比赞成的少。萧可不这样了，他使他们登场，撕掉了假面具，阔衣装，终于拉住耳朵，指给大家道：“看哪，这是蛆虫！”连磋商的工夫，掩饰的法子也不给人有一点。这时候，能笑的就只有并无他所指摘的病痛的下等人了。在这一点上，萧是和下等人相近的，而也就和上等人相远。

这怎么办呢？仍然有一定的古法在。就是：大家沸沸扬扬地嚷起来，说他有钱，说他装假，说他“名流”，说他“狡猾”，至少是和自己差不多，或者还要坏。自己是生活在小茅厕里的，他却从大茅厕里爬出，也是一只蛆虫，绍介者糊涂，称赞的可恶。然而，我想，假使萧也是一只蛆虫，却还是一只伟大的蛆虫，正如可以同有许多感叹号，而惟独他是“伟大

① 列维它夫：前苏联作家。他在《伯纳·萧的戏剧》一文中说：“说到萧和易卜生的对比，这也是自然的，因为，易卜生和萧是资产阶级戏剧创作的顶点。然而这个顶点——易卜生——被浓密的永久的云雾掩蔽着。易卜生——是个天才的问号‘？’，没有答案的问题，没有解决的疑问……萧——却是个伟大的惊叹号‘！’——这一个顶点被斗争化的思想的灿烂光线镀了金了；对于他，提出疑问，也大半是伦理道德的疑问，就等于解决这个疑问，因为疑问的解决就包含在疑问的正确的提出，像蝴蝶的包含在蛹里面一样。”（据萧参译文）

的感叹号”一样。譬如有一堆蛆虫在这里罢，一律即即足足[①]，自以为是绅士淑女，文人学士，名宦高人，互相点头，雍容揖让，天下太平，那就是全体没有什么高下，都是平常的蛆虫。但是，如果有一只蓦地跳了出来，大喝一声道：“这些其实都是蛆虫！”那么——自然，它也是从茅厕里爬出来的，然而我们非认它为特别的伟大的蛆虫则不可。

蛆虫也有大小，有好坏的。

生物在进化，被达尔文揭发了，使我们知道了我们的远祖和猴子是亲戚。然而那时的绅士们的方法，和现在是一模一样的：他们大家倒叫达尔文为猴子的子孙。罗广廷博士在广东中山大学的“生物自然发生”的实验尚未成功，我们姑且承认人类是猴子的亲戚罢，虽然并不十分体面。但这同是猴子的亲戚中，达尔文又不能不说是伟大的了。那理由很简单而且平常，就因为他以猴子亲戚的家世，却并不忌讳，指出了人们是猴子的亲戚来。

猴子的亲戚也有大小，有好坏的。

但达尔文善于研究，却不善于骂人，所以被绅士们嘲笑了小半世。给他来斗争的是自称为“达尔文的咬狗”的赫胥黎，他以渊博的学识，警辟的文章，东冲西突，攻陷了自以为亚当和夏娃的子孙们的最后的堡垒。现在是指人为狗，变成摩登了，也算是一句恶骂。但是，便是狗罢，也不能一例而论的，有的食肉，有的拉橇，有的为军队探敌，有的帮警署捉人，有的在张园赛跑，有的跟化子要饭。将给阔人开心的叭儿和在雪地里救人的猛犬一比较，何如？如赫胥黎，就是一匹有功人世的好狗。

狗也有大小，有好坏的。

但要明白，首先就要辨别。“幽默处俏皮与正经之间”（语堂语）。不知俏皮与正经之辨，怎么会知道这“之间”？我们虽挂孔子的门徒招牌，却是庄生的私淑弟子。“彼亦一是非，此亦一是非”，是与非不想辨；“不知周之梦为蝴蝶欤，蝴蝶之梦为周欤？”梦与觉也分不清。生活要混沌。

① 即即足足：象声词，用于模拟特定声音（如昆虫爬行、鸟类鸣叫等）。

如果凿起七窍来呢？庄子曰："七日而混沌死。"

这如何容得感叹号？

而且也容不得笑。私塾的先生，一向就不许孩子愤怒，悲哀，也不许高兴。皇帝不肯笑，奴隶是不准笑的。他们会笑，就怕他们也会哭，会怒，会闹起来。更何况坐着有版税可抽，而一年之中，竟"只闻其骚音怨音以及刻薄刁毒之音"呢？

这可见"幽默"在中国是不会有的。

这也可见我对于《论语》的悲观，正非神经过敏。有版税的尚且如此，还能希望那些炸弹满空，河水漫野之处的人们来说"幽默"么？恐怕连"骚音怨音"也不会有，"盛世元音"自然更其谈不到。将来圆桌会议上也许有人列席，然而是客人，主宾之间，用不着"幽默"。甘地一回一回地不肯吃饭，而主人所办的报章上，已有说应该给他鞭子的了。

这可见在印度也没有"幽默"。

最猛烈地鞭挞了那主人们的是萧伯纳，而我们中国的有些绅士淑女们可又憎恶他了，这真是伯纳"以无意得之，大奇！"然而也正是办起《孝经》来的好文字："此士大夫之孝也。"

《中庸》《大学》[①]都已新出，《孝经》是一定就要出来的；不过另外还要有《左传》。在这样的年头，《论语》哪里会办得好；二十五本，已经要算是"不亦乐乎"的了。

①《中庸》《大学》：原为儒家经书名，当时在上海以此为名出版的杂志有《中庸》半月刊，徐心芹等主办，一九三三年三月创刊；《大学》月刊，林众可、丘汉平等编辑，一九三三年八月创刊。

拿来主义

中国一向是所谓“闭关主义”，自己不去，别人也不许来。自从给枪炮打破了大门之后，又碰了一串钉子，到现在，成了什么都是“送去主义”了。别的且不说罢，单是学艺上的东西，近来就先送一批古董到巴黎去展览，但终“不知后事如何”；还有几位“大师”们捧着几张古画和新画，在欧洲各国一路地挂过去，叫作“发扬国光”。听说不远还要送梅兰芳博士到苏联去，以催进“象征主义”，此后是顺便到欧洲传道。我在这里不想讨论梅博士演艺和象征主义的关系，总之，活人替代了古董，我敢说，也可以算得显出一点进步了。

但我们没有人根据了“礼尚往来”的仪节，说道：拿来！

当然，能够只是送出去，也不算坏事情，一者见得丰富，二者见得大度。尼采就自诩过他是太阳，光热无穷，只是给与，不想取得。然而尼采究竟不是太阳，他发了疯。中国也不是，虽然有人说，掘起地下的煤来，就足够全世界几百年之用。但是，几百年之后呢？几百年之后，我们当然是化为魂灵，或上天堂，或落了地狱，但我们的子孙是在的，所以还应该给他们留下一点礼品。要不然，则当佳节大典之际，他们拿不出东西来，只好磕头贺喜，讨一点残羹冷炙做奖赏。

这种奖赏，不要误解为“抛来”的东西，这是“抛给”的，说得冠冕些，可以称之为“送来”，我在这里不想举出实例。

我在这里也并不想对于“送去”再说什么，否则太不“摩登”了。

我只想鼓吹我们再吝啬一点，“送去”之外，还得“拿来”，是为“拿来主义”。

但我们被“送来”的东西吓怕了。先有英国的鸦片，德国的废枪炮，后有法国的香粉，美国的电影，日本的印着“完全国货”的各种小东西。于是连清醒的青年们，也对于洋货发生了恐怖。其实，这正是因为那是“送来”的，而不是“拿来”的缘故。

所以我们要运用脑髓，放出眼光，自己来拿！

譬如罢，我们之中的一个穷青年，因为祖上的阴功（姑且让我这么说说罢），得了一所大宅子，且不问他是骗来的，抢来的，或合法继承的，或是做了女婿换来的。那么，怎么办呢？我想，首先是不管三七二十一，“拿来”！但是，如果反对这宅子的旧主人，怕给他的东西染污了，徘徊不敢走进门，是孱头[①]；勃然大怒，放一把火烧光，算是保存自己的清白，则是浑蛋。不过因为原是羡慕这宅子的旧主人的，而这回接受一切，欣欣然地蹩进[②]卧室，大吸剩下的鸦片，那当然更是废物。“拿来主义”者是全不这样的。

他占有，挑选。看见鱼翅，并不就抛在路上以显其“平民化”，只要有养料，也和朋友们像萝卜白菜一样地吃掉，只不用它来宴大宾；看见鸦片，也不当众摔在毛厕里，以见其彻底革命，只送到药房里去，以供治病之用，却不弄“出售存膏，售完即止”的玄虚。只有烟枪和烟灯，虽然形式和印度，波斯，阿剌伯[③]的烟具都不同，确可以算是一种国粹，倘使背着周游世界，一定会有人看，但我想，除了送一点进博物馆之外，其余的是大可以毁掉的了。还有一群姨太太，也大以请她们各自走散为是，要不然，“拿来主义”怕未免有些危机。

总之，我们要拿来。我们要或使用，或存放，或毁灭。那么，主人

---

① 孱头：卑劣怯懦的人。

② 蹩（bié）进：躲躲闪闪地走进去。

③ 阿剌伯：通译阿拉伯。

是新主人，宅子也就会成为新宅子。然而首先要这人沉着，勇猛，有辨别，不自私。没有拿来的，人不能自成为新人，没有拿来的，文艺不能自成为新文艺。

第六章　中国人失掉自信力了吗

中国人失掉自信力了吗

从公开的文字上看起来：两年以前，我们总自夸着“地大物博”，是事实；不久就不再自夸了，只希望着国联[①]，也是事实；现在是既不夸自己，也不信国联，改为一味求神拜佛[②]，怀古伤今了——却也是事实。

于是有人慨叹曰：中国人失掉自信力了[③]。

如果单据这一点现象而论，自信其实是早就失掉了的。先前信“地”，信“物”，后来信“国联”，都没有相信过“自己”。假使这也算一种“信”，那也只能说中国人曾经有过“他信力”，自从对国联失望之后，便把这他信力都失掉了。

失掉了他信力，就会疑，一个转身，也许能够只相信了自己，倒是一条新生路，但不幸的是逐渐玄虚起来了。信“地”和“物”，还是切实的东西，国联就渺茫，不过这还可以令人不久就省悟到依赖它的不可靠。一到求神拜佛，可就玄虚之至了，有益或是有害，一时就找不出分明的结果来，它可以令人更长久地麻醉着自己。

中国人现在是在发展着“自欺力”。

---

① 国联：“国际联盟”的简称，第一次世界大战后于一九二〇年成立的国际政府间组织。

② 一味求神拜佛：当时一些国民党官僚和“社会名流”，以祈祷“解救国难”为名，多次在一些大城市举办“时轮金刚法会”“仁王护国法会”。

③ 中国人失掉自信力了：当时舆论界曾有过这类论调，如一九三四年八月二十七日《大公报》社评《孔子诞辰纪念》中说：“民族的自尊心与自信力，既已荡焉无存，不待外侮之来，国家固早已濒于精神幻灭之域。”

“自欺”也并非现在的新东西，现在只不过日见其明显，笼罩了一切罢了。然而，在这笼罩之下，我们有并不失掉自信力的中国人在。

我们从古以来，就有埋头苦干的人，有拼命硬干的人，有为民请命的人，有舍身求法的人……虽是等于为帝王将相作家谱的所谓“正史”，也往往掩不住他们的光耀，这就是中国的脊梁。

这一类的人们，就是现在也何尝少呢？他们有确信，不自欺；他们在前仆后继地战斗，不过一面总在被摧残，被抹杀，消灭于黑暗中，不能为大家所知道罢了。说中国人失掉了自信力，用以指一部分人则可，倘若加于全体，那简直是诬蔑。

要论中国人，必须不被搽在表面的自欺欺人的脂粉所诓骗，却看看他的筋骨和脊梁。自信力的有无，状元宰相的文章是不足为据的，要自己去看地底下。

说“面子”

“面子”，是我们在谈话里常常听到的，因为好像一听就懂，所以细想的人大约不很多。

但近来从外国人的嘴里，有时也听到这两个音，他们似乎在研究。他们以为这一件事情，很不容易懂，然而是中国精神的纲领，只要抓住这个，就像二十四年前的拔住了辫子一样，全身都跟着走动了。相传前清时候，洋人到总理衙门去要求利益，一通威吓，吓得大官们满口答应，但临走时，却被从边门送出去。不给他走正门，就是他没有面子；他既然没有了面子，自然就是中国有了面子，也就是占了上风了。这是不是事实，我断不定，但这故事，“中外人士”中是颇有些人知道的。

因此，我颇疑心他们想专将“面子”给我们。

但“面子”究竟是怎么一回事呢？不想还好，一想可就觉得糊涂。它像是很有好几种的，每一种身份，就有一种“面子”，也就是所谓“脸”。这“脸”有一条界线，如果落到这线的下面去了，即失了面子，也叫作“丢脸”。不怕“丢脸”，便是“不要脸”。但倘使做了超出这线以上的事，就“有面子”，或曰“露脸”。而“丢脸”之道，则因人而不同，例如车夫坐在路边赤膊捉虱子，并不算什么，富家姑爷坐在路边赤膊捉虱子，才成为“丢脸”。但车夫也并非没有“脸”，不过这时不算“丢”，要给老婆踢了一脚，就躺倒哭起来，这才成为他的“丢脸”。这一条“丢脸”律，是也适用于上等人的。这样看来，“丢脸”的机会，似乎上等人比较的多，但也不一定，例如车夫偷一个钱袋，被人发现，是失了面子的，而上等人大捞一批金珠珍玩，却仿佛也不见得怎样“丢脸”，况且还有“出洋考察”，是改头换面的良方。

谁都要“面子”，当然也可以说是好事情，但“面子”这东西，却实在有些怪。九月三十日的《申报》就告诉我们一条新闻：沪西有业木匠大包作头之罗立鸿，为其母出殡，邀开“贳器店[①]之王树宝夫妇帮忙，因来宾众多，所备白衣，不敷分配，其时适有名王道才，绰号三喜子，亦到来送殡，争穿白衣不遂，以为有失体面，心中怀恨……邀集徒党数十人，各执铁棍，据说尚有持手枪者多人，将王树宝家人乱打，一时双方有剧烈之战争，头破血流，多人受有重伤……”白衣是亲族有服者所穿的，现在必须“争穿”而又“不遂”，足见并非亲族，但竟以为“有失体面”，演成这样的大战了。这时候，好像只要和普通有些不同便是“有面子”，而自己成了什么，却可以完全不管。这类脾气，是“绅商”也不免发露的：袁世凯将要称帝的时候，有人以列名于劝进表中为“有面子”；有一国从青岛撤兵[②]的时候，有人以列名于万民伞上为“有面子”。

所以，要“面子”也可以说并不一定是好事情——但我并非说，人应该“不要脸”。现在说话难，如果主张“非孝”，就有人会说你在煽动打父母；主张男女平等，就有人会说你在提倡乱交——这声明是万不可少的。

况且，“要面子”和“不要脸”实在也可以有很难分辨的时候。不是有一个笑话么？一个绅士有钱有势，我假定他叫四大人罢，人们都以能够和他扳谈[③]为荣。有一个专爱夸耀的小瘪三，一天高兴地告诉别人道：“四大人和我讲过话了！”人问他：“说什么呢？”答道：“我站在他门口，四大人出来了，对我说：滚开去！”当然，这是笑话，是形容这人的“不

① 贳（shì）器店：指提供婚丧嫁娶、喜庆场合所需器物（如花轿、喜字、灯笼等）及陈设用品租赁服务的商铺。

② 有一国从青岛撤兵：指一九二二年十二月日本撤走侵占青岛的军队。

③ 扳谈：攀谈。

要脸”，但在他本人，是以为“有面子”的，如此的人一多，也就真成为“有面子”了。别的许多人，不是四大人连“滚开去”也不对他说么？

在上海，“吃外国火腿”[①]虽然还不是“有面子”，却也不算怎么“丢脸”了，然而比起被一个本国的下等人所踢来，又仿佛近于“有面子”。

中国人要“面子”，是好的，可惜的是这“面子”是“圆机活法”，善于变化，于是就和“不要脸”混起来了。长谷川如是闲说“盗泉”[②]云：“古之君子，恶其名而不饮，今之君子，改其名而饮之。”也说穿了“今之君子”的“面子”的秘密。

① “吃外国火腿”：旧时上海俗语，意指被外国人所踢。

② 长谷川如是闲说“盗泉”：长谷川如是闲，日本评论家。不饮盗泉，原是中国的故事，见《尸子》（清代章宗源辑本）卷下：“孔子……过于盗泉，渴矣而不饮，恶其名也。”据《水经注》：盗泉出卞城（今山东泗水县东）东北卞山之阴。

灯下漫笔

一

有一时，就是民国二三年时候，北京的几个国家银行的钞票，信用日见其好了，真所谓蒸蒸日上。听说连一向执迷于现银的乡下人，也知道这既便当，又可靠，很乐意收受，行使了。至于稍明事理的人，则不必是“特殊知识阶级”，也早不将沉重累赘的银元装在怀中，来自讨无谓的苦吃。想来，除了多少对于银子有特别嗜好和爱情的人物之外，所有的怕大都是钞票了罢，而且多是本国的。但可惜后来忽然受了一个不小的打击。

就是袁世凯想做皇帝的那一年，蔡松坡先生溜出北京，到云南去起义。这边所受的影响之一，是中国（银行）和交通银行的停止兑现。虽然停止兑现，政府勒令商民照旧行用的威力却还有的；商民也自有商民的老本领，不说不要，却道找不出零钱。假如拿几十几百的钞票去买东西，我不知道怎样，但倘使只要买一支笔，一盒烟卷呢，难道就付给一元钞票么？不但不甘心，也没有这许多票。那么，换铜元，少换几个罢，又都说没有铜元。那么，到亲戚朋友哪里借现钱去罢，怎么会有？于是降格以求，不讲爱国了，要外国银行的钞票。但外国银行的钞票这时就等于现银，他如果借给你这钞票，也就借给你真的银元了。

我还记得那时我怀中还有三四十元的中交票[①]，可是忽而变了一个穷

① 中交票：中国银行和交通银行（都是当时的国家银行）发行的钞票。

人,几乎要绝食,很有些恐慌。俄国革命以后的藏着纸卢布的富翁的心情,恐怕也就这样的罢;至多,不过更深更大罢了。我只得探听,钞票可能折价换到现银吗?说是没有行市。幸而终于,暗暗地有了行市了:六折几。我非常高兴,赶紧去买了一半。后来又涨到七折了,我更非常高兴,全去换了现银,沉垫垫地坠在怀中,似乎这就是我的性命的斤两。倘在平时,钱铺子如果少给我一个铜元,我是决不答应的。

但当我一包现银塞在怀中,沉甸甸地觉得安心,喜欢的时候,却突然起了另一思想,就是:我们极容易变成奴隶,而且变了之后,还万分喜欢。

假如有一种暴力,"将人不当人",不但不当人,还不及牛马,不算什么东西;待到人们羡慕牛马,发生"乱离人,不及太平犬"的叹息的时候,然后给与他略等于牛马的价格,有如元朝定律,打死别人的奴隶,赔一头牛,则人们便要心悦诚服,恭颂太平的盛世。为什么呢?因为他虽不算人,究竟已等于牛马了。

我们不必恭读《钦定二十四史》,或者入研究室,审察精神文明的高超。只要一翻孩子所读的《鉴略》——还嫌烦重,则看《历代纪元编》,就知道"三千余年古国古"的中华,历来所闹的就不过是这一个小玩意儿。但在新近编纂的所谓"历史教科书"一流东西里,却不大看得明白了,只仿佛说:咱们向来就很好的。

但实际上,中国人向来就没有争到过"人"的价格,至多不过是奴隶,到现在还如此,然而下于奴隶的时候,却是数见不鲜的。中国的百姓是中立的,战时连自己也不知道属于哪一面,但又属于无论哪一面。强盗来了,就属于官,当然该被杀掠;官兵既到,该是自家人了罢,但仍然要被杀掠,仿佛又属于强盗似的。这时候,百姓就希望有一个一定的主子,拿他们去做百姓——不敢,是拿他们去做牛马,情愿自己寻草吃,只求他决定他们怎样跑。

假使真有谁能够替他们决定,定下什么奴隶规则来,自然就"皇恩浩荡”了。可惜的是往往暂时没有谁能定。举其大者，则如五胡十六国的时候，黄巢的时候，五代时候，宋末元末时候，除了老例的服役纳粮以外，都还要受意外的灾殃。张献忠的脾气更古怪了，不服役纳粮的要杀，服役纳粮的也要杀，敌他的要杀，降他的也要杀：将奴隶规则毁得粉碎。这时候，百姓就希望来一个另外的主子，较为顾及他们的奴隶规则的，无论仍旧，或者新颁，总之是有一种规则，使他们可上奴隶的轨道。

“时日曷丧，予及汝偕亡！”愤言而已，决心实行的不多见。实际上大概是群盗如麻，纷乱至极之后，就有一个较强，或较聪明，或较狡猾，或是外族的人物出来，较有秩序地收拾了天下。厘定规则：怎样服役，怎样纳粮，怎样磕头，怎样颂圣。而且这规则是不像现在那样朝三暮四的。于是便“万姓胪欢[①]”了；用成语来说，就叫作“天下太平”。

任凭你爱排场的学者们怎样铺张，修史时候设些什么“汉族发祥时代”“汉族发达时代”“汉族中兴时代”的好题目，好意诚然是可感的，但措辞太绕弯子了。有更其直捷了当的说法在这里——

一、想做奴隶而不得的时代；

二、暂时做稳了奴隶的时代。

这一种循环，也就是“先儒”之所谓“一治一乱”；那些作乱人物，从后日的“臣民”看来，是给“主子”清道辟路的，所以说：“为圣天子驱除云尔。”

现在入了哪一时代，我也不了然。但看国学家的崇奉国粹，文学家的赞叹固有文明，道学家的热心复古，可见于现状都已不满了。然而我们究竟正向着哪一条路走呢？百姓是一遇到莫名其妙的战争，稍富的迁进租界，妇孺则避入教堂里去了，因为那些地方都比较的“稳”，

① 胪欢：指众人欢欣鼓舞的集体欢庆场面。

暂不至于想做奴隶而不得。总而言之，复古的，避难的，无智愚贤不肖，似乎都已神往于三百年前的太平盛世，就是“暂时做稳了奴隶的时代”了。

但我们也就都像古人一样，永久满足于“古已有之”的时代么？都像复古家一样，不满于现在，就神往于三百年前的太平盛世么？

自然，也不满于现在的，但是，无须反顾，因为前面还有道路在。而创造这中国历史上未曾有过的第三样时代，则是现在的青年的使命！

二

但是赞颂中国固有文明的人们多起来了，加之以外国人。我常常想，凡有来到中国的，倘能疾首蹙额而憎恶中国，我敢诚意地捧献我的感谢，因为他一定是不愿意吃中国人的肉的！

鹤见祐辅氏在《北京的魅力》中，记一个白人将到中国，预定的暂住时候是一年，但五年之后，还在北京，而且不想回去了。有一天，他们两人一同吃晚饭——

> 在圆的桃花心木的食桌前坐定，川流不息地献着山海的珍味，谈话就从古董，画，政治这些开头。电灯上罩着支那式的灯罩，淡淡的光洋溢于古物罗列的屋子中。什么无产阶级呀，Proletariat（无产阶级）呀那些事，就像不过在什么地方刮风。
>
> 我一面陶醉在支那生活的空气中，一面深思着对于外人有着“魅力”的这东西。元人也曾征服支那，而被征服于汉人种的生活美了；满人也征服支那，而被征服于汉人种的生活美了。现在西洋人也一样，嘴里虽然说着 Democracy（民主）呀，什么什么呀，而却被魅于支那人费六千年而建筑起来的生活的美。一经住过北京，就忘不掉那生活的味道。大风时候的万丈的沙尘，每三月一回的督军们的开战游戏，都不能抹去这支那生活的魅力。

这些话我现在还无力否认他。我们的古圣先贤既给与我们保古守旧的格言，但同时也排好了用子女玉帛所做的奉献于征服者的大宴。中国人的耐劳，中国人的多子，都就是办酒的材料，到现在还为我们的爱国者所自诩的。西洋人初入中国时，被称为蛮夷，自不免个个蹙额，但是，现在则时机已至，到了我们将曾经献于北魏，献于金，献于元，献于清的盛宴，来献给他们的时候了。出则汽车，行则保护：虽遇清道，然而通行自由的；虽或被劫，然而必得赔偿的；孙美瑶掳去他们站在军前，还使官兵不敢开火。何况在华屋中享用盛宴呢？待到享受盛宴的时候，自然也就是赞颂中国固有文明的时候；但是我们的有些乐观的爱国者，也许反而欣然色喜，以为他们将要开始被中国同化了罢。古人曾以女人作苟安的城堡，美其名以自欺曰“和亲”，今人还用子女玉帛为作奴的贽敬[①]，又美其名曰“同化”。所以倘有外国的谁，到了已有赴宴的资格的现在，而还替我们诅咒中国的现状者，这才是真有良心的真可佩服的人！

但我们自己是早已布置妥帖了，有贵贱，有大小，有上下。自己被人凌虐，但也可以凌虐别人；自己被人吃，但也可以吃别人。一级一级地制驭着，不能动弹，也不想动弹了。因为倘一动弹，虽或有利，然而也有弊。我们且看古人的良法美意罢——

> 天有十日，人有十等。下所以事上，上所以共神也。故王臣公，公臣大夫，大夫臣士，士臣皁，皁臣舆，舆臣隶，隶臣僚，僚臣仆，仆臣台。（《左传·昭公七年》）

但是“台”没有臣，不是太苦了么？无须担心的，有比他更卑的妻，更弱的子在。而且其子也很有希望，他日长大，升而为“台”，便又有

① 贽（zhì）敬：为表敬意而送的礼。贽，初次见尊长时所送的礼物。

更卑更弱的妻子，供他驱使了。如此连环，各得其所，有敢非议者，其罪名曰不安分！

虽然那是古事，“昭公七年”离现在也太辽远了，但“复古家”尽可不必悲观的。太平的景象还在：常有兵燹，常有水旱，可有谁听到大叫唤么？打的打，革的革，可有处士来横议么？对国民如何专横，向外人如何柔媚，不犹是差等的遗风么？中国固有的精神文明，其实并未为“共和”二字所埋没，只有满人已经退席，和先前稍不同。

因此我们在目前，还可以亲见各式各样的筵宴，有烧烤，有翅席，有便饭，有西餐。但茅檐下也有淡饭，路旁也有残羹，野上也有饿殍；有吃烧烤的身价不资的阔人，也有饿得垂死的每斤八文的孩子（见《现代评论》二十一期）。所谓中国的文明者，其实不过是安排给阔人享用的人肉的筵宴。所谓中国者，其实不过是安排这人肉的筵宴的厨房。不知道而赞颂者是可恕的，否则，此辈当得永远地诅咒！

外国人中，不知道而赞颂者，是可恕的；占了高位，养尊处优，因此受了蛊惑，昧却灵性而赞叹者，也还可恕的。可是还有两种，其一是以中国人为劣种，只配悉照原来模样，因而故意称赞中国的旧物。其一是愿世间人各不相同以增自己旅行的兴趣，到中国看辫子，到日本看木屐，到高丽看笠子，倘若服饰一样，便索然无味了，因而来反对亚洲的欧化。这些都可憎恶。至于罗素在西湖见轿夫含笑，便赞美中国人，则也许别有意思罢。但是，轿夫如果能对坐轿的人不含笑，中国也早不是现在似的中国了。

这文明，不但使外国人陶醉，也早使中国一切人们无不陶醉而且至于含笑。因为古代传来而至今还在的许多差别，使人们各各分离，遂不能再感到别人的痛苦；并且因为自己各有奴使别人，吃掉别人的希望，便也就忘却自己同有被奴使被吃掉的将来。于是大小无数的人肉的筵宴，即从有文明以来一直排到现在，人们就在这会场中吃人，被吃，以凶人的愚妄的欢呼，将悲惨的弱者的呼号遮掩，更不消说女人和小儿。

这人肉的筵宴现在还排着，有许多人还想一直排下去。扫荡这些食人者，掀掉这筵席，毁坏这厨房，则是现在的青年的使命！

春末闲谈

北京正是春末，也许我过于性急之故罢，觉着夏意了，于是突然记起故乡的细腰蜂。那时候大约是盛夏，青蝇密集在凉棚索子上，铁黑色的细腰蜂就在桑树间或墙角的蛛网左近往来飞行，有时衔一只小青虫去了，有时拉一个蜘蛛。青虫或蜘蛛先是抵抗着不肯去，但终于乏力，被衔着腾空而去了，坐了飞机似的。

老前辈们开导我，那细腰蜂就是书上所说的果蠃，纯雌无雄，必须捉螟蛉去做继子的。她将小青虫封在窠里，自己在外面日日夜夜敲打着，祝道“像我像我”，经过若干日——我记不清了，大约七七四十九日罢——那青虫也就成了细腰蜂了，所以《诗经》里说：“螟蛉有子，果蠃负之。”螟蛉就是桑上小青虫。蜘蛛呢？他们没有提。我记得有几个考据家曾经立过异说，以为她其实自能生卵；其捉青虫，乃是填在窠里，给孵化出来的幼蜂做食料的。但我所遇见的前辈们都不采用此说，还道是拉去做女儿。我们为存留天地间的美谈起见，倒不如这样好。当长夏无事，遣暑林阴，瞥见二虫一拉一拒的时候，便如睹慈母教女，满怀好意，而青虫的宛转抗拒，则活像一个不识好歹的毛丫头。

但究竟是夷人可恶，偏要讲什么科学。科学虽然给我们许多惊奇，但也搅坏了我们许多好梦。自从法国的昆虫学大家发勃耳[①]（Fabre）仔细

① 发勃耳：通译法布尔。法国著名的昆虫学家、文学家和博物学家，被誉为“昆虫界的荷马”与“昆虫世界的维吉尔”。

观察之后，给幼蜂做食料的事可就证实了。而且，这细腰蜂不但是普通的凶手，还是一种很残忍的凶手，又是一个学识技术都极高明的解剖学家。她知道青虫的神经构造和作用，用了神奇的毒针，向那运动神经球上只一螫，它便麻痹为不死不活状态，这才在它身上生下蜂卵，封入窠中。青虫因为不死不活，所以不动，但也因为不活不死，所以不烂，直到她的子女孵化出来的时候，这食料还和被捕当日一样地新鲜。

三年前，我遇见神经过敏的俄国的 E 君[①]，有一天他忽然发愁道，不知道将来的科学家，是否不至于发明一种奇妙的药品，将这注射在谁的身上，则这人即甘心永远去做服役和战争的机器了？那时我也就皱眉叹息，装作一齐发愁的模样，以示“所见略同”之至意。殊不知我国的圣君，贤臣，圣贤，圣贤之徒，却早已有过这一种黄金世界的理想了。不是“惟辟作福，惟辟作威，惟辟玉食”么？不是“君子劳心，小人劳力”么？不是“治于人者食（去声）人，治人者食于人”么？可惜理论虽已卓然，而终于没有发明十全的好方法。要服从作威就须不活，要贡献玉食就须不死；要被治就须不活，要供养治人者又须不死。人类升为万物之灵，自然是可贺的，但没有了细腰蜂的毒针，却很使圣君，贤臣，圣贤，圣贤之徒，以至现在的阔人，学者，教育家觉得棘手。将来未可知，若以往，则治人者虽然尽力施行过各种麻痹术，也还不能十分奏效，与果赢并驱争先。即以皇帝一伦而言，便难免时常改姓易代，终没有“万年有道之长”；“二十四史”而多至二十四，就是可悲的铁证。现在又似乎有些别开生面了，世上诞生了一种所谓“特殊知识阶级”的留学生，在研究室中研究之结果，说医学不发达是有益于人种改良的，中国妇女的境遇是极其平等的，一切道理都已不错，一切状态都已够好。E 君的发愁，或者也不为无因罢，然而俄国是不要紧的，因为他们不像我们中国，有所谓“特别国情”，还有所谓“特殊知识阶级”。

①E 君：即爱罗先珂。俄国诗人，世界语者，童话作家。童年时因病双目失明，其著作《爱罗先珂童话集》对后世影响较大。

但这种工作，也怕终于像古人那样，不能十分奏效的罢，因为这实在比细腰蜂所做的要难得多。她于青虫，只须不动，所以仅在运动神经球上一螫，即告成功。而我们的工作，却求其能运动，无知觉，该在知觉神经中枢，加以完全的麻醉的。但知觉一失，运动也就随之失却主宰，不能贡献玉食，恭请上自"极峰"下至"特殊知识阶级"的赏收享用了。就现在而言，窃以为除了遗老的圣经贤传法，学者的进研究室主义，文学家和茶摊老板的莫谈国事律，教育家的勿视勿听勿言勿动论之外，委实还没有更好，更完全，更无流弊的方法。便是留学生的特别发现，其实也并未轶出了前贤的范围。

那么，又要"礼失而求诸野"了。夷人，现在因为想去取法，姑且称之为外国，他哪里，可有较好的法子么？可惜，也没有。所有者，仍不外乎不准集会，不许开口之类，和我们中华并没有什么很不同。然亦可见至道嘉猷[①]，人同此心，心同此理，固无华夷之限也。猛兽是单独的，牛羊则结队；野牛的大队，就会排角成城以御强敌了，但拉开一匹，定只能哞哞地叫。人民与牛马同流——此就中国而言，夷人别有分类法云——治之之道，自然应该禁止集合：这方法是对的。其次要防说话。人能说话，已经是祸胎了，而况有时还要做文章。所以苍颉造字，夜有鬼哭。鬼且反对，而况于官？猴子不会说话，猴界即向无风潮——可是猴界中也没有官，但这又作别论——确应该虚心取法，返朴归真，则口且不开，文章自灭：这方法也是对的。然而上文也不过就理论而言，至于实效，却依然是难说。最显著的例，是连那么专制的俄国，而尼古拉二世"龙御上宾[②]"之后，罗马诺夫氏竟已"覆宗绝祀"了。要而言之，那大缺点就在虽有二大良法，而还缺其一，便是：无法禁止人们的思想。

于是我们的造物主——假如天空真有这样的一位"主子"——就可恨了：一恨其没有永远分清"治者"与"被治者"；二恨其不给治者生一

① 至道嘉猷：真理良策。至道，指最根本的道理或法则。嘉猷，美妙的计策或功绩。
② 龙御上宾：鼎湖的龙飞上天去了。帝王或国家元首去世的婉语。

支细腰蜂那样的毒针；三恨其不将被治者造得即使砍去了藏着的思想中枢的脑袋而还能动作——服役。三者得一，阔人的地位即永久稳固，统御也永久省了气力，而天下于是乎太平。今也不然，所以即使单想高高在上，暂时维持阔气，也还得日施手段，夜费心机，实在不胜其委屈劳神之至……

假使没有了头颅，却还能做服役和战争的机械，世上的情形就何等的醒目呵！这时再不必用什么制帽勋章来表明阔人和窄人了，只要一看头之有无，便知道主奴，官民，上下，贵贱的区别。并且也不至于再闹什么革命，共和，会议等等的乱子了，单是电报，就要省下许多许多来。古人毕竟聪明，仿佛早想到过这样的东西，《山海经》上就记载着一种名叫“刑天”的怪物。他没有了能想的头，却还活着，“以乳为目，以脐为口”——这一点想得很周到，否则他怎么看，怎么吃呢——实在是很值得奉为师法的。假使我们的国民都能这样，阔人又何等安全快乐？但他又“执干戚而舞”，则似乎还是死也不肯安分，和我那专为阔人图便利而设的理想的好国民又不同。陶潜先生又有诗道：“刑天舞干戚，猛志固常在。”连这位貌似旷达的老隐士也这么说，可见无头也会仍有猛志，阔人的天下一时总怕难得太平的了。但有了太多的“特殊知识阶级”的国民，也许有特在例外的希望；况且精神文明太高了之后，精神的头就会提前飞去，区区物质的头的有无也算不得什么难题。

“这也是生活”

这也是病中的事情。

有一些事，健康者或病人是不觉得的，也许遇不到，也许太微细。到得大病初愈，就会经验到；在我，则疲劳之可怕和休息之舒适，就是两个好例子。我先前往往自负，从来不知道所谓疲劳。书桌面前有一把圆椅，坐着写字或用心地看书，是工作；旁边有一把藤躺椅，靠着谈天或随意地看报，便是休息；觉得两者并无很大的不同，而且往往以此自负。现在才知道是不对的，所以并无大不同者，乃是因为并未疲劳，也就是并未出力工作的缘故。

我有一个亲戚的孩子，高中毕了业，却只好到袜厂里去做学徒，心情已经很不快活的了，而工作又很繁重，几乎一年到头，并无休息。他是好高的，不肯偷懒，支持了一年多。有一天，忽然坐倒了，对他的哥哥道：“我一点力气也没有了。”

他从此就站不起来，送回家时，躺着，不想饮食，不想动弹，不想言语，请了耶稣教堂的医生来看，说是全体什么病也没有，然而全体都疲乏了。也没有什么法子治。自然，连接而来的是静静的死。我也曾经有过两天这样的情形，但原因不同，他是做乏，我是病乏的。我的确什么欲望也没有，似乎一切都和我不相干，所有举动都是多事，我没有想到死，但也没有觉得生；这就是所谓“无欲望状态”，是死亡的第一步。曾有爱我者因此暗中下泪；然而我有转机了，我要喝一点汤水，我有时也看看四近的东西，如墙壁，苍蝇之类，此后才能觉得疲劳，才需要休息。

象心纵意[1]地躺倒，四肢一伸，大声打一个呵欠，又将全体放在适宜的位置上，然后弛懈了一切用力之点，这真是一种大享乐。在我是从来未曾享受过的。我想，强壮的，或者有福的人，恐怕也未曾享受过。

记得前年，也在病后，做了一篇《病后杂谈》，共五节，投给《文学》，但后四节无法发表，印出来只剩了头一节了。虽然文章前面明明有一个"一"字，此后突然而止，并无"二""三"，仔细一想是就会觉得古怪的，但这不能要求于每一位读者，甚而至于不能希望于批评家。于是有人据这一节，下我断语道："鲁迅是赞成生病的。"现在也许暂免这种灾难了，但我还不如先在这里声明一下："我的话到这里还没有完。"

有了转机之后四五天的夜里，我醒来了，喊醒了广平。

"给我喝一点水。并且去开开电灯，给我看来看去的看一下。"

"为什么？……"她的声音有些惊慌，大约是以为我在讲昏话。

"因为我要过活。你懂得么？这也是生活呀。我要看来看去的看一下。"

"哦……"她走起来，给我喝了几口茶，徘徊了一下，又轻轻地躺下了，不去开电灯。

我知道她没有懂得我的话。

街灯的光穿窗而入，屋子里显出微明，我大略一看，熟识的墙壁，壁端的棱线，熟识的书堆，书堆边的未订的画集，外面的进行着的夜，无穷的远方，无数的人们，都和我有关。我存在着，我在生活，我将生活下去，我开始觉得自己更切实了，我有动作的欲望——但不久我又坠入了睡眠。

第二天早晨在日光中一看，果然，熟识的墙壁，熟识的书堆……这些，在平时，我也时常看它们的，其实是算作一种休息。但我们一向轻视这等事，纵使也是生活中的一片，却排在喝茶搔痒之下，或者简直不算一回事。我们所注意的是特别的精华，毫不在枝叶。给名人作传的人，

① 象心纵意：像心纵意。指顺心如意，无拘无束。

也大抵一味铺张其特点，李白怎样做诗，怎样耍颠，拿破仑怎样打仗，怎样不睡觉，却不说他们怎样不耍颠，要睡觉。其实，一生中专门耍颠或不睡觉，是一定活不下去的，人之有时能耍颠和不睡觉，就因为倒是有时不耍颠和也睡觉的缘故。然而人们以为这些平凡的都是生活的渣滓，一看也不看。

于是所见的人或事，就如盲人摸象，摸着了脚，即以为象的样子像柱子。中国古人，常欲得其“全”，就是制妇女用的“乌鸡白凤丸”，也将全鸡连毛血都收在丸药里，方法固然可笑，主意却是不错的。

删夷[①]枝叶的人，决定得不到花果。

为了不给我开电灯，我对于广平很不满，见人即加以攻击；到得自己能走动了，就去一翻她所看的刊物，果然，在我卧病期中，全是精华的刊物已经出得不少了，有些东西，后面虽然仍旧是“美容妙法”，“古木发光”，或者“尼姑之秘密”，但第一面却总有一点激昂慷慨的文章。作文已经有了“最中心之主题”：连义和拳时代和德国统帅瓦德西睡了一些时候的赛金花，也早已封为九天护国娘娘了。

尤可惊服的是先前用《御香缥缈录》，把清朝的宫廷讲得津津有味的《申报》上的《春秋》，也已经时而大有不同，有一天竟在卷端的《点滴》里，教人当吃西瓜时，也该想到我们土地的被割碎，像这西瓜一样。自然，这是无时无地无事而不爱国，无可訾议[②]的。但倘使我一面这样想，一面吃西瓜，我恐怕一定咽不下去，即使用劲咽下，也难免不能消化，在肚子里咕咚的响它好半天。这也未必是因为我病后神经衰弱的缘故。我想，倘若用西瓜作比，讲过国耻讲义，却立刻又会高高兴兴地把这西瓜吃下，成为血肉的营养的人，这人恐怕是有些麻木。对他无论讲什么讲义，都是毫无功效的。

我没有当过义勇军，说不确切。但自己问：战士如吃西瓜，是否大

① 删夷：削除；剪除。

② 訾（zǐ）议：议论、指责人的缺点。

抵有一面吃，一面想的仪式的呢？我想：未必有的。他大概只觉得口渴，要吃，味道好，却并不想到此外任何好听的大道理。吃过西瓜，精神一振，战斗起来就和喉干舌敝时候不同，所以吃西瓜和抗敌的确有关系，但和应该怎样想的上海设定的战略，却是不相干。这样整天哭丧着脸去吃喝，不多久，胃口就倒了，还抗什么敌。

然而人往往喜欢说得稀奇古怪，连一个西瓜也不肯主张平平常常地吃下去。其实，战士的日常生活，是并不全部可歌可泣的，然而又无不和可歌可泣之部相关联，这才是实际上的战士。

从讽刺到幽默

讽刺家，是危险的。

假使他所讽刺的是不识字者，被杀戮者，被囚禁者，被压迫者罢，那很好，正可给读他文章的所谓有教育的智识者嘻嘻一笑，更觉得自己的勇敢和高明。然而现今的讽刺家之所以为讽刺家，却正在讽刺这一流所谓有教育的智识者社会。

因为所讽刺的是这一流社会，其中的各分子便各各觉得好像刺着了自己，就一个个地暗暗地迎出来，又用了他们的讽刺，想来刺死这讽刺者。

最先是说他冷嘲，渐渐地又七嘴八舌地说他谩骂，俏皮话，刻毒，可恶，学匪，绍兴师爷，等等，等等。然而讽刺社会的讽刺，却往往仍然会“悠久得惊人”的，即使捧出了做过和尚的洋人或专办了小报来打击，也还是没有效，这怎不气死人也么哥呢！

枢纽是在这里：他所讽刺的是社会，社会不变，这讽刺就跟着存在，而你所刺的是他个人，他的讽刺倘存在，你的讽刺就落空了。

所以，要打倒这样的可恶的讽刺家，只好来改变社会。

然而社会讽刺家究竟是危险的，尤其是在有些“文学家”明明暗暗地成了“王之爪牙”的时代。人们谁高兴做“文字狱”中的主角呢，但倘不死绝，肚子里总还有半口闷气，要借着笑的幌子，哈哈地吐它出来。笑笑既不至于得罪别人，现在的法律上也尚无国民必须哭丧着脸的规定，并非“非法”，盖可断言的。

我想：这便是去年以来，文字上流行了“幽默”的原因，但其中单是“为笑笑而笑笑”的自然也不少。

然而这情形恐怕是过不长久的，“幽默”既非国产，中国人也不是长于“幽默”的人民，而现在又实在是难以幽默的时候。于是虽幽默也就免不了改变样子了，非倾于对社会的讽刺，即堕入传统的“说笑话”和“讨便宜”。

从幽默到正经

“幽默”一倾于讽刺，失了它的本领且不说，最可怕的是有些人又要来“讽刺”，来陷害了。倘若堕于“说笑话”，则寿命是可以较为长远，流年也大致顺利的，但愈堕愈近于国货，终将成为洋式徐文长。当提倡国货声中，广告上已有中国的“自造舶来品”，便是一个证据。

而况我实在恐怕法律上不久也就要有规定国民必须哭丧着脸的明文了。笑笑，原也不能算“非法”的。但不幸东省沦陷，举国骚然[1]，爱国之士竭力搜索失地的原因，结果发现了其一是在青年的爱玩乐，学跳舞。当北海上正在嘻嘻哈哈地溜冰的时候，一个大炸弹抛下来，虽然没有伤人，冰却已经炸了一个大窟窿，不能溜之大吉了。

又不幸而榆关失守，热河吃紧了，有名的文人学士，也就更加吃紧起来，做挽歌的也有，做战歌的也有，讲文德的也有，骂人固然可恶，俏皮也不文明，要大家做正经文章，装正经脸孔，以补“不抵抗主义”之不足。

但人类究竟不能这么沉静，当大敌压境之际，手无寸铁，杀不得敌人，而心里却总是愤怒的，于是他就不免寻求敌人的替代。这时候，笑嘻嘻的可就遭殃了，因为他这时便被叫作“陈叔宝全无心肝”。所以知机的人，必须也和大家一样哭丧着脸，以免于难。“聪明人不吃眼前亏”，亦古贤之遗教也，然而这时也就“幽默”归天，“正经”统一了剩下的全中国。

① 骚然：动荡不安的样子。

明白这一节，我们就知道先前为什么无论贞女与淫女，见人时都得不笑不言；现在为什么送葬的女人，无论悲哀与否，在路上定要放声大叫。

这就是“正经”。说出来么，那就是“刻毒”。

死

当印造凯绥·珂勒惠支（Kaethe Kollwitz）所作版画的选集时，曾请史沫德黎[①]（A.Smedley）女士做一篇序。自以为这请得非常合适,因为她们俩原极熟识的。不久做来了，又逼着茅盾先生译出，现已登在选集上。其中有这样的文字：

许多年来，凯绥·珂勒惠支——她从没有一次利用过赠授给她的头衔——作了大量的画稿，速写，铅笔作的和钢笔作的速写，木刻，铜刻。把这些来研究，就表示着有二大主题支配着，她早年的主题是反抗，而晚年的是母爱，母性的保障，救济，以及死。而笼罩于她所有的作品之上的，是受难的，悲剧的，以及保护被压迫者深切热情的意识。

有一次我问她：“从前你用反抗的主题，但是现在你好像很有点抛不开死这观念。这是为什么呢？”用了深有所苦的语调，她回答道：“也许因为我是一天一天老了！”

我那时看到这里，就想了一想。算起来：她用“死”来做画材的时

① 史沫德黎：通译史沫特莱。美国著名记者、作家和社会活动家，中国人民忠实的朋友。一九三七年到延安，访问中国领导人。一九三八年以英国《曼彻斯特卫报》记者身份，随八路军、新四军转战各地，写了许多著名的战地通讯，报道中国人民的革命斗争。

候，是一九一〇年顷①；这时她不过四十三四岁。我今年的这“想了一想”，当然和年纪有关，但回忆十余年前，对于死却还没有感到这么深切。大约我们的生死久已被人们随意处置，认为无足重轻，所以自己也看得随随便便，不像欧洲人那样的认真了。有些外国人说，中国人最怕死。这其实是不确的——但自然，每不免模模糊糊地死掉则有之。

大家所相信的死后的状态，更助成了对于死的随便。谁都知道，我们中国人是相信有鬼（近时或谓之“灵魂”）的，既有鬼，则死掉之后，虽然已不是人，却还不失为鬼，总还不算是一无所有。不过设想中的做鬼的久暂，却因其人的生前的贫富而不同。穷人们是大抵以为死后就去轮回的，根源出于佛教。佛教所说的轮回，当然手续繁重，并不这么简单，但穷人往往无学，所以不明白。这就是使死罪犯人绑赴法场时，大叫“二十年后又是一条好汉”，面无惧色的原因。况且相传鬼的衣服，是和临终时一样的，穷人无好衣裳，做了鬼也决不怎么体面，实在远不如立刻投胎，化为赤条条的婴儿的上算。我们曾见谁家生了小孩，胎里就穿着叫化子或是游泳家的衣服的么？从来没有。这就好，从新来过。也许有人要问，既然相信轮回，那就说不定来生会堕入更穷苦的景况，或者简直是畜生道，更加可怕了。但我看他们是并不这样想的，他们确信自己并未造出该入畜生道的罪孽，他们从来没有能堕畜生道的地位，权势和金钱。

然而有着地位，权势和金钱的人，却又并不觉得该堕畜生道；他们倒一面化为居士，准备成佛，一面自然也主张读经复古，兼做圣贤。他们像活着时候的超出人理一样，自以为死后也超出了轮回的。至于小有金钱的人，则虽然也不觉得该受轮回，但此外也别无雄才大略，只预备安心做鬼。所以年纪一到五十上下，就给自己寻葬地，合寿材，又烧纸锭，先在冥中存储，生下子孙，每年可吃羹饭。这实在比做人还享福。假使我现在已经是鬼，在阳间又有好子孙，那么，又何必零星卖稿，或向北

① 顷：左右（指时间）。

新书局去算账呢，只要很闲适地躺在楠木或阴沉木[①]的棺材里，逢年逢节，就自有一桌盛馔和一堆国币摆在眼前了，岂不快哉！

就大体而言，除极富贵者和冥律无关外，大抵穷人利于立即投胎，小康者利于长久做鬼。小康者的甘心做鬼，是因为鬼的生活（这两字大有语病，但我想不出适当的名词来），就是他还未过厌的人的生活的连续。阴间当然也有主宰者，而且极其严厉，公平，但对于他独独颇肯通融，也会收点礼物，恰如人间的好官一样。

有一批人随随便便，就是临终也恐怕不大想到的，我向来正是这随便党里的一个。三十年前学医的时候，曾经研究过灵魂的有无，结果是不知道；又研究过死亡是否苦痛，结果是不一律，后来也不再深究，忘记了。近十年中，有时也为了朋友的死，写点文章，不过好像并不想到自己。这两年来病特别多，一病也比较的长久，这才往往记起了年龄，自然，一面也为了有些作者们笔下的好意的或是恶意的不断的提示。

从去年起，每当病后休养，躺在藤躺椅上，每不免想到体力恢复后应该动手的事情：做什么文章，翻译或印行什么书籍。想定之后，就结束道：就是这样罢——但要赶快做。这“要赶快做”的想头，是为先前所没有的，就因为在不知不觉中，记得了自己的年龄。却从来没有直接地想到“死”。

直到今年的大病，这才分明地引起关于死的预想来。原先是仍如每次的生病一样，一任着日本的S医师[②]的诊治的。他虽不是肺病专家，然而年纪大，经验多，从习医的时期说，是我的前辈，又极熟识，肯说话。自然，医师对于病人，纵使怎样熟识，说话是还是有限度的，但是他至少已经给了我两三回警告，不过我仍然不以为意，也没有转告别人。大约实在是日子太久，病象太险了的缘故罢，几个朋友暗自协商定局，请

① 阴沉木：由于地壳运动使得古森林倒埋于古河床低洼深处或淤泥里，在缺氧、高压以及弱酸、微生物共同作用的环境下，历经成千上万年缓慢炭化而形成，颜色光鲜，细腻光滑，致密耐腐，具有特殊香味。

②S医师：须藤五百三，日本退职军医，当时在上海行医。

了美国的D医师[1]来诊察了。他是在上海的惟一的欧洲的肺病专家，经过打诊，听诊之后，虽然誉我为最能抵抗疾病的典型的中国人，然而也宣告了我的就要灭亡；并且说，倘是欧洲人，则在五年前已经死掉。这判决使善感的朋友们下泪。我也没有请他开方，因为我想，他的医学从欧洲学来，一定没有学过给死了五年的病人开方的法子。然而D医师的诊断却实在是极准确的，后来我照了一张用X光透视的胸像，所见的景象，竟大抵和他的诊断相同。

我并不怎么介意于他的宣告，但也受了些影响，日夜躺着，无力谈话，无力看书。连报纸也拿不动，又未曾炼到"心如古井"，就只好想，而从此竟有时要想到"死"了。不过所想的也并非"二十年后又是一条好汉"，或者怎样久住在楠木棺材里之类，而是临终之前的琐事。在这时候，我才确信，我是到底相信人死无鬼的。我只想到过写遗嘱，以为我倘曾贵为宫保[2]，富有千万，儿子和女婿及其他一定早已逼我写好遗嘱了，现在却谁也不提起。但是，我也留下一张罢。当时好像很想定了一些，都是写给亲属的，其中有的是：

一，不得因为丧事，收受任何人的一文钱。——但老朋友的，不在此例。

二，赶快收敛，埋掉，拉倒。

三，不要做任何关于纪念的事情。

四，忘记我，管自己生活。——倘不，那就真是糊涂虫。

五，孩子长大，倘无才能，可寻点小事情过活，万不可去做空头文学家或美术家。

六，别人应许给你的事物，不可当真。

七，损着别人的牙眼，却反对报复，主张宽容的人，万勿和他接近。

此外自然还有，现在忘记了。只还记得在发热时，又曾想到欧洲人

①D医师：托马斯·邓恩（Thomas Dunn），美籍德国人。当时在上海行医，曾由史沫特莱介绍为作者看病。

②宫保：太子太保、少保的通称，一般都是授予大臣的加衔，以表示荣宠。清末邮传大臣、大买办盛宣怀曾被授为"太子少保"，他死后其亲属曾因争夺遗产而引起诉讼。

临死时，往往有一种仪式，是请别人宽恕，自己也宽恕了别人。我的怨敌可谓多矣，倘有新式的人问起我来，怎么回答呢？我想了一想，决定的是：让他们怨恨去，我也一个都不宽恕。

但这仪式并未举行，遗嘱也没有写，不过默默地躺着，有时还发生更切迫的思想：原来这样就算是在死下去，倒也并不苦痛；但是，临终的一刹那，也许并不这样的罢；然而，一世只有一次，无论怎样，总是受得了的……后来，却有了转机，好起来了。到现在，我想，这些大约并不是真的要死之前的情形，真的要死，是连这些想头也未必有的，但究竟如何，我也不知道。

女　吊

大概是明末的王思任说的罢："会稽乃报仇雪耻之乡，非藏垢纳污之地！"这对于我们绍兴人很有光彩，我也很喜欢听到，或引用这两句话。但其实，是并不的确的；这地方，无论为哪一样都可以用。

不过一般的绍兴人，并不像上海的"前进作家"那样憎恶报复，却也是事实。单就文艺而言，他们就在戏剧上创造了一个带复仇性的，比别的一切鬼魂更美，更强的鬼魂。这就是"女吊"。我以为绍兴有两种特色的鬼，一种是表现对于死的无可奈何，而且随随便便的"无常"，我已经在《朝华夕拾》里得了绍介给全国读者的光荣了，这回就轮到别一种。

"女吊"也许是方言，翻成普通的白话，只好说是"女性的吊死鬼"。其实，在平时，说起"吊死鬼"，就已经含有"女性的"的意思的，因为投缳①而死者，向来以妇人女子为最多。有一种蜘蛛，用一支丝挂下自己的身体，悬在空中，《尔雅》上已谓之"蚬，缢女"，可见在周朝或汉朝，自经的已经大抵是女性了，所以那时不称它为男性的"缢夫"或中性的"缢者"。不过一到做"大戏"或"目连戏"的时候，我们便能在看客的嘴里听到"女吊"的称呼。也叫作"吊神"。横死的鬼魂而得到"神"的尊号的，我还没有发现过第二位，则其受民众之爱戴也可想。但为什么这时独要称她"女吊"呢？很容易解：因为在戏台上，也要有"男吊"

① 投缳（huán）：上吊；自缢。

出现了。

我所知道的是四十年前的绍兴，那时没有达官显宦，所以未闻有专门为人（堂会？）的演剧。凡做戏，总带着一点社戏性，供着神位，是看戏的主体，人们去看，不过叨光。但“大戏”或“目连戏”所邀请的看客，范围可较广了，自然请神，而又请鬼，尤其是横死的怨鬼。所以仪式就更紧张，更严肃。一请怨鬼，仪式就格外紧张严肃，我觉得这道理是很有趣的。

也许我在别处已经写过。“大戏”和“目连”，虽然同是演给神，人，鬼看的戏文，但两者又很不同。不同之点：一在演员，前者是专门的戏子，后者则是临时集合的Amateur——农民和工人；一在剧本，前者有许多种，后者却好歹总只演一本《目连救母记》。然而开场的“起殇”，中间的鬼魂时时出现，收场的好人升天，恶人落地狱，是两者都一样的。

当没有开场之前，就可看出这并非普通的社戏，为的是台两旁早已挂满了纸帽，就是高长虹之所谓“纸糊的假冠”，是给神道和鬼魂戴的。所以凡内行人，缓缓地吃过夜饭，喝过茶，闲闲而去，只要看挂着的帽子，就能知道什么鬼神已经出现。因为这戏开场较早，“起殇”在太阳落尽时候，所以饭后去看，一定是做了好一会了，但都不是精彩的部分。“起殇”者，绍兴人现已大抵误解为“起丧”，以为就是召鬼，其实是专限于横死者的。《九歌》中的《国殇》云：“身既死兮神以灵，魂魄毅兮为鬼雄”，当然连战死者在内。明社垂绝，越人起义而死者不少，至清被称为叛贼，我们就这样地一同招待他们的英灵。在薄暮中，十几匹马，站在台下了；戏子扮好一个鬼王，蓝面鳞纹，手执钢叉，还得有十几名鬼卒，则普通的孩子都可以应募。我在十余岁时候，就曾经充过这样的义勇鬼，爬上台去，说明志愿，他们就给在脸上涂上几笔彩色，交付一柄钢叉。待到有十多人了，即一拥上马，疾驰到野外的许多无主孤坟之处，环绕三匝，下马大叫，将钢叉用力地连连刺在坟墓上，然后拔叉驰回，上了前台，一同大叫一声，将钢叉一掷，钉在台板上。我们的责任，这就算完结，洗脸下台，可以回家了，但倘被父母所知，往往不免挨一顿竹篠[1]（这是绍兴打孩子的最普通的东西），一以罚其带着鬼气，二以贺其没有跌死，但我却幸而从来没有被觉察，也许是因为得了恶鬼保佑的缘故罢。

这一种仪式，就是说，种种孤魂厉鬼，已经跟着鬼王和鬼卒，前来和我们一同看戏了，但人们用不着担心，他们深知道理，这一夜决不丝毫作怪。于是戏文也接着开场，徐徐进行，人事之中，夹以出鬼：火烧鬼，淹死鬼，科场鬼（死在考场里的），虎伤鬼……孩子们也可以自由去扮，但这种没出息鬼，愿意去扮的并不多，看客也不将它当作一回事。一到“跳吊”时分——“跳”是动词，意义和“跳加官”之“跳”同——情形的松紧可就大不相同了。台上吹起悲凉的喇叭来，中央的横梁上，原有一团布，也在这时放下，长约戏台高度的五分之二。看客们都屏着气，台上就闯出一个不穿衣裤，只有一条犊鼻裈[2]，面施几笔粉墨的男人，他就是“男吊”。一登台，径奔悬布，像蜘蛛的死守着蛛丝，也如结网，在这上面钻，挂。他用布吊着各处：腰，胁，胯下，肘弯，腿弯，后项窝……一共七七四十九处。最后才是脖子，但是并不真套进去的，两手扳着布，将颈子一伸，就跳下，走掉了。这“男吊”最不易跳，演目连戏时，独有这一个脚色须特请专门的戏子。那时的老年人告诉我，这也是最危险的时候，因为也许会招出真的“男吊”来。所以后台上一定要扮一个王灵官，一手捏诀，一手执鞭，目不转睛地看着一面照见前台的镜子。倘镜中见有两个，那么，一个就是真鬼了，他得立刻跳出去，用鞭将假鬼打落台下。假鬼一落台，就该跑到河边，洗去粉墨，挤在人丛中看戏，然后慢慢地回家。倘打得慢，他就会在戏台上吊死；洗得慢，真鬼也还会认识，跟住他。这挤在人丛中看自己们所做的戏，就如要人下野而念佛，或出洋游历一样，也正是一种缺少不得的过渡仪式。

① 篠（xiǎo）：多指比较细的竹子。

② 犊鼻裈（kūn）：中国古代的一种短裤或围裙，形制争议较多，但普遍认为是下层劳动者或贫者所穿的简易服饰。

这之后，就是“跳女吊”。自然先有悲凉的喇叭；少顷，门幕一掀，她出场了。大红衫子，黑色长背心，长发蓬松，颈挂两条纸锭，垂头，垂手，弯弯曲曲地走一个全台，内行人说：这是走了一个“心”字。为什么要走“心”字呢？我不明白。我只知道她何以要穿红衫。看王充的《论衡》，知道汉朝的鬼的颜色是红的，但再看后来的文字和图画，却又并无一定颜色，而在戏文里，穿红的则只有这“吊神”。意思是很容易了然的；因为她投缳之际，准备做厉鬼以复仇，红色较有阳气，易于和生人相接近……绍兴的妇女，至今还偶有搽粉穿红之后，这才上吊的。自然，自杀是卑怯的行为，鬼魂报仇更不合于科学，但那些都是愚妇人，连字也不认识，敢请“前进”的文学家和“战斗”的勇士们不要十分生气罢。我真怕你们要变呆鸟。

她将披着的头发向后一抖，人这才看清了脸孔：石灰一样白的圆脸，漆黑的浓眉，乌黑的眼眶，猩红的嘴唇。听说浙东的有几府的戏文里，吊神又拖着几寸长的假舌头，但在绍兴没有。不是我袒护故乡，我以为还是没有好；那么，比起现在将眼眶染成淡灰色的时式[1]打扮来，可以说是更彻底，更可爱。不过下嘴角应该略略向上，使嘴巴成为三角形：这也不是丑模样。假使半夜之后，在薄暗中，远处隐约着一位这样的粉面朱唇，就是现在的我，也许会跑过去看看的，但自然，却未必就被诱惑得上吊。她两肩微耸，四顾，倾听，似惊，似喜，似怒，终于发出悲哀地声音，慢慢地唱道：

奴奴本是杨家女，

呵呀，苦呀，天哪！……

下文我不知道了。就是这一句，也还是刚从克士哪里听来的。但那大略，是说后来去做童养媳，备受虐待，终于弄到投缳。唱完就听到远

① 时式：新式。

处的哭声，这也是一个女人，在衔冤悲泣，准备自杀。她万分惊喜，要去“讨替代”了，却不料突然跳出“男吊”来，主张应该他去讨。他们由争论而至动武，女的当然不敌，幸而王灵官虽然脸相并不漂亮，却是热烈的女权拥护家，就在危急之际出现，一鞭把男吊打死，放女的独去活动了。老年人告诉我说：古时候，是男女一样地要上吊的，自从王灵官打死了男吊神，才少有男人上吊；而且古时候，是身上有七七四十九处，都可以吊死的，自从王灵官打死了男吊神，致命处才只在脖子上。中国的鬼有些奇怪，好像是做鬼之后，也还是要死的，那时的名称，绍兴叫作“鬼里鬼”。但“男吊”既然早被王灵官打死，为什么现在“跳吊”，还会引出真的来呢？我不懂这道理，问问老年人，他们也讲说不明白。

而且中国的鬼还有一种坏脾气，就是“讨替代”，这才完全是利己主义；倘不然，是可以十分坦然地和他们相处的。习俗相沿，虽女吊不免，她有时也单是“讨替代”，忘记了复仇。绍兴煮饭，多用铁锅，烧的是柴或草，烟煤一厚，火力就不灵了，因此我们就常在地上看见刮下的锅煤。但一定是散乱的，凡村姑乡妇，谁也决不肯省些力，把锅子伏在地面上，团团一刮，使烟煤落成一个黑圈子。这是因为吊神诱人的圈套，就用煤圈炼成的缘故。散掉烟煤，正是消极的抵制，不过为的是反对“讨替代”，并非因为怕她去报仇。被压迫者即使没有报复的毒心，也决无被报复的恐惧，只有明明暗暗，吸血吃肉的凶手或其帮闲们，这才赠人以“犯而勿校”[①] 或“勿念旧恶”的格言——我到今年，也愈加看透了这些人面东西的秘密。

① “犯而勿校”：别人触犯自己也不计较。

夜 颂

爱夜的人，也不但是孤独者，有闲者，不能战斗者，怕光明者。

人的言行，在白天和在深夜，在日下和在灯前，常常显得两样。夜是造化所织的幽玄的天衣，普覆一切人，使他们温暖，安心，不知不觉地自己渐渐脱去人造的面具和衣裳，赤条条地裹在这无边际的黑絮似的大块里。

虽然是夜，但也有明暗。有微明，有昏暗，有伸手不见掌，有漆黑一团糟。爱夜的人要有听夜的耳朵和看夜的眼睛，自在暗中，看一切暗。君子们从电灯下走入暗室中，伸开了他的懒腰；爱侣们从月光下走进树阴里，突变了他的眼色。夜的降临，抹杀了一切文人学士们当光天化日之下，写在耀眼的白纸上的超然，浑然，恍然，勃然，粲然的文章，只剩下乞怜，讨好，撒谎，骗人，吹牛，捣鬼的夜气，形成一个灿烂的金色的光圈，像见于佛画上面似的，笼罩在学识不凡的头脑上。

爱夜的人于是领受了夜所给与的光明。

高跟鞋的摩登女郎在马路边的电光灯下，格格地走得很起劲，但鼻尖也闪烁着一点油汗，在证明她是初学的时髦，假如长在明晃晃的照耀中,将使她碰着“没落”的命运。一大排关着的店铺的昏暗助她一臂之力，使她放缓开足的马力，吐一口气，这时才觉得沁人心脾的夜里的拂拂的凉风。

爱夜的人和摩登女郎，于是同时领受了夜所给与的恩惠。

一夜已尽，人们又小心翼翼地起来，出来了；便是夫妇们，面目和五六点钟之前也何其两样。从此就是热闹，喧嚣。而高墙后面，大厦中间，深闺里，黑狱里，客室里，秘密机关里，却依然弥漫着惊人的真的大黑暗。

现在的光天化日，熙来攘往，就是这黑暗的装饰，是人肉酱缸上的金盖，是鬼脸上的雪花膏。只有夜还算是诚实的。我爱夜，在夜间作《夜颂》。

无　常

迎神赛会这一天出巡的神，如果是掌握生杀之权的——不，这生杀之权四个字不大妥，凡是神，在中国仿佛都有些随意杀人的权柄似的，倒不如说是职掌人民的生死大事的罢，就如城隍和东岳大帝之类，那么，他的卤簿[1]中间就另有一群特别的脚色[2]：鬼卒，鬼王，还有活无常。

这些鬼物们，大概都是由粗人和乡下人扮演的。鬼卒和鬼王是红红绿绿的衣裳，赤着脚；蓝脸，上面又画些鱼鳞，也许是龙鳞或别的什么鳞罢，我不大清楚。鬼卒拿着钢叉，叉环振得琅琅地响，鬼王拿的是一块小小的虎头牌。据传说，鬼王是只用一只脚走路的；但他究竟是乡下人，虽然脸上已经画上些鱼鳞或者别的什么鳞，却仍然只得用了两只脚走路。所以看客对于他们不很敬畏，也不大留心，除了念佛老妪和她的孙子们为面面圆到起见，也照例给他们一个“不胜屏营待命之至”的仪节。

至于我们——我相信：我和许多人——所最愿意看的，却在活无常。他不但活泼而诙谐，单是那浑身雪白这一点，在红红绿绿中就有“鹤立鸡群”之概。只要望见一顶白纸的高帽子和他手里的破芭蕉扇的影子，大家就都有些紧张，而且高兴起来了。

人民之于鬼物，惟独与他最为稔熟，也最为亲密，平时也常常可以遇见他。譬如城隍庙或东岳庙中，大殿后面就有一间暗室，叫作“阴司

① 卤簿：古代帝王出行时扈从的仪仗队。
② 脚色：同“角色”。

间”，在才可辨色的昏暗中，塑着各种鬼：吊死鬼，跌死鬼，虎伤鬼，科场鬼……而一进门口所看见的长而白的东西就是他。我虽然也曾瞻仰过一回这“阴司间”，但那时胆子小，没有看明白。听说他一手还拿着铁索，因为他是勾摄生魂的使者。相传樊江东岳庙的“阴司间”的构造，本来是极其特别的：门口是一块活板，人一进门，踏着活板的这一端，塑在那一端的他便扑过来，铁索正套在你脖子上。后来吓死了一个人，钉实了，所以在我幼小的时候，这就已不能动。

倘使要看个分明，那么，《玉历钞传》上就画着他的像，不过《玉历钞传》也有繁简不同的本子的，倘是繁本，就一定有。身上穿的是斩衰凶服，腰间束的是草绳，脚穿草鞋，项挂纸锭；手上是破芭蕉扇，铁索，算盘；肩膀是耸起的，头发却披下来；眉眼的外梢都向下，像一个“八”字。头上一顶长方帽，下大顶小，按比例一算，该有二尺来高罢；在正面，就是遗老遗少们所戴瓜皮小帽的缀一粒珠子或一块宝石的地方，直写着四个字道“一见有喜”。有一种本子上，却写的是“你也来了”。这四个字，是有时也见于包公殿的匾额上的，至于他的帽上是何人所写，他自己还是阎罗王，我可没有研究出。

《玉历钞传》上还有一种和活无常相对的鬼物，装束也相仿，叫作“死有分”。这在迎神时候也有的，但名称却讹作“死无常”了，黑脸，黑衣，谁也不爱看。在“阴司间”里也有的，胸口靠着墙壁，阴森森地站着；那才真真是“碰壁”。凡有进去烧香的人们，必须摩[1]一摩他的脊梁，据说可以摆脱了晦气；我小时也曾摩过这脊梁来，然而晦气似乎终于没有脱——也许那时不摩，现在的晦气还要重罢，这一节也还是没有研究出。

我也没有研究过小乘佛教的经典，但据耳食之谈，则在印度的佛经里，焰摩天是有的，牛首阿旁也有的，都在地狱里做主任。至于勾摄生魂的使者的这无常先生，却似乎于古无征，耳所习闻的只有什么“人生无常”之类的话。大概这意思传到中国之后，人们便将他具象化了。这实在是

① 摩：抚摸。多写作“摸”。

我们中国人的创作。

然而人们一见他，为什么就都有些紧张，而且高兴起来呢？

凡有一处地方，如果出了文士学者或名流，他将笔头一扭，就很容易变成“模范县”。我的故乡，在汉末虽曾经虞仲翔先生揄扬过，但是那究竟太早了，后来到底免不了产生所谓“绍兴师爷”，不过也并非男女老小全是“绍兴师爷”，别的“下等人”也不少。这些“下等人”，要他们发什么“我们现在走的是一条狭窄险阻的小路，左面是一个广漠无际的泥潭，右面也是一片广漠无际的浮砂[①]，前面是遥遥茫茫荫在薄雾的里面的目的地”那样热昏似的妙语，是办不到的，可是在无意中，看得往这“荫在薄雾的里面的目的地”的道路很明白：求婚，结婚，养孩子，死亡。但这自然是专就我的故乡而言，若是“模范县”里的人民，那当然又作别论。他们——敝同乡“下等人”——的许多，活着，苦着，被流言，被反噬，因了积久的经验，知道阳间维持“公理”的只有一个会，而且这会的本身就是“遥遥茫茫”，于是乎势不得不发生对于阴间的神往。人是大抵自以为衔些冤抑的；活的“正人君子”们只能骗鸟，若问愚民，他就可以不假思索地回答你：公正的裁判是在阴间！

想到生的乐趣，生固然可以留恋；但想到生的苦趣，无常也不一定是恶客。无论贵贱，无论贫富，其时都是“一双空手见阎王”，有冤的得伸，有罪的就得罚。然而虽说是“下等人”，也何尝没有反省？自己做了一世人，又怎么样呢？未曾“跳到半天空”么？没有“放冷箭”么？无常的手里就拿着大算盘，你摆尽臭架子也无益。对付别人要滴水不羼的公理，对自己总还不如虽在阴司里也还能够寻到一点私情。然而那又究竟是阴间，阎罗天子，牛首阿旁，还有中国人自己想出来的马面，都是并不兼差，真正主持公理的脚色，虽然他们并没有在报上发表过什么大文章。当还未做鬼之前，有时先不欺心的人们，遥想着将来，就又不能不想在整块的公理中，来寻一点情面的末屑，这时候，我们的活无常

① 砂：同“沙”。

先生便见得可亲爱了，利中取大，害中取小，我们的古哲墨翟先生谓之“小取”云。

在庙里泥塑的，在书上墨印的模样上，是看不出他那可爱来的。最好是去看戏。但看普通的戏也不行，必须看“大戏”或者“目连戏”。目连戏的热闹，张岱在《陶庵梦忆》上也曾夸张过，说是要连演两三天。在我幼小时候可已经不然了，也如大戏一样，始于黄昏，到次日的天明便完结。这都是敬神禳灾的演剧，全本里一定有一个恶人，次日的将近天明便是这恶人的收场的时候，“恶贯满盈”，阎王出票来勾摄了，于是乎这活的活无常便在戏台上出现。

我还记得自己坐在这一种戏台下的船上的情形，看客的心情和普通是两样的。平常愈夜深愈懒散，这时却愈起劲。他所戴的纸糊的高帽子，本来是挂在台角上的，这时预先拿进去了；一种特别乐器，也准备使劲地吹。这乐器好像喇叭，细而长，可有七八尺，大约是鬼物所爱听的罢，和鬼无关的时候就不用；吹起来，Nhatu，nhatu，nhatututuu 地响，所以我们叫它“目连嗐头[①]”。

在许多人期待着恶人的没落的凝望中，他出来了，服饰比画上还简单，不拿铁索，也不带算盘，就是雪白的一条莽汉，粉面朱唇，眉黑如漆，蹙着，不知道是在笑还是在哭。但他一出台就须打一百零八个嚏，同时也放一百零八个屁，这才自述他的履历。可惜我记不清楚了，其中有一段大概是这样：

…………

大王出了牌票，叫我去拿隔壁的癞子。

问了起来呢，原来是我堂房的阿侄。

生的是什么病？伤寒，还带痢疾。

看的是什么郎中？下方桥的陈念义 la 儿子。

① 目连嗐头：一种特别加长的号筒。

开的是怎样地药方？附子，肉桂，外加牛膝。
第一煎吃下去，冷汗发出；
第二煎吃下去，两脚笔直。
我道 ngɑ 阿嫂哭得悲伤，暂放他还阳半刻。
大王道我是得钱买放，就将我捆打四十！

这叙述里的“子”字都读作入声。陈念义是越中的名医，俞仲华曾将他写入《荡寇志》里，拟为神仙；可是一到他的令郎，似乎便不大高明了。la 者“的”也；“儿”读若“倪”，倒是古音罢；ngɑ 者，“我的”或“我们的”之意也。

他口里的阎罗天子仿佛也不大高明，竟会误解他的人格——不，鬼格。但连“还阳半刻”都知道，究竟还不失其“聪明正直之谓神”。不过这惩罚，却给了我们的活无常以不可磨灭的冤苦的印象，一提起，就使他更加蹙紧双眉，捏定破芭蕉扇，脸向着地，鸭子浮水似的跳舞起来。

Nhatu，nhatu，nhatu—nhatu—nhatututuu！目连嗐头也冤苦不堪似的吹着。

他因此决定了：

难是弗放者个！
那怕你，铜墙铁壁！
那怕你，皇亲国戚！
…………

“难”者，“今”也；“者个”者，“的了”之意，词之决也。“虽有忮心，不怨飘瓦”，他现在毫不留情了，然而这是受了阎罗老子的督责之故，不得已也。一切鬼众中，就是他有点人情；我们不变鬼则已，如果要变鬼，自然就只有他可以比较地相亲近。

我至今还确凿记得，在故乡时候，和“下等人”一同，常常这样高兴地正视过这鬼而人，理而情，可怖而可爱的无常；而且欣赏他脸上的哭或笑，口头的硬语与谐谈……

迎神时候的无常，可和演剧上的又有些不同了。他只有动作，没有言语，跟定了一个捧着一盘饭菜的小丑似的脚色走，他要去吃；他却不给他。另外还加添了两名脚色，就是“正人君子”之所谓“老婆儿女”。凡“下等人”，都有一种通病：常喜欢以己之所欲，施之于人。虽是对于鬼，也不肯给他孤寂，凡有鬼神，大概总要给他们一对一对地配起来。无常也不在例外。所以，一个是漂亮的女人，只是很有些村妇样，大家都称她无常嫂；这样看来，无常是和我们平辈的，无怪他不摆教授先生的架子。一个是小孩子，小高帽，小白衣；虽然小，两肩却已经耸起了，眉目的外梢也向下。这分明是无常少爷了，大家却叫他阿领，对于他似乎都不很表敬意；猜起来，仿佛是无常嫂的前夫之子似的。但不知何以相貌又和无常有这么像？吁（嘘）！鬼神之事，难言之矣，只得姑且置之弗论。至于无常何以没有亲儿女，到今年可很容易解释了；鬼神能前知，他怕儿女一多，爱说闲话的就要旁敲侧击地锻成他拿卢布，所以不但研究，还早已实行了“节育”了。

这捧着饭菜的一幕，就是“送无常”。因为他是勾魂使者，所以民间凡有一个人死掉之后，就得用酒饭恭送他。至于不给他吃，那是赛会时候的开玩笑，实际上并不然。但是，和无常开玩笑，是大家都有此意的，因为他爽直，爱发议论，有人情——要寻真实的朋友，倒还是他妥当。

有人说，他是生人走阴，就是原是人，梦中却入冥去当差的，所以很有些人情。我还记得住在离我家不远的小屋子里的一个男人，便自称是“走无常”，门外常常燃着香烛。但我看他脸上的鬼气反而多。莫非入冥做了鬼，倒会增加人气的么？吁（嘘）！鬼神之事，难言之矣，这也只得姑且置之弗论了。

爬和撞

从前梁实秋教授曾经说过：穷人总是要爬，往上爬，爬到富翁的地位。不但穷人，奴隶也是要爬的，有了爬得上的机会，连奴隶也会觉得自己是神仙，天下自然太平了。

虽然爬得上的很少，然而个个以为这正是他自己。这样自然都安分地去耕田，种地，捡大粪或是坐冷板凳，克勤克俭，背着苦恼的命运，和自然奋斗着，拼命地爬，爬，爬。可是爬的人那么多，而路只有一条，十分拥挤。老实的照着章程规规矩矩地爬，大都是爬不上去的。聪明人就会推，把别人推开，推倒，踏在脚底下，踹着他们的肩膀和头顶，爬上去了。大多数人却还只是爬，认定自己的冤家并不在上面，而只在旁边——是那些一同在爬的人。他们大都忍耐着一切，两脚两手都着地，一步步地挨上去又挤下来，挤下来又挨上去，没有休止的。

然而爬的人太多，爬得上的太少，失望也会渐渐地侵蚀善良的人心，至少，也会发生跪着的革命。于是爬之外，又发明了撞。

这是明知道你太辛苦了，想从地上站起来，所以在你的背后猛然地叫一声：撞罢。一个个发麻的腿还在抖着，就撞过去。这比爬要轻松得多，手也不必用力，膝盖也不必移动，只要横着身子，晃一晃，就撞过去。撞得好就是五十万元大洋[①]，妻，财，子，禄都有了。撞不好，至多不过跌一跤，倒在地下。那又算得什么呢——他原本是伏在地上的，他仍旧

① 五十万元大洋：当时国民党政府发行的“航空公路建设奖券”，头等奖为五十万元。

可以爬。何况有些人不过撞着玩罢了，根本就不怕跌跤的。

爬是自古有之。例如从童生到状元，从小瘪三到康白度[1]。撞却似乎是近代的发明。要考据起来，恐怕只有古时候“小姐抛彩球”有点像给人撞的办法。小姐的彩球将要抛下来的时候——一个个想吃天鹅肉的男子汉仰着头，张着嘴，馋涎拖得几尺长……可惜，古人究竟呆笨，没有要这些男子汉拿出几个本钱来，否则，也一定可以收着几万万的。

爬得上的机会越少，愿意撞的人就越多，那些早已爬在上面的人们，就天天替你们制造撞的机会，叫你们花些小本钱，而预约着你们名利双收的神仙生活。所以撞得好的机会，虽然比爬得上的还要少得多，而大家都愿意来试试的。这样，爬了来撞，撞不着再爬……鞠躬尽瘁，死而后已。

① 康白度：英语 comprador 的音译，即买办。

沙

近来的读书人，常常叹中国人好像一盘散沙，无法可想，将倒霉的责任，归之于大家。其实这是冤枉了大部分中国人的。小民虽然不学，见事也许不明，但知道关于本身厉害时，何尝不会团结。先前有跪香，民变，造反；现在也还有请愿之类。他们的像沙，是被统治者“治”成功的，用文言来说，就是“治绩”。

那么，中国就没有沙么？有是有的，但并非小民，而是大小统治者。

人们又常常说：“升官发财。”其实这两件事是不并列的，其所以要升官，只因为要发财，升官不过是一种发财的门径。所以官僚虽然依靠朝廷，却并不忠于朝廷；吏役虽然依靠衙署，却并不爱护衙署；头领下一个清廉的命令，小喽啰是决不听的，对付的方法有“蒙蔽”。他们都是自私自利的沙，可以肥己时就肥己，而且每一粒都是皇帝，可以称尊处就称尊。有些人译俄皇为“沙皇”，移赠此辈，倒是极确切的尊号。财何从来？是从小民身上刮下来的。小民倘能团结，发财就烦难，那么，当然应该想尽方法，使他们变成散沙才好。以沙皇治小民，于是全中国就成为“一盘散沙”了。

然而沙漠以外，还有团结的人们[①]在，他们“如入无人之境”地走进来了。

这就是沙漠上的大事变。当这时候，古人曾有两句极贴切的比喻，

① 团结的人们：这里所说“团结的人们”和下文“沙皇的胜者”，隐指日本帝国主义。

叫作“君子为猿鹤，小人为虫沙”。那些君子们，不是像白鹤的腾空，就如猢狲的上树，“树倒猢狲散”，另外还有树，他们决不会吃苦。剩在地下的，便是小民的蝼蚁和泥沙，要践踏杀戮都可以，他们对沙皇尚且不敌，怎能敌得过沙皇的胜者呢？

然而当这时候，偏又有人摇笔鼓舌，向着小民提出严重的质问道“国民将何以自处呢”？“问国民将何以善其后”呢？忽然记得了“国民”，别的什么都不说，只又要他们来填亏空，不是等于向着缚了手脚的人，要求他去捕盗么？

但这正是沙皇治绩的后盾，是猿鸣鹤唳的尾声，称尊肥己之余，必然到来的末一着。

新秋杂识

八月三十日的夜里，远远近近，都突然噼噼啪啪起来，一时来不及细想，以为“抵抗”又开头了，不久就明白了那是放爆竹，这才定了心。接着又想：大约又是什么节气了罢？……待到第二天看报纸，才知道原来昨夜是月蚀，那些噼噼啪啪，就是我们的同胞，异胞（我们虽然大家自称为黄帝子孙，但蚩尤的子孙想必也未尝死绝，所以谓之“异胞”）在示威，要将月亮从天狗嘴里救出。

再前几天，夜里也很热闹。街头巷首，处处摆着桌子，上面有面食，西瓜；西瓜上面叮着苍蝇，青虫，蚊子之类，还有一桌和尚，口中念念有词：“回猪猡普米呀吽！唵呀吽！吽！！”这是在放焰口，施饿鬼。到了盂兰盆节了，饿鬼和非饿鬼，都从阴间跑出，来看上海这大世面，善男信女们就在这时尽地主之谊，托和尚“喳呀吽”地弹出几粒白米去，请它们都饱饱地吃一通。

我是一个俗人，向来不大注意什么天上和阴间的，但每当这些时候，却也不能不感到我们的还在人间的同胞们和异胞们的思虑之高超和妥帖。别的不必说，就在这不到两整年中，大则四省，小则九岛，都已变了旗色了，不久还有八岛。不但不胜救，即使想要救罢，一开口，说不定自己就危险（这两句，印后成了“于势也有所未能”）。所以最妥当是救月亮，哪怕爆竹放得震天价响，天狗决不至于来咬，月亮里的酋长（假如有酋长的话）也不会出来禁止，目为反动的。救人也一样，兵灾，旱灾，蝗灾，水灾……灾民们不计其数，幸而暂免于灾殃的小民，又怎么能有一个救法？那自然远不如救魂灵，事省功多，和大人先生的打醮造塔同其功德。这就是所谓“人无远虑，必有近忧”；而“君子务其大者远者”，亦此之谓也。

而况“庖人虽不治庖，尸祝不越尊俎而代之”，也是古圣贤的明训，国事有治国者在，小民是用不着吵闹的。不过历来的圣帝明王，可又并不卑视小民，倒给与了更高超的自由和权利，就是听你专门去救宇宙和魂灵。这是太平的根基，从古至今，相沿不废，将来想必也不至先便废。记得那是去年的事了，沪战初停，日兵渐渐地走上兵船和退进营房里面去，有一夜也是这么噼噼啪啪起来，时候还在“长期抵抗”中，日本人又不明白我们的国粹，以为又是第几路军前来收复失地了，立刻放哨，出兵……乱哄哄地闹了一通，才知道我们是在救月亮，他们是在见鬼。“哦哦！成程（Naruhodo= 原来如此）！”惊叹和佩服之余，于是恢复了平和的原状。今年呢，连哨也没有放，大约是已被中国的精神文明感化了。

现在的侵略者和压制者，还有像古代的暴君一样，竟连奴才们的发昏和做梦也不准的么？……

吃　教

达一[1]先生在《文统之梦》里，因刘勰自谓梦随孔子，乃始论文，而后来做了和尚，遂讥其“贻羞往圣”。其实是中国自南北朝以来，凡有文人学士，道士和尚，大抵以“无特操”为特色的。晋以来的名流，每一个人总有三种小玩意儿，一是《论语》和《孝经》，二是《老子》，三是《维摩诘经》，不但采作谈资，并且常常做一点注释。唐有三教辩论，后来变成大家打诨；所谓名儒，做几篇伽蓝碑文也不算什么大事。宋儒道貌岸然，而窃取禅师的语录。清呢，去今不远，我们还可以知道儒者的相信《太上感应篇》和《文昌帝君阴骘文》，并且会请和尚到家里来拜忏。

耶稣教传入中国，教徒自以为信教，而教外的小百姓却都叫他们是“吃教”的。这两个字，真是提出了教徒的“精神”，也可以包括大多数的儒释道教之流的信者，也可以移用于许多“吃革命饭”的老英雄。

清朝人称八股文为“敲门砖”，因为得到功名，就如打开了门，砖即无用。近年则有杂志上的所谓“主张”[2]。《现代评论》之出盘,不是为了迫压，倒因为这派作者的飞腾；《新月》的冷落，是老社员都“爬”了上去，和月亮距离远起来了。这种东西，我们为要和“敲门砖”区别，称之为“上天梯”罢。

① 达一：即陈子展，湖南长沙人，古典文学研究者。
② 杂志上的所谓“主张”：指胡适在《努力周报》上提出的“好政府”主张。

“教”之在中国，何尝不如此。讲革命，彼一时也；讲忠孝，又一时也；跟大喇嘛打圈子，又一时也；造塔藏主义[①]，又一时也。有宜于专吃的时代，则指归应定于一尊，有宜合吃的时代，则诸教亦本非异致，不过一碟是全鸭，一碟是杂拌儿而已。刘勰亦然，盖仅由“不撤姜食”一变而为吃斋，于胃脏里的分量原无差别，何况以和尚而注《论语》《孝经》或《老子》，也还是不失为一种“天经地义”呢。

① 造塔藏主义：这里是对戴季陶一类国民党政客言行的讽刺。戴季陶在大革命时期伪装革命，不久即暴露出反革命面目，竭力鼓吹忠孝等封建道德。“九一八”事变后，他拉拢当时的班禅喇嘛，以超度天灾兵祸死去的鬼魂等名义，迭次发起“仁王护国法会”“普利法会”等，诵经礼佛。“造塔”之事，参见本书《天上地下》注释。

喝　茶

某公司又在廉价了，去买了二两好茶叶，每两洋二角。开首泡了一壶，怕它冷得快，用棉袄包起来，却不料郑重其事地来喝的时候，味道竟和我一向喝着的粗茶差不多，颜色也很重浊。

我知道这是自己的错误了，喝好茶，是要用盖碗的，于是用盖碗。果然，泡了之后，色清而味甘，微香而小苦，确是好茶叶。但这是须在静坐无为的时候的，当我正写着《吃教》的中途，拉来一喝，那好味道竟又不知不觉地滑过去，像喝着粗茶一样了。

有好茶喝，会喝好茶，是一种“清福”。不过要享这“清福”，首先就须有工夫，其次是练习出来的特别的感觉。由这一极琐屑的经验，我想，假使是一个使用筋力的工人，在喉干欲裂的时候，那么，即使给他龙井芽茶，珠兰窨片，恐怕他喝起来也未必觉得和热水有什么大区别罢。所谓“秋思”，其实也是这样的，骚人墨客，会觉得什么“悲哉秋之为气也”，风雨阴晴，都给他一种刺激，一方面也就是一种“清福”，但在老农，却只知道每年的此际，就要割稻而已。

于是有人以为这种细腻锐敏的感觉，当然不属于粗人，这是上等人的牌号。然而我恐怕也正是这牌号就要倒闭的先声。我们有痛觉，一方面是使我们受苦的，而一方面也使我们能够自卫。假如没有，则即使背上被人刺了一尖刀，也将茫无知觉，直到血尽倒地，自己还不明白为什么倒地。但这痛觉如果细腻锐敏起来呢，则不但衣服上有一根小刺就觉得，连衣服上的接缝，线结，布毛都要觉得，倘不穿“无缝天衣”，他便要终日如芒刺在身，活不下去了。但假装锐敏的，自然不在此例。

感觉的细腻和锐敏，较之麻木，那当然算是进步的，然而以有助于生命的进化为限。如果不相干，甚而至于有碍，那就是进化中的病态，不久就要收梢[①]。我们试将享清福，抱秋心的雅人，和破衣粗食的粗人一比较,就明白究竟是谁活得下去。喝过茶,望着秋天,我于是想：不识好茶，没有秋思，倒也罢了。

① 收梢：收场；结尾。

世故三昧

人世间真是难处的地方，说一个人“不通世故”，固然不是好话，但说他“深于世故”也不是好话。“世故”似乎也像“革命之不可不革，而亦不可太革”一样，不可不通，而亦不可太通的。

然而据我的经验，得到“深于世故”的恶谥者，却还是因为“不通世故”的缘故。

现在我假设以这样的话，来劝导青年人——

“如果你遇见社会上有不平事，万不可挺身而出，讲公道话，否则，事情倒会移到你头上来，甚至于会被指作反动分子的。如果你遇见有人被冤枉，被诬陷的，即使明知道他是好人，也万不可挺身而出，去给他解释或分辩，否则，你就会被人说是他的亲戚，或得了他的贿赂；倘使那是女人，就要被疑为她的情人的；如果他较有名，那便是党羽。例如我自己罢，给一个毫不相干的女士[①]做了一篇信札集的序，人们就说她是我的小姨；绍介一点科学的文艺理论，人们就说得了苏联的卢布。亲戚和金钱，在目下的中国，关系也真是大，事实给与了教训，人们看惯了，以为人人都脱不了这关系，原也无足深怪的。

“然而，有些人其实也并不真相信，只是说着玩玩，有趣有趣的。即使有人为了谣言，弄得凌迟碎剐，像明末的郑鄤那样了，和自己也并不

① 毫不相干的女士：指金淑姿。一九三二年程鼎兴为亡妻金淑姿刊行遗信集，托人请鲁迅写序。

相干，总不如有趣的紧要。这里你如果去辨正，那就是使大家扫兴，结果还是你自己倒霉。我也有一个经验,那是十多年前,我在教育部里做‘官僚’，常听得同事说，某女学校的学生，是可以叫出来嫖的[①]，连机关的地址门牌，也说得明明白白。有一回我偶然走过这条街，一个人对于坏事情，是记性好一点的，我记起来的，便留心着那门牌，但这一号，却是一块小空地，有一口大井，一间很破烂的小屋，是几个山东人住着卖水的地方，决计做不了别用。待到他们又在谈着这事的时候，我便说出我的所见来，而不料大家竟笑容尽敛，不欢而散了，此后不和我谈天者两三月。我事后才悟到打断了他们的兴致，是不应该的。

“所以，你最好是莫问是非曲直，一味附和着大家；但更好是不开口；而在更好之上的是连脸上也不显出心里的是非的模样来……”

这是处世法的精义，只要黄河不流到脚下，炸弹不落在身边，可以保管一世没有挫折的。但我恐怕青年人未必以我的话为然；便是中年，老年人，也许要以为我是在教坏了他们的子弟。呜呼，一片苦心，竟是白费了。

然而倘说中国现在正如唐虞盛世，却又未免是“世故”之谈。耳闻目睹的不算，单是看看报章，也就可以知道社会上有多少不平，人们有多少冤抑。但对于这些事，除了有时或有同业，同乡，同族的人们来说几句呼吁的话之外，厉害无关的人的义愤的声音，我们是很少听到的。这很分明，是大家不开口；或者以为和自己不相干；或者连“以为和自己不相干”的意思也全没有。“世故”深到不自觉其“深于世故”，这才真是“深于世故”的了。这是中国处世法的精义中的精义。

而且，对于看了我的劝导青年人的话，心以为非的人物，我还有一下反攻在这里。他是以我为狡猾的。但是，我的话里，一面固然显示着我的狡猾，而且无能，但一面也显示着社会的黑暗。他单责个人，正是

① 某女学校的学生，是可以叫出来嫖的：在一九二五年女师大风潮中，陈西滢诬蔑女师大学生可以“叫局”，一九二六年初，北京《晨报副刊》《语丝》等不断载有谈论此事的文字。

最稳妥的办法；倘使兼责社会，可就得站出去战斗了。责人的“深于世故”而避开了“世”不谈，这是更“深于世故”的玩意儿；倘若自己不觉得，那就更深更深了，离三昧[1]境盖不远矣。

不过凡事一说，即落言筌，不再能得三昧。说“世故三昧”者，即非“世故三昧”。三昧真谛，在行而不言；我现在一说“行而不言”，却又失了真谛，离三昧境盖益远矣。

一切善知识，心知其意可也，喳！

① 三昧：佛教语。指屏除杂念，心不散乱，专注一境。

捣鬼心传

中国人又很有些喜欢奇形怪状，鬼鬼祟祟的脾气，爱看古树发光比大麦开花的多，其实大麦开花他向来也没有看见过。于是怪胎畸形，就成为报章的好资料，替代了生物学的常识的位置了。最近在广告上所见的，有像所谓两头蛇似的两头四手的胎儿，还有从小肚上生出一只脚来的三脚汉子。固然，人有怪胎，也有畸形，然而造化的本领是有限的，他无论怎么怪，怎么畸，总有一个限制：孪儿可以连背，连腹，连臀，连胁，或竟骈头，却不会将头生在屁股上；形可以骈拇，枝指，缺肢，多乳，却不会两脚之外添出一只脚来，好像“买两送一”的买卖。天实在不及人之能捣鬼。

但是，人的捣鬼，虽胜于天，而实际上本领也有限。因为捣鬼（之）精义，在切忌发挥，亦即必须含蓄。盖一加发挥，能使所捣之鬼分明，同时也生限制，故不如含蓄之深远，而影响却又因而模糊了。“有一利必有一弊”，我之所谓“有限”者以此。

清朝人的笔记里，常说罗两峰[①]的《鬼趣图》，真写得鬼气拂拂；后来那图由文明书局印出来了，却不过一个奇瘦，一个矮胖，一个臃肿的模样，并不见得怎样地出奇，还不如只看笔记有趣。小说上的描摹鬼相，虽然竭力，也都不足以惊人，我觉得最可怕的还是晋人所记的脸无五官，浑

① 罗两峰：生于一七三三年，卒于一七九九年。名聘，字遁夫，江苏甘泉（今江都）人，清代画家。《鬼趣图》是一幅讽刺世态的画，当时不少文人曾为它题咏。

沦[1]如鸡蛋的山中厉鬼。因为五官不过是五官，纵使苦心经营，要它凶恶，总也逃不出五官的范围，现在使它浑沦得莫名其妙，读者也就怕得莫名其妙了。然而其"弊"也，是印象的模糊。不过较之写些"青面獠牙"，"口鼻流血"的笨伯，自然聪明得远。

中华民国人的宣布罪状大抵是十条，然而结果大抵是无效。古来尽多坏人，十条不过如此，想引人的注意以至活动是决不会的。骆宾王作《讨武曌檄》，那"入宫见嫉，蛾眉不肯让人，掩袖工谗，狐媚偏能惑主"这几句，恐怕是很费点心机的了，但相传武后看到这里，不过微微一笑。是的，如此而已，又怎么样呢？声罪致讨的明文，那力量往往远不如交头接耳的密语，因为一是分明，一是莫测的。我想假使当时骆宾王站在大众之前，只是攒眉摇头，连称"坏极坏极"，却不说出其所谓坏的实例，恐怕那效力会在文章之上的罢。"狂飙文豪"高长虹攻击我时，说道劣迹多端，倘一发表，便即身败名裂，而终于并不发表，是深得捣鬼正脉的；但也竟无大效者，则与广泛俱来的"模糊"之弊为之也。

明白了这两例，便知道治国平天下之法，在告诉大家以有法，而不要明白切实地说出何法来。因为一说出，即有言，一有言，便可与行相对照，所以不如示之以不测。不测的威棱[2]使人萎伤，不测的妙法使人希望——饥荒时生病，打仗时做诗，虽若与治国平天下不相干，但在莫名其妙中，却能令人疑为跟着自有治国平天下的妙法在——然而其"弊"也，却还是照例地也能在模糊中疑心到所谓妙法，其实不过是毫无方法而已。

捣鬼有术，也有效，然而有限，所以以此成大事者，古来无有。

① 浑沦：囫囵。整个儿。

② 威棱：威力；威势。

第七章　序　题

《呐喊》自序

我在年青时候也曾经做过许多梦，后来大半忘却了，但自己也并不以为可惜。所谓回忆者，虽说可以使人欢欣，有时也不免使人寂寞，使精神的丝缕还牵着已逝的寂寞的时光，又有什么意味呢，而我偏苦于不能全忘却，这不能全忘的一部分，到现在便成了《呐喊》的来由。

我有四年多，曾经常常——几乎是每天，出入于质铺[①]和药店里，年纪可是忘却了，总之是药店的柜台正和我一样高，质铺的是比我高一倍。我从一倍高的柜台外送上衣服或首饰去，在侮蔑里接了钱，再到一样高的柜台上给我久病的父亲去买药。回家之后，又须忙别的事了，因为开方的医生是最有名的，以此所用的药引也奇特：冬天的芦根，经霜三年的甘蔗，蟋蟀要原对的，结子的平地木……多不是容易办到的东西。然而我的父亲终于日重一日地亡故了。

有谁从小康人家而坠入困顿的么，我以为在这途路中，大概可以看见世人的真面目；我要到N进K学堂[②]去了，仿佛是想走异路，逃异地，去寻求别样的人们。我的母亲没有法，办了八元的川资，说是由我的自便；然而伊哭了，这正是情理中的事，因为那时读书应试是正路，所谓学洋务，社会上便以为是一种走投无路的人，只得将灵魂卖给鬼子，要加倍地奚落而且排斥的，而况伊又看不见自己的儿子了。然而我也顾不得这些事，

① 质铺：当铺。

②K学堂：指南京江南水师学堂。

终于到N去进了K学堂了。在这学堂里，我才知道世上还有所谓格致，算学，地理，历史，绘图和体操。生理学并不教，但我们却看到些木版的《全体新论》和《化学卫生论》之类了。我还记得先前的医生的议论和方药，和现在所知道的比较起来，便渐渐地悟得中医不过是一种有意的或无意的骗子，同时又很起了对于被骗的病人和他的家族的同情；而且从译出的历史上，又知道了日本维新是大半发端于西方医学的事实。

因为这些幼稚的知识，后来便使我的学籍列在日本一个乡间的医学专门学校里了。我的梦很美满，预备卒业回来，救治像我父亲似的被误的病人的疾苦，战争时候便去当军医，一面又促进了国人对于维新的信仰。我已不知道教授微生物学的方法，现在又有了怎样地进步了，总之那时是用了电影，来显示微生物的形状的，因此有时讲义的一段落已完，而时间还没有到，教师便映些风景或时事的画片给学生看，以用去这多余的光阴。其时正当日俄战争的时候，关于战事的画片自然也就比较地多了，我在这一个讲堂中，便须常常随喜我那同学们的拍手和喝彩。有一回，我竟在画片上忽然会见我久违的许多中国人了，一个绑在中间，许多站在左右，一样是强壮的体格，而显出麻木的神情。据解说，则绑着的是替俄国做了军事上的侦探，正要被日军砍下头颅来示众，而围着的便是来赏鉴这示众的盛举的人们。

这一学年没有完毕，我已经到了东京了，因为从那一回以后，我便觉得医学并非一件紧要事，凡是愚弱的国民，即使体格如何健全，如何茁壮，也只能做毫无意义的示众的材料和看客，病死多少是不必以为不幸的。所以我们的第一要著[①]，是在改变他们的精神，而善于改变精神的，我那时以为当然要推文艺，于是想提倡文艺运动了。在东京的留学生很有学法政理化以至警察工业的，但没有人治文学和美术；可是在冷淡的空气中，也幸而寻到几个同志了，此外又邀集了必须的几个人，商量之后，第一步当然是出杂志，名目是取“新的生命”的意思，因为我们那时大

① 要著：首要之事。

抵带些复古的倾向，所以只谓之《新生》。

《新生》的出版之期接近了，但最先就隐去了若干担当文字的人，接着又逃走了资本，结果只剩下不名一钱的三个人。创始时候既已背时，失败时候当然无可告语，而其后却连这三个人也都为各自的运命所驱策，不能在一处纵谈将来的好梦了，这就是我们的并未产生的《新生》的结局。

我感到未尝经验的无聊，是自此以后的事。我当初是不知其所以然的；后来想，凡有一人的主张，得了赞和，是促其前进的，得了反对，是促其奋斗的，独有叫喊于生人中，而生人并无反应，既非赞同，也无反对，如置身毫无边际的荒原，无可措手的了，这是怎样地悲哀啊，我于是以我所感到者为寂寞。

这寂寞又一天一天地长大起来，如大毒蛇，缠住了我的灵魂了。

然而我虽然自有无端的悲哀，却也并不愤懑，因为这经验使我反省，看见自己了：就是我决不是一个振臂一呼应者云集的英雄。

只是我自己的寂寞是不可不驱除的，因为这于我太痛苦。我于是用了种种法，来麻醉自己的灵魂，使我沉入于国民中，使我回到古代去，后来也亲历或旁观过几样更寂寞更悲哀的事，都为我所不愿追怀，甘心使它们和我的脑一同消灭在泥土里的，但我的麻醉法却也似乎已经奏了功，再没有青年时候的慷慨激昂的意思了。

S会馆[①]里有三间屋，相传是往昔曾在院子里的槐树上缢死过一个女人的，现在槐树已经高不可攀了，而这屋还没有人住；许多年，我便寓在这屋里抄古碑。客中少有人来，古碑中也遇不到什么问题和主义，而我的生命却居然暗暗地消去了，这也就是我惟一的愿望。夏夜，蚊子多了，便摇着蒲扇坐在槐树下，从密叶缝里看那一点一点的青天，晚出的槐蚕[②]又每每冰冷地落在头颈上。

①S会馆：指绍兴会馆。

②槐蚕：指生长在槐树上的尺蠖。尺蠖为一种昆虫的幼虫，行动时身体向上弯成弧状，像用大拇指和中指量距离一样，所以叫尺蠖。

那时偶或来谈的是一个老朋友金心异[①]，将手提的大皮夹放在破桌上，脱下长衫，对面坐下了，因为怕狗，似乎心房还在怦怦地跳动。

“你抄了这些有什么用？”有一夜，他翻着我那古碑的抄本，发了研究的质问了。

“没有什么用。”

“那么，你钞它是什么意思呢？”

“没有什么意思。”

“我想，你可以做点文章……”

我懂得他的意思了，他们正办《新青年》，然而那时仿佛不特没有人来赞同，并且也还没有人来反对，我想，他们许是感到寂寞了，但是说：

“假如一间铁屋子，是绝无窗户而万难破毁的，里面有许多熟睡的人们，不久都要闷死了，然而是从昏睡入死灭，并不感到就死的悲哀。现在你大嚷起来，惊起了较为清醒的几个人，使这不幸的少数者来受无可挽救的临终的苦楚，你倒以为对得起他们么？”

“然而几个人既然起来，你不能说决没有毁坏这铁屋的希望。”

是的，我虽然自有我的确信，然而说到希望，却是不能抹杀的，因为希望是在于将来，决不能以我之必无的证明，来折服了他之所谓可有，于是我终于答应他也做文章了，这便是最初的一篇《狂人日记》。从此以后，便一发而不可收，每写些小说模样的文章，以敷衍朋友们的嘱托，积久就有了十余篇。

在我自己，本以为现在是已经并非一个切迫而不能已于言的人了，但或者也还未能忘怀于当日自己的寂寞的悲哀罢，所以有时候仍不免呐喊几声，聊以慰藉那在寂寞里奔驰的猛士，使他不惮于前驱。至于我的喊声是勇猛或是悲哀，是可憎或是可笑，那倒是不暇顾及的；但既然是呐喊，则当然须听将令的了，所以我往往不恤用了曲笔，在《药》的瑜儿的坟上平空添上一个花环，在《明天》里也不叙单四嫂子竟没有做到

① 金心异：指钱玄同，当时《新青年》的编委之一。

看见儿子的梦，因为那时的主将是不主张消极的。至于自己，却也并不愿将自以为苦的寂寞，再来传染给也如我那年青时候似的正做着好梦的青年。

这样说来，我的小说和艺术的距离之远，也就可想而知了，然而到今日还能蒙着小说的名，甚而至于且有成集的机会，无论如何总不能不说是一件侥幸的事，但侥幸虽使我不安于心，而悬揣[①]人间暂时还有读者，则究竟也仍然是高兴的。

所以我竟将我的短篇小说结集起来，而且付印了，又因为上面所说的缘由，便称之为《呐喊》。

① 悬揣：猜想；揣测。

《野草》题辞

当我沉默着的时候，我觉得充实；我将开口，同时感到空虚。

过去的生命已经死亡。我对于这死亡有大欢喜，因为我借此知道它曾经存活。死亡的生命已经朽腐。我对于这朽腐有大欢喜，因为我借此知道它还非空虚。

生命的泥委弃在地面上，不生乔木，只生野草，这是我的罪过。

野草，根本不深，花叶不美，然而吸取露，吸取水，吸取陈死人的血和肉，各各夺取它的生存。当生存时，还是将遭践踏，将遭删刈[①]，直至于死亡而朽腐。

但我坦然，欣然。我将大笑，我将歌唱。

我自爱我的野草，但我憎恶这以野草作装饰的地面。

地火在地下运行，奔突；熔岩一旦喷出，将烧尽一切野草，以及乔木，于是并且无可朽腐。

但我坦然，欣然。我将大笑，我将歌唱。

天地有如此静穆，我不能大笑而且歌唱。天地即不如此静穆，我或者也将不能。我以这一丛野草，在明与暗，生与死，过去与未来之际，献于友与仇，人与兽，爱者与不爱者之前作证。

为我自己，为友与仇，人与兽，爱者与不爱者，我希望这野草的死亡与朽腐，火速到来。要不然，我先就未曾生存，这实在比死亡与朽腐更其不幸。

去罢，野草，连着我的题辞！

---

① 删刈（yì）：铲除。

《坟》题记

将这些体式上截然不同的东西，集合了做成一本书样子的缘由，说起来是很没有什么冠冕堂皇的。首先就因为偶尔看见了几篇将近二十年前所做的所谓文章。这是我做的么？我想。看下去，似乎也确是我做的。那是寄给《河南》的稿子；因为那编辑先生有一种怪脾气，文章要长，愈长，稿费便愈多。所以如《摩罗诗力说》那样，简直是生凑。倘在这几年，大概不至于那么做了。又喜欢做怪句子和写古字，这是受了当时的《民报》的影响；现在为排印的方便起见，改了一点，其余的便都由他。这样生涩的东西，倘是别人的，我恐怕不免要劝他"割爱"，但自己却总还想将这存留下来，而且也并不"行年五十而知四十九年非"，愈老就愈进步。其中所说的几个诗人，至今没有人再提起，也是使我不忍抛弃旧稿的一个小原因。他们的名，先前是怎样地使我激昂呵，民国告成以后，我便将他们忘却了，而不料现在他们竟又时时在我的眼前出现。

其次，自然因为还有人要看，但尤其是因为又有人憎恶着我的文章。说话说到有人厌恶，比起毫无动静来，还是一种幸福。天下不舒服的人们多着，而有些人们却一心一意在造专给自己舒服的世界。这是不能如此便宜的，也给他们放一点可恶的东西在眼前，使他有时小不舒服，知道原来自己的世界也不容易十分美满。苍蝇的飞鸣，是不知道人们在憎恶他的；我却明知道，然而只要能飞鸣就偏要飞鸣。我的可恶有时自己也觉得，即如我的戒酒，吃鱼肝油，以望延长我的生命，倒不尽是为了我的爱人，大半乃是为了我的敌人——给他们说得体面一点，就是敌人罢——要在他的好世界上多留一些缺陷。君子之徒曰：你何以不骂杀人不眨眼的军阀呢？斯亦卑怯也已！但我是不想上这些诱杀手段的当的。木皮道人[①]说得好，“几年家软刀子割头不觉死”，我就要专指斥那些自称“无枪阶级”而其实是拿着软刀子的妖魔。即如上面所引的君子之徒的话，也就是一把软刀子。假如遭了笔祸了，你以为他就尊你为烈士了么？不，那时另有一番风凉话。倘不信，可看他们怎样评论那死于三一八惨杀的青年。

此外，在我自己，还有一点小意义，就是这总算是生活的一部分的痕迹。所以虽然明知道过去已经过去，神魂是无法追蹑的，但总不能那么决绝，还想将糟粕收敛起来，造成一座小小的新坟，一面是埋藏，一面也是留恋。至于不远的踏成平地，那是不想管，也无从管了。

我十分感谢我的几个朋友，替我搜集，抄写，校印，各费去许多追不回来的光阴。我的报答，却只能希望当这书印钉（装订）成工时，或者可以博得各人的真心愉快的一笑。别的奢望，并没有什么；至多，但愿这本书能够暂时躺在书摊上的书堆里，正如博厚的大地，不至于容不下一点小土块。再进一步，可就有些不安分了，那就是中国人的思想，趣味，目下幸而还未被所谓正人君子所统一，譬如有的专爱瞻仰皇陵，有的却喜欢凭吊荒冢，无论怎样，一时大概总还有不惜一顾的人罢。只要这样，我就非常满足了；那满足，盖不下于取得富家的千金云。

① 木皮道人：应作木皮散人，是明代遗民贾凫西的别号。

《朝花夕拾》小引

我常想在纷扰中寻出一点闲静来，然而委实不容易。目前是这么离奇，心里是这么芜杂。一个人做到只剩了回忆的时候，生涯大概总要算是无聊了罢，但有时竟会连回忆也没有。中国的做文章有轨范，世事也仍然是螺旋。前几天我离开中山大学的时候，便想起四个月以前的离开厦门大学；听到飞机在头上鸣叫，竟记得了一年前在北京城上日日旋绕的飞机。我那时还做了一篇短文，叫做《一觉》。现在是，连这“一觉”也没有了。

广州的天气热得真早，夕阳从西窗射入，逼得人只能勉强穿一件单衣。书桌上的一盆“水横枝”，是我先前没有见过的：就是一段树，只要浸在水中，枝叶便青葱得可爱。看看绿叶，编编旧稿，总算也在做一点事。做着这等事，真是虽生之日，犹死之年，很可以驱除炎热的。

前天，已将《野草》编定了；这回便轮到陆续载在《莽原》上的《旧事重提》，我还替它改了一个名称：《朝花夕拾》。带露折花，色香自然要好得多，但是我不能够。便是现在心目中的离奇和芜杂，我也还不能使它即刻幻化，转成离奇和芜杂的文章。或者，他日仰看流云时，会在我的眼前一闪烁罢。

我有一时，曾经屡次忆起儿时在故乡所吃的蔬果：菱角，罗汉豆，茭白，香瓜。凡这些，都是极其鲜美可口的；都曾是使我思乡的蛊惑。后来，我在久别之后尝到了，也不过如此；惟独在记忆上，还有旧来的意味留存。他们也许要哄骗我一生，使我时时反顾。

这十篇就是从记忆中抄出来的，与实际或有些不同，然而我现在只记得是这样。文体大概很杂乱，因为是或作或辍，经了九个月之多。环境也不一：前两篇写于北京寓所的东壁下；中三篇是流离中所作，地方是医院和木匠房；后五篇却在厦门大学的图书馆的楼上，已经是被学者们挤出集团之后了。

白莽[1]作《孩儿塔》序

春天去了一大半了，还是冷；加上整天地下雨，淅淅沥沥，深夜独坐，听得令人有些凄凉；也因为午后得到一封远道寄来的信，要我给白莽的遗诗写一点序文之类。那信的开首说道："我的亡友白莽，恐怕你是知道的罢……"——这就使我更加惆怅。

说起白莽来——不错，我知道的。四年之前，我曾经写过一篇《为了忘却的纪念》，要将他们忘却。他们就义了已经足有五个年头了，我的记忆上，早又蒙上许多新鲜的血迹；这一提，他的年青的相貌就又在我的眼前出现，像活着一样，热天穿着大棉袍，满脸油汗，笑笑地对我说道："这是第三回了。自己出来的。前两回都是哥哥保出，他一保就要干涉我，这回我不去通知他了……"——我前一回的文章上是猜错的，这哥哥才是徐培根，航空署长，终于和他成了殊途同归的兄弟；他却叫徐白，较普通的笔名是殷夫。

一个人如果还有友情，那么，收存亡友的遗文真如捏着一团火，常要觉得寝食不安，给它企图流布的。这心情我很了然，也知道有做序文之类的义务。我所惆怅的是我简直不懂诗，也没有诗人的朋友，偶尔一有，也终至于闹开，不过和白莽没有闹，也许是他死得太快了罢。现在，对于他的诗，我一句也不说——因为我不能。

① 白莽：原名徐祖华，笔名白莽、殷夫、徐白。浙江象山人。共产党员，诗人。生于一九〇九年，一九三一年二月七日被国民党政府杀害于上海龙华。

这《孩儿塔》的出世并非要和现在一般的诗人争一日之长，是有别一种意义在。这是东方的微光，是林中的响箭，是冬末的萌芽，是进军的第一步，是对于前驱者的爱的大纛[①]，也是对于摧残者的憎的丰碑。一切所谓圆熟简练，静穆幽远之作，都无须来作比方，因为这诗属于别一世界。

那一世界里有许多许多人，白莽也是他们的亡友。单是这一点，我想，就足够保证这本集子的存在了，又何需我的序文之类。

① 大纛（dào）：大旗。

《三闲集》序言

我的第四本杂感《而已集》的出版，算起来已在四年之前了。去年春天，就有朋友催促我编集（辑）此后的杂感。看看近几年的出版界，创作和翻译，或大题目的长论文，是还不能说它寥落的，但短短的批评，纵意而谈，就是所谓“杂感”者，却确乎很少见。我一时也说不出这所以然的原因。

但粗粗一想，恐怕这“杂感”两个字，就使志趣高超的作者厌恶，避之惟恐不远了。有些人们，每当意在奚落我的时候，就往往称我为“杂感家”，以显出在高等文人的眼中的鄙视，便是一个证据。还有，我想，有名的作家虽然未必不改换姓名，写过这一类文字，但或者不过图报私怨，再提恐或玷其令名，或者别有深心，揭穿反有妨于战斗，因此就大抵任其消灭了。

“杂感”之于我，有些人固然看作“死症”，我自己确也因此很吃过一点苦，但编集（辑）是还想编集（辑）的。只因为翻阅刊物，剪贴成书，也是一件颇觉麻烦的事，因此拖延了大半年，终于没有动过手。一月二十八日之夜，上海打起仗来了，越打越凶，终于使我们只好单身出走，书报留在火线下，一任它烧得精光，我也可以靠这“火的洗礼”之灵，洗掉了“不满于现状”的“杂感家”这一个恶谥。殊不料三月底重回旧寓，书报却丝毫也没有损，于是就东翻西觅，开手编辑起来了，好像大病新愈的人，偏比平时更要照照自己的瘦削的脸，摩摩（摸摸）枯皱的皮肤似的。

我先编集（辑）一九二八至二九年的文字，篇数少得很，但除了五六回在北平上海的讲演，原就没有记录外，别的也仿佛并无散失（佚）。我记得起来了，这两年正是我极少写稿，没处投稿的时期。我是在二七年被血吓得目瞪口呆，离开广东的，那些吞吞吐吐，没有胆子直说的话，都载在《而已集》里。但我到了上海，却遇见文豪们的笔尖的围剿了，创造社，太阳社，“正人君子”们的新月社中人，都说我不好。连并不标榜文派的现在多升为作家或教授的先生们，那时的文字里，也得时常暗暗地奚落我几句，以表示他们的高明。我当初还不过是“有闲即是有钱”，“封建余孽”或“没落者”，后来竟被判为主张杀青年的棒喝主义者了。这时候，有一个从广东自云避祸逃来，而寄住在我的寓里的廖君，也终于忿忿地对我说道：“我的朋友都看不起我，不和我来往了，说我和这样的人住在一处。”

那时候，我是成了“这样的人”的。自己编着的《语丝》，实乃无权，不单是有所顾忌（详见卷末《我和（语丝）的始终》），至于别处，则我的文章一向是被“挤”才有的，而目下正在“剿”，我投进去干什么呢。所以只写了很少的一点东西。

现在我将那时所做的文字的错的和至今还有可取之处的，都收纳在这一本里。至于对手的文字呢，《鲁迅论》和《中国文艺论战》中虽然也有一些，但那都是峨冠博带的礼堂上的阳面的大文，并不足以窥见全体，我想另外搜集也是“杂感”一流的作品，编成一本，谓之《围剿集》。如果和我的这一本对比起来，不但可以增加读者的趣味，也更能明白别一面的，即阴面的战法的五花八门。这些方法一时恐怕不会失传，去年的“左翼作家都为了卢布”说，就是老谱里面的一着。自问和文艺有些关系的青年，仿照固然可以不必，但也不妨知道知道的。

其实呢，我自己省察，无论在小说中，在短评中，并无主张将青年来“杀，杀，杀”的痕迹，也没有怀着这样的心思。我一向是相信进化论的，总以为将来必胜于过去，青年必胜于老人，对于青年，我敬重之不暇，往往给我十刀，我只还他一箭。然而后来我明白我倒是错了。这并非唯物史观的理论或革命文艺的作品蛊惑我的，我在广东，就目睹了同是青年，而分成两大阵营，或则投书告密，或则助官捕人的事实！我的思路因此轰毁，后来便时常用了怀疑的眼光去看青年，不再无条件地敬畏了。然而此后也还为初初上阵的青年们呐喊几声，不过也没有什么大帮助。

这集子里所有的，大概是两年中所作的全部，只有书籍的序引，却只将觉得还有几句话可供参考之作，选录了几篇。当翻检书报时，一九二七年所写而没有编在《而已集》里的东西，也忽然发现了一点。我想，大约《夜记》是因为原想另成一书，讲演和通信是因为浅薄或不关紧要，所以那时不收在内的。

但现在又将这编在前面，作为《而已集》的补遗了。我另有了一样想头，以为只要看一篇讲演和通信中所引的文章，便足可明白那时香港的面目。我去讲演，一共两回，第一天是《老调子已经唱完》，现在寻不到底稿了；第二天便是这《无声的中国》，粗浅平庸到这地步，而竟至于惊为“邪说”，禁止在报上登载的。是这样的香港，但现在是这样的香港几乎要遍中国了。

我有一件事要感谢创造社的，是他们“挤”我看了几种科学的文艺论，明白了先前的文学史家们说了一大堆，还是纠缠不清的疑问。并且因此译了一本蒲力汗诺夫的《艺术论》，以救正我——还因我而及于别人——的只信进化论的偏颇。但是，我将编《中国小说史略》时所集的材料，印为《小说旧闻钞》，以省青年的检查之力，而成仿吾以无产阶级之名，指为“有闲”，而且“有闲”还至于有三个，却是至今还不能完全忘却的。我以为无产阶级是不会有这样锻炼周纳法的。他们没有学过“刀笔”。编成而名之曰《三闲集》，尚以射仿吾也。

《自选集》自序

我做小说，是开手于一九一八年，《新青年》上提倡“文学革命”的时候的。这一种运动，现在固然已经成为文学史上的陈迹了，但在那时，却无疑的是一个革命的运动。

我的作品在《新青年》上，步调是和大家大概一致的，所以我想，这些确可以算作那时的“革命文学”。

然而我那时对于“文学革命”，其实并没有怎样地热情。见过辛亥革命，见过二次革命，见过袁世凯称帝，张勋复辟，看来看去，就看得怀疑起来，于是失望，颓唐得很了。民族主义的文学家在今年的一种小报上说：“鲁迅多疑”，是不错的，我正在疑心这批人们也并非真的民族主义文学者，变化正未可限量呢。不过我却又怀疑于自己的失望，因为我所见过的人们，事件，是有限得很的，这想头，就给了我提笔的力量。

“绝望之为虚妄，正与希望相同。”

既不是直接对于“文学革命”的热情，又为什么提笔的呢？想起来，大半倒是为了对于热情者们的同感。这些战士，我想，虽在寂寞中，想头是不错的，也来喊几声助助威罢。首先，就是为此。自然，在这中间，也不免夹杂些将旧社会的病根暴露出来，催人留心，设法加以疗治的希望。但为达到这希望计，是必须与前驱者取同一的步调的，我于是删削些黑暗，装点些欢容，使作品比较地显出若干亮色，那就是后来结集起来的《呐喊》，一共有十四篇。

这些也可以说是“遵命文学”。不过我所遵奉的，是那时革命的前驱者的命令，也是我自己所愿意遵奉的命令，决不是皇上的圣旨，也不是金元和真的指挥刀。

后来《新青年》的团体散掉了，有的高升，有的退隐，有的前进，我又经验了一回同一战阵中的伙伴还是会这么变化，并且落得一个“作家”的头衔，依然在沙漠中走来走去，不过已经逃不出在散漫的刊物上做文字，叫作随便谈谈。有了小感触，就写些短文，夸大点说，就是散文诗，以后印成一本，谓之《野草》。得到较整齐的材料，则还是做短篇小说，只因为成了游勇，布不成阵了，所以技术虽然比先前好一些，思路也似乎较无拘束，而战斗的意气却冷得不少。新的战友在哪里呢?我想，这是很不好的。于是集印了这时期的十一篇作品，谓之《彷徨》。愿以后不再这模样。

“路漫漫其修远兮，吾将上下而求索。”

不料这大口竟夸得无影无踪。逃出北京，躲进厦门，只在大楼上写了几则《故事新编》和十篇《朝花夕拾》。前者是神话,传说及史实的演义，后者则只是回忆的记事罢了。

此后就一无所作，“空空如也”。

可以勉强称为创作的，在我至今只有这五种，本可以顷刻读了的，但出版者要我自选一本集。推测起来，恐怕因为这么一办，一者能够节省读者的费用；二则，以为由作者自选，该能比别人格外明白罢。对于第一层，我没有异议；至第二层，我却觉得也很难。因为我向来就没有格外用力或格外偷懒的作品，所以也没有自以为特别高妙，配得上提拔出来的作品。没有法，就将材料、写法，都有些不同，可供读者参考的东西，取出二十二篇来，凑成了一本，但将给读者一种“重压之感”的作品，却特地竭力抽掉了。这是我现在自有我的想头的：

“并不愿将自以为苦的寂寞，再来传染给也如我那年青时候似的正做着好梦的青年。”

然而这又不似做那《呐喊》时候的故意的隐瞒，因为现在我相信，现在和将来的青年是不会有这样的心境的了。

《准风月谈》前记

自从中华民国建国二十有二年五月二十五日《自由谈》的编者刊出了“吁请海内文豪，从兹多谈风月”的启事以来，很使老牌风月文豪摇头晃脑地高兴了一大阵，讲冷话的也有，说俏皮话的也有，连只会做“文探”的叭儿们也翘起了它尊贵的尾巴。但有趣的是谈风云的人，风月也谈得，谈风月就谈风月罢，虽然仍旧不能正如尊意。

想从一个题目限制了作家，其实是不能够的。假如出一个“学而时习之”的试题，叫遗少和车夫来做八股，那做法就决定[①]不一样。自然，车夫做的文章可以说是不通，是胡说，但这不通或胡说，就打破了遗少们的一统天下。古话里也有过：柳下惠看见糖水，说“可以养老”，盗跖见了，却道可以粘门闩。他们是弟兄，所见的又是同一的东西，想到的用法却有这么天差地远。“月白风清，如此良夜何？”好的，风雅之至，举手赞成。但同是涉及风月的“月黑杀人夜，风高放火天”呢，这不明明是一联古诗么？

我的谈风月也终于谈出了乱子来，不过也并非为了主张“杀人放火”。其实，以为“多谈风月”，就是“莫谈国事”的意思，是误解的。“漫谈国事”倒并不要紧，只是要“漫”，发出去的箭石，不要正中了有些人物的鼻梁，因为这是他的武器，也是他的幌子。

从六月起的投稿，我就用种种的笔名了，一面固然为了省事，一面

① 决定：必然；一定。

也省得有人骂读者们不管文字，只看作者的署名。然而这么一来，却又使一些看文字不用视觉，专靠嗅觉的“文学家”疑神疑鬼，而他们的嗅觉又没有和全体一同进化，至于看见一个新的作家的名字，就疑心是我的化名，对我呜呜不已，有时简直连读者都被他们闹得莫名其妙了。现在就将当时所用的笔名，仍旧留在每篇之下，算是负着应负的责任。

还有一点和先前的编法不同的，是将刊登时被删改的文字大概补上去了，而且旁加黑点，以清眉目。这删改，是出于编辑或总编辑，还是出于官派的检查员的呢，现在已经无从辨别，但推想起来，改点句子，去些讳忌，文章却还能连接的处所，大约是出于编辑的，而胡读删削，不管文气的接不接，语意的完不完的，便是钦定的文章。

日本的刊物，也有禁忌，但被删之处，是留着空白，或加虚线，使读者能够知道的。中国的检查官却不许留空白，必须接起来，于是读者就看不见检查删削的痕迹，一切含糊和恍忽[①]之点，都归在作者身上了。这一种办法，是比日本大有进步的，我现在提出来，以存中国文网史上极有价值的故实。

去年的整半年中，随时写一点，居然在不知不觉中又成一本了。当然,这不过是一些拉杂的文章,为“文学家”所不屑道。然而这样的文字，现在却也并不多，而且“拾荒”的人们，也还能从中检出东西来，我因此相信这书的暂时的生存，并且作为集印的缘故。

① 恍忽：古文中表示精神迷离，但现代已无独立明确语义。在现代语境中的规范写法为“恍惚”。

《花边文学》序言

我的常常写些短评，确是从投稿于《申报》的《自由谈》上开头的；集一九三三年之所作，就有了《伪自由书》和《准风月谈》两本。后来编辑者黎烈文先生真被挤轧得苦，到第二年，终于被挤出了。我本也可以就此搁笔，但为了赌气，却还是改些作法，换些笔名，托人抄写了去投稿，新任者不能细辨，依然常常登了出来。一面又扩大了范围，给《中华日报》的副刊《动向》，小品文半月刊《太白》之类，也间或写几篇同样的文字。聚起一九三四年所写的这些东西来，就是这一本《花边文学》。

这一个名称，是和我在同一营垒里的青年战友，换掉姓名挂在暗箭上射给我的。那立意非常巧妙：一，因为这类短评，在报上登出来的时候往往围绕一圈花边以示重要，使我的战友看得头疼；二，因为“花边”也是银元的别名，以见我的这些文章是为了稿费，其实并无足取。至于我们的意见不同之处，是我以为我们无须希望外国人待我们比鸡鸭优，他却以为应该待我们比鸡鸭优，我在替西洋人辩护，所以是“买办”。那文章就附在《倒提》之下，这里不必多说。此外，倒也并无什么可记之事。只为了一篇《玩笑只当它玩笑》，又曾引出过一封文公直先生的来信，笔伐得更严重了，说我是“汉奸”，现在和我的复信都附在本文的下面。其余的一些鬼鬼祟祟，躲躲闪闪的攻击，离上举的两位还差得很远，这里都不转载了。

“花边文学”可也真不行。一九三四年不同一九三五年，今年是为了

“闲话皇帝”事件，官家的书报检查处忽然不知所往，还革掉七位检查官，日报上被删之处，也好像可以留着空白（术语谓之“开天窗”）了。但那时可真厉害，这么说不可以，那么说又不成功，而且删掉的地方，还不许留下空隙，要接起来，使作者自己来负吞吞吐吐，不知所云的责任。在这种明诛暗杀之下，能够苟延残喘，和读者相见的，那么，非奴隶文章是什么呢？

我曾经和几个朋友闲谈。一个朋友说：现在的文章，是不会有骨气的了，譬如向一种日报上的副刊去投稿罢，副刊编辑先抽去几根骨头，总编辑又抽去几根骨头，检查官又抽去几根骨头，剩下来还有什么呢？我说：我是自己先抽去了几根骨头的，否则，连“剩下来”的也不剩。所以，那时发表出来的文字，有被抽四次的可能——现在有些人不在拼命表彰文天祥方孝孺么，幸而他们是宋明人，如果活在现在，他们的言行是谁也无从知道的。

因此除了官准的有骨气的文章之外，读者也只能看看没有骨气的文章。我生于清朝，原是奴隶出身，不同（于）二十五岁以内的青年，一生下来就是中华民国的主子，然而他们不经世故，偶尔“忘其所以”也就大碰其钉子。我的投稿，目的是在发表的，当然不给它见得有骨气，所以被“花边”所装饰者，大约也确比青年作家的作品多，而且奇怪，被删掉的地方倒很少。一年之中，只有三篇，现在补全，仍用黑点为记。我看《论秦理斋夫人事》的末尾，是申报馆的总编辑删的，别的两篇，却是检查官删的：这里都显着他们不同的心思。

今年一年中，我所投稿的《自由谈》和《动向》，都停刊了；《太白》也不出了。我曾经想过：凡是我寄文稿的，只寄开初的一两期还不妨，假使接连不断，它就总归活不久。于是从今年起，我就不大做这样的短文。因为对于同人，是回避他背后的闷棍；对于自己，是不愿做开路的呆子；对于刊物，是希望它尽可能的长生。所以有人要我投稿，我特别敷衍推宕，非“摆架子”也，是带些好意——然而有时也是恶意——的“世故”：这是要请索稿者原谅的。

一直到了今年下半年，这才看见了新闻记者的“保护正当舆论”的请愿和智识阶级的言论自由的要求。要过年了，我不知道结果怎么样。然而，即使从此文章都成了民众的喉舌，那代价也可谓大极了：是北五省的自治。这恰如先前的不敢恳请“保护正当舆论”和要求言论自由的代价之大一样：是东三省的沦亡。不过这一次，换来的东西是光明的。然而，倘使万一不幸，后来又复换回了我做“花边文学”一样的时代，大家试来猜一猜那代价该是什么罢……

《且介亭杂文》序言

近几年来，所谓“杂文”的产生，比先前多，也比先前更受着攻击。例如自称“诗人”（的）邵洵美，前“第三种人”施蛰存和杜衡（即苏汶），还不到一知半解程度的大学生林希隽之流，就都和杂文有切骨之仇，给了种种罪状的。然而没有效，作者多起来，读者也多起来了。

其实“杂文”也不是现在的新货色，是“古已有之”的。凡有文章，倘若分类，都有类可归，如果编年，那就只按作成的年月，不管文体，各种都夹在一处，于是成了“杂”。分类有益于揣摩文章，编年有利于明白时势，倘要知人论世，是非看编年的文集不可的，现在新作的古人年谱的流行，即证明着已经有许多人省悟[①]了此中的消息。况且现在是多么切迫的时候，作者的任务，是在对于有害的事物，立刻给以反响或抗争，是感应的神经，是攻守的手足。潜心于他的鸿篇巨制，为未来的文化设想，固然是很好的，但为现在抗争，却也正是为现在和未来的战斗的作者，因为失掉了现在，也就没有了未来。

战斗一定有倾向。这就是邵施杜林之流的大敌，其实他们所憎恶的是内容，虽然披了文艺的法衣，里面却包藏着“死之说教者”，和生存不能两立。

这一本集子和《花边文学》，是我在去年一年中，在官民的明明暗暗，软软硬硬的围剿“杂文”的笔和刀下的结集，凡是写下来的，全在这里

① 省悟：觉醒，明白。

面。当然不敢说是诗史,其中有着时代的眉目,也决不是英雄们的八宝箱,一朝打开,便见光辉灿烂。我只在深夜的街头摆着一个地摊,所有的无非几个小钉,几个瓦碟,但也希望,并且相信有些人会从中寻出合于他的用处的东西。